Karin Alvtegen

DER SEITENSPRUNG

Karin Alvtegen

DER SEITENSPRUNG

Roman

Deutsch von Katrin Frey

Wunderlich

Die Originalausgabe erschien 2003
unter dem Titel «Svek» bei Natur och Kultur, Stockholm

2. Auflage Februar 2004

Satz Stempel Garamond PostScript, PageMaker von
Pinkuin Satz und Datentechnik, Berlin
Druck und Buchbinderei Clausen & Bosse, Leck
Printed in Germany
ISBN 3-8052-0762-X

Für Micke,
weil sich all die Mühe dank deiner Liebe und deiner Weisheit schließlich gelohnt hat.

Um jegliches Missverständnis zu vermeiden, möchte ich betonen, dass keine der Personen in diesem Buch wirklich existiert.
Wahr ist jedoch, dass es für jedes Unglück mehr als eine Erklärung gibt.

Die Liebe ist langmütig und freundlich, die Liebe eifert nicht, die Liebe treibt nicht Mutwillen, sie bläht sich nicht auf, sie verhält sich nicht ungehörig, sie sucht nicht das Ihre, sie lässt sich nicht erbittern, sie rechnet das Böse nicht zu, sie freut sich nicht über die Ungerechtigkeit, sie freut sich aber an der Wahrheit; sie erträgt alles, sie glaubt alles, sie hofft alles, sie duldet alles.

1. Kor 13, 4–7

ES GIBT WEDER STRAFE
NOCH BELOHNUNG.
ES GIBT NUR
KONSEQUENZEN.

«ICH WEISS NICHT.»

Drei Worte.

Jedes für sich allein oder in einem anderen Zusammenhang vollkommen ungefährlich. Ganz ohne innewohnende Schwere. Bloß die Feststellung, dass er sich nicht sicher war und deshalb lieber keine Antwort gab.

Ich weiß nicht.

Drei Worte.

Als Antwort auf ihre Frage stellten sie einen Angriff auf ihr gesamtes Dasein dar, einen plötzlichen Abgrund, der sich in dem frisch abgeschliffenen Wohnzimmerparkett auftat.

Eigentlich hatte sie gar keine Frage gestellt, sondern die Worte nur gesagt, um ihm zu verstehen zu geben, wie beunruhigt sie war. Wenn sie das Undenkbare aussprach, konnte es danach nur besser werden. Ein Wendepunkt für beide. Das letzte Jahr war ein ewiger Kampf gewesen, und mit der Frage hatte sie ihm zeigen wollen, dass sie keine Kraft mehr hatte. Dass sie die Last nicht mehr alleine schultern konnte. Dass sie seine Hilfe brauchte.

Seine Antwort war falsch gewesen. Er hatte drei Worte gebraucht, die ihr als Möglichkeit überhaupt nicht in den Sinn gekommen waren.

«Stellst du etwa unsere gemeinsame Zukunft infrage?»

Ich weiß nicht.

Es gab keine Frage, die darauf noch folgen konnte, seine Antwort radierte in einem einzigen Augenblick alle Wörter aus, die sie jemals gelernt hatte. Ihr Gehirn musste sich um 180 Grad drehen und alles neu bewerten, was bislang über jeden Zweifel erhaben gewesen war. Dass es keine gemeinsame Zukunft gäbe, kam in ihrer Gedankenwelt nicht vor.

Axel, das Haus, irgendwann einmal zusammen Großeltern werden.

Welche Worte konnte sie finden, die von hier aus weiterführten?

Er saß schweigend auf dem Sofa, hatte die Augen fest auf eine amerikanische Comedy-Serie gerichtet und ließ seine Finger über die Fernbedienung flattern. Kein einziges Mal hatte er sie angesehen, seitdem sie das Zimmer betreten hatte, nicht einmal, als er ihre Frage beantwortete. Der Abstand zwischen ihnen war so groß, dass sie es vielleicht gar nicht gehört hätte, wenn er noch etwas hinzufügte.

Doch das tat sie. Klar und deutlich hörte sie ihn: «Hast du auf dem Heimweg Milch gekauft?»

Auch diesmal sah er sie nicht an. Wollte bloß wissen, ob sie auf dem Heimweg Milch gekauft hatte.

Ein Druck auf der Brust. Und dann dieses Stechen im linken Arm, das sie manchmal überfiel, wenn sie in Zeitnot geriet.

«Kannst du nicht den Fernseher ausschalten?»

Er sah auf die Fernbedienung hinunter und wechselte den Sender. Verkehrsmagazin.

Da wurde ihr plötzlich klar, dass auf dem Sofa ein Fremder saß.

Er sah bekannt aus, aber sie kannte ihn nicht. Er erinnerte an den Mann, der der Vater ihres Sohnes war und mit dem sie, was sie vor über elf Jahren vor Gott versprochen hatte, Freud und Leid teilen wollte, bis dass der Tod sie schied. Mit dem sie im Laufe des letzten Jahres das beschissene Sofa abgezahlt hatte, auf dem er saß. Er stellte ihre und Axels Zukunft infrage und war noch nicht einmal in der Lage, ihr so viel Respekt entgegenzubringen, das Verkehrsmagazin auszuschalten und sie anzusehen.

Aus Angst vor der Frage, die sie nun stellen musste, um wieder Luft zu bekommen, wurde ihr übel.

Sie schluckte. Wie sollte sie den Mut aufbringen, Klarheit zu bekommen?

«Hast du eine andere kennen gelernt?»

Endlich wandte er sich zu ihr. Sein Blick war vorwurfsvoll, aber immerhin sah er sie an.

«Nein.»

Sie schloss die Augen. Zumindest gab es keine andere. Krampfhaft versuchte sie, sich mit seiner beruhigenden Antwort über Wasser zu halten. Alles war so unbegreiflich. Das Zimmer sah genauso aus wie vorher, aber plötzlich war alles anders. Sie betrachtete das gerahmte Foto, das sie an Weihnachten aufgenommen hatte. Henrik im Weihnachtsmannkostüm und ein erwartungsvoller Axel inmitten eines Haufens von Weihnachtsgeschenken. Die Familie versammelt in ihrem Elternhaus. Vor drei Monaten.

«Wie lange empfindest du schon so?»

Er sah wieder zum Fernseher.

«Ich weiß nicht.»

«Na ja, ungefähr? Sind es zwei Wochen oder zwei Jahre?»

Es dauerte eine Ewigkeit, bis seine Antwort kam.

«Ein Jahr vielleicht.»

Ein Jahr. Ein Jahr lang war er herumgelaufen und hatte ihre gemeinsame Zukunft infrage gestellt. Ohne ein Wort zu sagen.

Während der Sommerferien, als sie mit dem Auto nach Italien fuhren. Während all der Abendessen mit ihren Freunden. Als er sie auf ihrer Dienstreise nach London begleitete und sie miteinander schliefen. Die ganze Zeit über hatte er sich gefragt, ob er weiterhin mit ihr leben wollte oder nicht.

Wieder betrachtete sie die Fotografie. Seine lächelnden Augen. Ich weiß nicht, ob ich dich noch will, ob ich mit dir weiterleben möchte.

Wieso hatte er nichts gesagt?

«Aber warum? Wie hast du dir das überhaupt vorgestellt?»

Er zuckte leicht mit den Achseln und seufzte.

«Wir haben keinen Spaß mehr.»

Sie drehte sich um und ging zum Schlafzimmer, mehr wollte sie nicht hören.

Mit dem Rücken an der geschlossenen Schlafzimmertür blieb sie stehen. Axels ruhige, sichere Atemzüge. Immer in der Mitte, wie eine Verbindung zwischen ihnen, Nacht für Nacht. Eine Versicherung und eine Verpflichtung, durch die sie für immer zusammengehörten.

Mama, Papa, Kind.

Eine Alternative gab es nicht.

Wir haben keinen Spaß mehr.

Er saß da draußen auf dem Sofa und hielt ihr gesamtes Dasein in seinen Händen. Welchen Sender sollte er wählen? Er hatte ihr soeben die Kontrolle über ihr Leben entrissen, was sie wollte, spielte keine Rolle, alles hing von ihm ab.

Ohne sich auszuziehen, kroch sie unter die Decke, legte sich dicht an den kleinen Körper und fühlte die Panik aufsteigen.

Wie sollte sie dieses Problem lösen?

Und dann die lähmende Müdigkeit. Sie war es so leid, immer die Verantwortung zu tragen, immer tüchtig zu sein, alles voranzubringen und dafür zu sorgen, dass alles erledigt wurde, was getan werden musste. Schon zu Beginn ihrer Beziehung hatte jeder seine Rolle übernommen. Damals hatten sie hin und wieder darüber gelacht, hatten über ihre Ungleichheit gescherzt. Mit den Jahren waren die Reifenspuren so tief geworden, dass eine Umkehr nicht mehr möglich war. Sie tat das, was getan werden musste, zuerst und dann das, was sie wirklich wollte, falls noch Zeit übrig blieb. Er machte es umgekehrt. Und wenn er getan hatte, was er wollte, war das, was getan werden musste, schon erledigt. Sie beneidete ihn. Hätte es am liebsten genauso gemacht wie er. Aber dann wäre alles zusammengebrochen. Sie wusste nur, dass sie sich unbeschreiblich danach sehnte, dass er ab und zu das Ruder übernahm. Ihr erlaubte, sich ein Weilchen hinzusetzen, um sich auszuruhen. Dass sie sich ein Weilchen bei *ihm* anlehnen durfte.

Stattdessen saß er da draußen auf ihrem kürzlich abbezahlten Sofa und guckte das Verkehrsmagazin und stellte ihre gemeinsame Zukunft infrage, weil er keinen Spaß mehr hatte. Als ob sie herumgelaufen und vor Freude über ihr Leben jubiliert hätte. Aber sie versuchte es zumindest, sie hatten ja verdammt nochmal ein Kind zusammen!

Wie war es so weit gekommen? Wann war die Wende eingetreten? Warum hatte er ihr nicht von seinen Gefühlen erzählt? Es war ihnen einmal gut zusammen gegangen, sie musste ihn zu der Einsicht bewegen, dass es wieder so werden konnte, wenn sie nur nicht aufgaben.

Aber woher sollte sie die Kraft nehmen?

Das Geräusch des Fernsehers verstummte. Erwartungsvoll horchte sie hin, als sich seine Schritte der Schlafzimmertür näherten. Und dann die Enttäuschung, als sie, ohne langsamer zu werden, vorbeigingen und ihren Weg zum Arbeitszimmer fortsetzten.

Einen einzigen Wunsch hatte sie.

Einen einzigen.

Dass er zu ihr hereinkäme und sie umarmte und sagte, dass alles wieder so werden würde wie früher. Dass sie diese Sache gemeinsam durchstehen würden, dass all das, was sie sich während der letzten Jahre aufgebaut hätten, wert sei, darum zu kämpfen. Dass sie sich keine Sorgen zu machen bräuchte.

Er kam nicht.

ER WUSSTE ES in dem Moment, als sie das Zimmer betrat. Sie war ihm in den letzten Monaten durchs Haus gefolgt, um ein Gespräch anzufangen, aber irgendwie war es ihm immer wieder gelungen, ihr zu entkommen. Es wäre so einfach gewesen, weiterhin zu schweigen, sich weiterhin im dumpfer werdenden Alltag zu verstecken und dem Abgrund auszuweichen.

Nun war es zu spät. Nun stand sie dort und versperrte ihm den Weg zu seiner Freistatt im Arbeitszimmer, und diesmal hatte er keine Chance.

Wie sollte er jemals die Wahrheit sagen? Mit welchen Worten würde er es wagen zu erzählen? Und dann diese lähmende Angst. Nicht nur vor seinen Gefühlen und ihren Folgen, sondern auch vor ihrer Reaktion. Er fragte sich, ob sie hören konnte, wie sein Herz klopfte, wie es versuchte, sich zu befreien und zu fliehen, um nicht offenbaren zu müssen, was sich in seinem Innern verbarg.

Und dann ihre Frage, die den Stein ins Rollen brachte.

«Stellst du etwa unsere gemeinsame Zukunft infrage?»

Ja! Ja! Ja!

«Ich weiß nicht.»

Er verabscheute diese Angst, und er hasste es, dass sie diejenige war, die sie ihm einflößte. Er wagte nicht einmal, sie anzusehen. Plötzlich wurde ihm bewusst, dass er sich vor ihr ekelte. Sie ekelte ihn an, weil sie in den letzten Jahren unerschütterlich wie eine Statue neben ihm gestanden hatte, während er allmählich immer tiefer in der Trostlosigkeit versunken war. Sie hatte dafür gesorgt, dass alles seinen gewohnten Gang ging, als spielte es gar keine Rolle, dass er sich kaum mehr beteiligte. Doch damit hatte sie nur erreicht, dass er sich nutzlos vorkam wie ein unfähiges Kind.

Immer alles so schnell. Alles erledigt und fertig, bevor er überhaupt gemerkt hatte, dass es getan werden musste. Immer bereit, Probleme zu lösen, auch diejenigen, die sie gar nichts angingen, bevor er selbst überhaupt zum Nachdenken gekommen war. Wie eine ungeduldige Dampflok stampfte sie los und versuchte, alles geradezubiegen. Aber alles *konnte* man nicht geradebiegen. Je deutlicher er signalisierte, dass er auf Abstand ging, desto eifriger hatte sie dafür gesorgt, dass es nicht auffiel. Und mit jedem Tag, der verging, wurde ihm bewusster, dass es eigentlich gar keine Rolle spielte, was er tat. Sie brauchte ihn nicht mehr.

Vielleicht hatte sie das nie getan.

Er war nur ein Ding, das im Laufe der Reise an die Lokomotive gekoppelt worden war.

Nicht eine Sekunde lang hatte sie begriffen, was er wirklich fühlte. Dass der Überdruss und die Vorhersehbarkeit ihn langsam, aber sicher erstickten. Das halbe Leben war vorüber, und genauso würde der Rest aussehen. Mehr als das würde nicht geschehen. Es war der Moment gekommen, in dem sich all das, was er wirklich wollte, nicht mehr länger aufschieben ließ. Das, was er später immer hatte tun wollen. Später war jetzt. Alle Träume und Erwartungen, die er gehorsam beiseite geschoben hatte, meldeten sich und fragten ihn immer nachdrücklicher, wohin sie ziehen sollten. Sollten sie ihn verlassen, oder wollte er, dass sie blieben, und wenn ja, warum? Weshalb sollten sie bleiben, wenn er ohnehin nicht vorhatte, einen einzigen von ihnen zu verwirklichen?

Er dachte an seine Eltern. Die saßen dort in Katrineholm in ihrem abbezahlten Einfamilienhaus. Alles geschafft und fertig. Abend für Abend Seite an Seite, jeder in seinem gut eingesessenen Fernsehsessel. Alle Gespräche seit langem verstummt, jede Rücksicht, jede Erwartung, alles war schon vor Jahren aufgrund mangelnder Nahrung unweigerlich eingegangen. Übrig blieben nur die gegenseitigen Vorwürfe darüber, was sie verloren hatten, was ihnen alles abhanden gekommen war. Weil sie einander nicht mehr hatten geben können und weil es seit langem zu spät war. Zwanzig Meter von den Sesseln entfernt verliefen die Eisenbahngleise, und jede Stunde, Jahr für Jahr, war der Zug vorbeigefahren, der sie von dort hätte wegbringen können. Nun hatten sie sich damit abgefunden, dass ausgerechnet ihr Zug niemals kommen würde. Er war vor langer Zeit vorbeigefahren und würde weiterhin vorüberdonnern und die gut geputzten Fensterscheiben im Wohnzimmer erzittern lassen. Sie hatten es nicht einmal geschafft, ein Sommerhäuschen zu erwerben, obwohl ihr Vermögen nach dem Verkauf der Autohandlung des Vaters das gut und gerne zugelassen hätte. Keine einzige Reise. Als wäre ein Ortswechsel für ihr Leben zu bedrohlich. Lange her, dass sie sich aufgerafft hatten und die hundert Kilometer nach Stockholm gefahren waren. Nicht einmal zu Axels sechstem Geburtstag kamen sie, sondern schickten bloß eine vorgedruckte Glückwunschkarte mit ihren Namenszügen und einem ungefalteten Hunderter darin. Anstatt an Familientreffen teilzunehmen, blieben sie zu Hause und gaben sich den Minderwertigkeitsgefühlen hin, die Evas wohlhabende Eltern mit ihren akademischen Ausbildungen und intellektuellen Freunden in ihnen auslösten. Gefangen in ihrem eigenen Dasein, saßen sie, wo sie saßen, verbittert und vergrämt.

Jeder als Geisel des anderen in der großen Angst vor der Einsamkeit.

Aus den Augenwinkeln sah er, dass sie reglos im Wohnzimmer stand. Das Geräusch vom Fernseher kam stoßweise, wie ein Puls im Takt des Herzschlags.

Er verspürte ein verzweifeltes Bedürfnis, Zeit zu gewinnen, sich an etwas zu klammern, das noch immer im Gewohnten verankert war.

«Hast du auf dem Heimweg Milch gekauft?»

Sie antwortete nicht. Die Angst pochte in seinem Magen. Warum hatte er nicht einfach weitergeschwiegen?

«Kannst du nicht den Fernseher ausschalten?»

Der Zeigefinger reagierte automatisch, drückte aber auf den falschen Knopf. Eine Sekunde lang gezögert, und das Reptiliengehirn beschloss, es nicht noch einmal zu versuchen. Das Gefühl, plötzlich nicht mehr zu gehorchen, verdrängte die Angst. Er hatte es in der Hand.

«Hast du eine andere kennen gelernt?»

«Nein.»

Seine Lippen hatten die Antwort ohne sein Zutun geformt. Wie ein rettender Felsvorsprung beim freien Fall in den Abgrund. Ein Zwischenstopp, nicht mehr oben und noch nicht unten. Doch was sollte er dort?

«Wie lange empfindest du schon so?»

«Ich weiß nicht.»

«Na ja, ungefähr. Sind es zwei Wochen oder zwei Jahre?»

Seitdem ich denken kann, scheint mir.

«Ein Jahr vielleicht.»

Wie sollte er jemals wagen, es ihr zu erklären? Wie sollte er jemals den Mut haben, es klar auszusprechen? Was würde passieren, wenn er sagte, dass er sich innerlich seit sieben Monaten jede Sekunde des Tages ganz woanders befand?

Bei ihr.

Ihr, die ganz unerwartet in sein Herz gestürmt war und ihm einen Grund gegeben hatte, morgens wieder aufstehen zu wollen. Die ihm die Lust und den Willen zurückgegeben hatte. Sie, die all die Türen in seinem Innern geöffnet hatte, die seit langer Zeit verrammelt gewesen waren, und der es gelungen war, Schlüssel zu Zimmern zu finden, von deren Existenz er nicht die geringste Ahnung gehabt hatte. Die ihn als denjenigen betrachtete, der er wirklich war, die ihn wieder zum Lachen brachte und ihm neue Lebenslust schenkte. Die ihm das Gefühl gab, attraktiv zu sein, attraktiv, intelligent und tatkräftig.

Wert, geliebt zu werden.

«Aber warum? Und wie sollen wir deiner Meinung nach das Problem lösen?»

Er wusste es nicht, brauchte nicht einmal zu lügen. Dort drinnen im Schlafzimmer lag sein sechsjähriger Sohn. Wie sollte er jemals das tun, was er eigentlich wollte, und ihm trotzdem noch in die Augen sehen können?

Und wie sollte er sich jemals selbst wieder in die Augen schauen, wenn er nein sagte zu der gewaltigen Liebe, die er gefunden hatte, und stattdessen hier blieb?

Einen kurzen Moment lang durchfuhr ihn Hass. Wenn

sie, die dort wenige Meter von ihm entfernt im Wohnzimmer stand, nicht wäre, dann könnte er …

Mit ihren Vorwürfen würde sie all die Freude, die er empfand, in Scham und Schuld verwandeln. Sie besudeln. Sie in hässlichem und schmutzigem Licht erscheinen lassen.

Er wollte doch einfach nur spüren dürfen, wie es war, wieder zu leben.

«Wir haben keinen Spaß mehr.»

Er hörte selbst, wie blöd das klang. Verfluchter Mist. Sie schaffte es immer wieder, dass er sich unterlegen fühlte. Sich dumm vorkam.

Er spürte ihren Blick wie eine Fleisch gewordene Anklage. Er konnte sich nicht rühren.

Es dauerte eine Ewigkeit, bis sie endlich aufgab und ins Schlafzimmer ging.

Er lehnte sich zurück und schloss die Augen.

Einen einzigen Wunsch hatte er.

Einen einzigen.

Dass sie hier bei ihm wäre, ihn umarmte und sagte, dass alles gut werden würde.

Für den Augenblick war er gerettet, aber ihm war nur eine Gnadenfrist vergönnt.

Von nun an war ihr Zuhause ein Minenfeld.

«BRAUCHEN SIE NOCH etwas für die Nacht?»

Die Nachtschwester stand in der Tür. In der einen Hand ein Tablett mit Medikamentenbechern, die andere in festem Griff um die Klinke. Sie sah gestresst aus.

«Nein danke, wir kommen zurecht. Oder nicht, Anna?»

Das letzte Schlückchen Brei tröpfelte durch die Sonde in

ihren Magen, und er strich ihr sanft über die Stirn. Die Nachtschwester hielt kurz inne und warf ihm ein zerstreutes Lächeln zu.

«Dann gute Nacht. Und vergessen Sie nicht, dass Dr. Sahlstedt morgen früh mit Ihnen sprechen möchte, bevor Sie gehen.»

Wie hätte er das vergessen können? Sie kannte ihn offensichtlich nicht.

«Nein, ich habe es nicht vergessen.»

Sie lächelte wieder und schloss hinter sich die Tür. Sie war neu in der Abteilung, und er wusste nicht, wie sie hieß. Unter dem Personal gab es eine große Fluktuation, und er hatte es aufgegeben, seine Energie darauf zu verschwenden, sich die Namen zu merken. Insgeheim war er dankbar für den konstanten Personalmangel im Krankenhaus. Anfänglich war es vorgekommen, dass seine ständige Anwesenheit beim Personal für Irritation gesorgt hatte, aber im letzten Jahr hatten sie ihm mehr Dankbarkeit erwiesen. Manchmal betrachteten sie sie sogar als selbstverständlich, und einmal, als er im Stau stecken geblieben war und sich verspätet hatte, hatten sie vergessen, den bis zum Zerplatzen gefüllten Katheterbeutel zu wechseln. Das bestätigte ihn darin, dass sie ohne ihn nie die Rehabilitation erhalten hätte, die sie benötigte. Wenn sie nicht einmal daran dachten, den Beutel zu wechseln.

Er zog das rollende Nachtkästchen heran und schaltete das Radio ein. Mix Megapol. Er war sich sicher, dass sie irgendwo dort drinnen hinter ihren geschlossenen Augen die Musik hören konnte, die er ihr vorspielte. Und er wollte nicht, dass sie etwas verpasste. Damit sie am Tag, an dem sie erwachte, alle Lieder wieder erkannte, die seitdem komponiert worden waren. Seit dem Unglück.

Er nahm die Hautcreme aus der Nachttischschublade,

zeichnete einen weißen Streifen auf ihr linkes Bein und begann zu massieren. Mit gleichmäßigen Bewegungen arbeitete er sich von der Wade über das Knie hinauf und weiter bis zur Leiste.

«Heute war draußen richtig schönes Wetter. Ich habe einen Spaziergang hinunter zur Årstabucht gemacht und saß da unten beim Yachtclub ein bisschen in der Sonne, auf unserem Steg.»

Behutsam hob er ihr Bein an, legte eine Hand in die Kniekehle und beugte es vorsichtig einige Male.

«Gut, Anna ... Stell dir mal vor, später, wenn du gesund bist und wir wieder gemeinsam dorthin gehen können. Wir nehmen uns etwas zu essen und eine Decke mit und sitzen einfach in der Sonne.»

Er streckte ihr Bein und legte es auf der Unterlage zurecht.

«Und alle deine Topfpflanzen leben, der Hibiskus hat sogar schon wieder zu blühen angefangen.»

Er rollte den Tropf zur Seite, um an ihre rechte Hand zu gelangen. Die Finger der Linken waren erstarrt wie eine Klaue, und er überprüfte gewissenhaft, ob die Rechte so war, wie sie sein sollte. Damit sie weiterhin ihre Bilder malen konnte, wenn sie wieder aufwachte.

Er schaltete das Radio aus und begann sich auszuziehen.

Die ersehnte Ruhe breitete sich in ihm aus. Eine ganze Nacht schlafen.

Nirgendwo sonst, nur hier bei Anna verschwand der Zwang restlos und ließ seine Gedanken in Frieden. Seine Freistatt, wo es ihm endlich vergönnt war auszuruhen.

Wenn nur Anna stark genug war und ihm den Mut verlieh zu widerstehen.

Allein hatte er keine Chance.

Er hatte nur einmal in der Woche die Erlaubnis, dort zu schlafen, und auch das hatte er sich erbetteln müssen.

Manchmal fürchtete er, die Vergünstigung könnte ihm weggenommen werden, auch wenn sie keine zusätzliche Belastung für das Personal darstellte. Besonders die Neuen, so wie die heute Abend, schienen es merkwürdig zu finden. Das ärgerte ihn ein wenig. War es so sonderbar, dass sie beieinander schlafen wollten? Mein Gott, sie liebten sich doch.

Wie auch immer, es war ihm egal, was sie von ihm hielten.

Er dachte an das Gespräch mit Dr. Sahlstedt am nächsten Morgen und hoffte, dass es nicht um seine Übernachtungen gehen würde. Wenn man ihm die wegnähme, wäre er verloren.

Er faltete die Jeans und den Pullover zusammen und legte sie in einem zierlichen Stapel auf den Besucherstuhl. Dann machte er die Nachttischlampe aus. Das Geräusch des Beatmungsgeräts war im Dunkeln deutlicher zu hören. Ruhige, regelmäßige Atemzüge. Wie ein treuer Freund in der Dunkelheit.

Vorsichtig legte er sich neben ihr auf die Seite, zog die Decke über sie beide und spürte die unpassende Erregung.

Einen einzigen Wunsch hatte er.

Einen einzigen.

Dass sie aufwachte und ihn berührte. Ihn anfasste. Und hinterher würde sie ihn im Arm halten und sagen, dass er nie wieder einsam zu sein bräuchte. Dass er keine Angst mehr haben müsste.

Er würde sie nie verlassen.

Niemals.

AXEL SCHIEN ZU spüren, dass etwas nicht stimmte. Als hätten die Worte, die am vorigen Abend gesagt worden waren, die Luft verschmutzt. Sie waberten wie eine übel riechende Bedrohung zwischen den Wänden und ließen ihren Mut schon sinken, als er sich weigerte, den gestreiften Pulli anzuziehen.

Sie musste sich zusammenreißen. Durfte nicht die Kontrolle verlieren. Er hatte ja gar nicht gesagt, dass er sich scheiden lassen wollte, das hatte er nicht. Nur, dass er fände, sie hätten keinen Spaß mehr.

Sie hatte nicht einschlafen können. Hellwach hatte sie dagelegen und seinen Fingern gelauscht, die mitunter zögernd, mitunter zielbewusst über die Tastatur im Arbeitszimmer gerattert waren. Wie hatte er sich hinsetzen und arbeiten können? Sie fragte sich, was für einen Artikel er schrieb, und merkte, dass sie keine Ahnung hatte. Es war lange her, dass sie zuletzt über seine Arbeit gesprochen hatten. Solange er Einnahmen hatte und Geld hereinkam, mit dem sie die Rechnungen bezahlen konnte, hatte es dafür scheinbar keinen Grund gegeben.

Immer so wenig Zeit.

Sie hatte kurz überlegt, ob sie vielleicht zu ihm hineingehen und fragen sollte, aber gleich darauf den Gedanken bereut. Er sollte zu ihr kommen.

Erst gegen drei hatte sie gehört, wie die Schlafzimmertür langsam geöffnet wurde und er sich zu seiner Hälfte des Ehebettes geschlichen hatte.

Axel als Schutzmauer zwischen ihnen.

Nur wenige Minuten vor dem Morgenkreis parkte sie vor dem Kindergarten. Axel war immer noch schlechter Laune, obwohl sie während der Autofahrt nach Kräften versucht hatte, seine Stimmung zu heben. Es würde einen furchtbaren Abschied geben. Axels weinendes Gesicht hinter der Glasscheibe.

Wie sollte sie das heute ertragen?

Auf dem Weg durch die Tür stieß sie mit dem Vater von Daniel zusammen.

«Hallo, Eva, gut, dass ich dich treffe, ich wollte euch heute anrufen. Wir veranstalten dieses Abendessen am Siebenundzwanzigsten, wie gehabt. Passt es euch immer noch?»

«Ja, ich glaube schon.»

Er warf einen Blick auf seine Uhr und setzte das Gespräch fort, indem er sich rückwärts seinem Auto näherte.

«Diese Leute, die weiter unten in der Straße eingezogen sind, wollten wir auch einladen, du weißt, dieses Haus, wo das ältere Paar gewohnt hat. Ich kann mich nicht erinnern, wie sie hießen.»

«Ich weiß, wen du meinst. Da ist also jemand eingezogen?»

«Ja, und sie haben bestimmt Kinder in unserem Alter, deshalb wollten wir sie gleich in die Nachbarschaft integrieren. Es ist doch praktisch, in Sichtweite zu wohnen, wenn man zum Abendessen eingeladen ist.»

Er lachte über seinen Witz und sah noch einmal auf die Uhr.

«Verfluchter Mist. Ich habe in einer Viertelstunde ein Treffen auf Kungsholmen. Wieso kann man nie eine halbe Stunde eher aufstehen?»

Er seufzte tief.

«Ja, ja. Schöne Grüße.»

Er stieg in sein Auto, und sie zog die Tür näher an sich heran, um Axel hereinzulassen.

Immer diese Eile. Verschlafene Kinder und gestresste Eltern, die sich, schon bevor sie ihren Arbeitsplatz erreicht hatten, darum sorgten, was sie heute wieder alles nicht zu Ende bringen würden, ehe sie zurückhasten mussten, um ihre Kinder pünktlich abzuholen. Alle ständig auf dem Sprung und außer Atem, die Uhr als größten Feind.

Musste es wirklich so sein?

Sie traten ein, und Kerstin kam aus dem Spielzimmer, um sie zu begrüßen.

«Hallo, Axel. Hallo, Eva.»

«Hallo.»

Axel antwortete nicht, sondern wandte ihr den Rücken zu und drückte seine Stirn an den Trockenschrank. Sie war dankbar, dass sie an diesem Tag von Kerstin begrüßt wurden, sie war die Angestellte, die sie am besten kannte. Seit Axels erstem Tag vor fünf Jahren hatte sie mit nie versiegendem Enthusiasmus sowohl als Erzieherin als auch als Leiterin gearbeitet. Getrieben von einem Engagement, als könnte sie die Welt verändern, indem sie die Kinder in ihrer Obhut ständig daran erinnerte, wie wichtig es war, sich in andere Menschen hineinzuversetzen, und ihnen geduldig beibrachte, was falsch und was richtig war. Eva war voller Bewunderung und hatte sich oft gefragt, woher sie die Kraft nahm, vor allem, wenn sie daran dachte, wie müde sie sich selbst fühlte. Aber auf der anderen Seite waren Kerstins eigene Kinder schon über zwanzig, vielleicht war das der Unterschied.

Und die Uhr ihr größter Feind.

Sie erinnerte sich an ihr Engagement als Schulsprecherin in der Schülervertretung auf dem Gymnasium, Greenpeace, Amnesty, ihren brennenden Willen, etwas zu verändern. Und sie erinnerte sich, wie es sich anfühlte, als sie die Überzeugung noch nicht verloren hatte, dass es möglich war, das Falsche in Ordnung zu bringen, dass Ungerechtigkeiten aufhören konnten. Wenn sie nur genügend Zeit und Energie investierte, dann konnte die Welt verändert werden. Damals, als ihre Wut über einen zu Unrecht inhaftierten Menschen auf der anderen Seite der Erdkugel sie dazu veranlasste, Unterschriftenlisten zu sammeln und Demonstrationen zu organisieren. Jetzt, da sie erwachsen geworden und wirklich die Möglichkeit gehabt hätte, etwas zu tun, war sie dankbar, wenn sie es schaffte, einen Elternabend im Kindergarten zu besuchen, der ihren eigenen Sohn betraf. Der Wunsch, etwas zu verändern, hatte sich mit großer Eile in die Hoffnung verwandelt, dass die Stunden des Tages ausreichten. Die Wut in ein tiefes Seufzen und ein paar schuldbewusste Wechselmünzen in die Sammelbüchse des Roten Kreuzes vorm Supermarkt-Konsum. Alles, um das schlechte Gewissen zu betäuben. Ständig neue Stellungnahmen. Welcher Anbieter für den preiswertesten Telefonanschluss, welcher Öllieferant war am günstigsten, wie sollte man das Geld für die Rente anlegen, welche Schule war am besten, welcher Hausarzt, wo zahlte man die niedrigsten Zinsen für den Hauskredit? Und in ihrer eigenen kleinen Welt drehte sich alles um die Frage, was für sie und ihre kleine Familie am besten und vorteilhaftesten war. Unendlich viele Wahlmöglichkeiten, und doch wusste man nie, ob man sich richtig entschieden hatte. Alle waren sich selbst am nächsten. Wenn alle aufgezwungenen Entscheidungen getroffen waren, blieb keine Kraft mehr für die Stellungnahmen, die wirklich wichtig gewesen wären. Die das verändert hätten, was wirklich hätte verändert werden sollen. Sie erinnerte sich an das ironische Zettelchen, das an der Pinnwand in ihrem Jungmädchenzimmer hing: «Natürlich engagiere ich mich gegen alle Ungerechtigkeiten auf der

Welt. Ich habe doch mehrmals Pfui gesagt!» So würde sie niemals werden. Dachte sie damals.

«Hast du heute schlechte Laune?»

Axel beantwortete Kerstins Frage nicht, und Eva hockte sich neben ihn.

«Das war kein guter Morgen heute. Nicht wahr, Axel?»

Filippa und ihre Mutter kamen zur Tür herein, und Kerstins Aufmerksamkeit richtete sich nun auf die beiden.

Eva zog Axel an sich und hielt ihn im Arm.

Alles wird gut. Du brauchst keine Angst zu haben. Ich verspreche, dass ich das hier in Ordnung bringe.

«Du, Axel, der Morgenkreis fängt jetzt an, die anderen sitzen schon da drinnen. Komm, wir gehen rein, heute bist du doch an der Reihe, das Obst aus der Küche zu holen.»

Kerstin streckte ihm die Hand entgegen, und endlich gab er nach, ging zu seinem Kleiderhaken und hängte seine Jacke darüber. Eva richtete sich auf.

«Um vier holt Henrik ihn ab.»

Kerstin lächelte und nickte, nahm Axel an der Hand und verschwand im Spielzimmer. Eva ging hinterher.

Vielleicht war sie diejenige, der der Abschied schwerer fiel. Axel ließ Kerstins Hand los und rannte zu Linda, einer der anderen Erzieherinnen, und kletterte auf ihren Schoß. Dankbar spürte sie, wie die schlimmste Besorgnis nachließ. Vor sich sah sie seine Alltagswelt, und bis sie alle Probleme gelöst hatte, ging es ihm wenigstens hier gut. Linda strich Axel übers Haar und schenkte ihr ein kurzes Lächeln.

Eva lächelte zurück.

Hier war er sicher.

JONAS ERSCHIEN PÜNKTLICH zu dem Gesprächstermin, zu dem er gebeten worden war. Er hatte mehr als eine Viertelstunde gewartet, als Dr. Sahlstedt durch den Gang heraneilte und die Tür zu seinem Zimmer aufschloss.

«Tut mir Leid, dass Sie warten mussten, ich musste zu einem Patienten unten in der Notaufnahme. Kommen Sie rein.»

Er schloss die Tür hinter ihnen und setzte sich an seinen Schreibtisch.

Jonas blieb stehen. Annas Ruhe war wie weggeblasen, der Zwang wusste ganz genau, dass er nun nicht mehr eingeschränkt war, und bald würde er sich zu ausreichender Stärke ausgewachsen haben. Nun würde er für den Frieden der Nacht bezahlen müssen. Er hatte die Anzeichen bereits beim Warten auf dem Korridor vernommen. Eine schleichende Unruhe, die während der morgendlichen Visite begonnen hatte. Die Blicke des Personals auf Annas schlafendem Körper. Kein spezielles Wort, sondern eher ein neuer Tonfall, eine vage Andeutung.

«Setzen Sie sich doch bitte.»

Er spürte, wie der Zwang wuchs, Schritt für Schritt die Macht übernahm.

Vier Schritte bis zum Besucherstuhl. Nicht drei oder fünf. Sonst hätte er zurück zur Tür gehen und von vorne anfangen müssen. Drei und fünf mussten um jeden Preis vermieden werden.

Ohne die Armlehne des Stuhls zu berühren, setzte er sich und verfolgte Sahlstedts Hand mit den Augen, die eine braune Akte zu sich heranzog, dann aber auf der geschlossenen Mappe liegen blieb.

Dr. Sahlstedt sah ihn schweigend an.

Hatte er wirklich vier Schritte gemacht? Er war nicht

mehr sicher. Um Gottes willen. Alingsås–Arjeplog 1179 Kilometer, Arboga–Arlanda 144, Arvidsjaur–Borlänge 787.

«Wie geht es Ihnen?»

Die unerwartete Frage überrumpelte ihn. Er wusste, dass der Zwang äußerlich nicht sichtbar war. Nach all den Jahren hatte er eine einzigartige Fähigkeit entwickelt, sein inneres Inferno zu verbergen.

Und die Scham darüber, dass er es nicht kontrollieren konnte.

«Danke gut.»

Es wurde still. Falls der Arzt vor ihm tatsächlich an seinem Gesundheitszustand interessiert gewesen war, hatte die Antwort ihn offensichtlich nicht befriedigt. Seine Augen waren ernst. So Unheil verkündend ernst, dass ihm klar wurde, in diesem Gespräch würde es um mehr gehen als um eine gewöhnliche Berichterstattung.

Jonas veränderte seine Position auf dem Stuhl. Nicht die Armlehnen berühren.

«Wie alt sind Sie, Jonas?»

Er schluckte. Nicht fünf. Nicht einmal mit einer zwei davor.

«Ich werde nächstes Jahr sechsundzwanzig. Wieso? Ich dachte, wir wollten über Anna sprechen?»

Dr. Sahlstedt betrachtete ihn und sah dann hinunter auf die Tischplatte.

«Es geht nicht mehr um Anna. Es geht um Sie.»

Borlänge–Boden 848, Borås–Båstad 177.

«Was ... Ich verstehe nicht, was Sie meinen.»

Sahlstedt hob wieder den Blick.

«Wo haben Sie gearbeitet? Ich meine, bevor all das passierte?»

«Ich war Briefträger.»

Er nickte interessiert.

«Ah ja. Vermissen Sie denn nie Ihre Kollegen?»

Machte er sich lustig? Oder arbeiteten die Briefträger in der feinen Gegend, in der Dr. Sahlstedt in seiner Einbildung wohnte, etwa im Rudel?

Der Arzt ihm gegenüber seufzte leicht, als er keine Antwort erhielt, und öffnete die braune Mappe.

Hatte er wirklich nicht die Armlehne gestreift, als er sich hinsetzte? Er war sich nicht mehr sicher. Falls er es getan hatte, musste er sie noch einmal berühren, um die erste Berührung unschädlich zu machen. Doch wenn er sie nicht angefasst hatte? O Gott, irgendwie musste er es neutralisieren.

«Sie sind jetzt seit fast zweieinhalb Jahren krankgeschrieben. Genauso lange, wie Anna hier liegt.»

«Ja.»

«Warum eigentlich?»

«Was glauben Sie? Um bei Anna sein zu können natürlich.»

«Anna kommt hier ohne Sie zurecht. Das Personal kümmert sich um sie.»

«Sie wissen genauso gut wie ich, dass die keine Zeit haben, so viel mit ihr zu arbeiten, wie es nötig wäre.»

Dr. Sahlstedt sah plötzlich betrübt aus, er saß stumm da und schaute auf seine Hände hinunter. Die Stille trieb Jonas fast in den Wahnsinn. Mit aller Kraft versuchte er, der Raserei des Zwangs zu widerstehen, der in seinem Körper wütete wie ein Berserker.

Der Arzt richtete den Blick wieder auf ihn.

«Nötig wofür, Jonas?»

Er konnte nicht antworten. Das Handwaschbecken hing links von ihm an der Wand. Er musste sich unbedingt die

Hände waschen. Musste die Berührung abwaschen, *falls* er die Armlehne gestreift hatte.

«Wie Sie wissen, geht das Fieber nicht hinunter, und wir haben gestern eine weitere Herzuntersuchung vorgenommen. Die Entzündung in der Aortenklappe geht nicht zurück. In regelmäßigen Abständen sendet sie kleine septische Embolien aus, ja, kleine Partikel, könnte man sagen, die mit Bakterien gefüllt sind. Diese Bakterien gehen direkt hinauf in ihren Hirnstamm, und deswegen erleidet sie ständig neue Hirnschläge.»

«Aha.»

«Das ist der dritte Hirnschlag in zwei Monaten. Und jedes Mal wird ihr Bewusstseinsgrad gesenkt.»

Diese Dinge waren ihm nicht neu. Die Ärzte schilderten immer das Schlimmste, um ihm keine falschen Hoffnungen zu machen.

«Sie müssen versuchen zu akzeptieren, dass sie nie wieder aus ihrer Bewusstlosigkeit erwachen wird.»

Er konnte nicht länger dagegen ankämpfen, sondern musste aufstehen und zum Waschbecken gehen.

Vier Schritte. Nicht drei.

Er musste sich die Hände waschen.

«Wir können nichts mehr für sie tun. Tief im Innern wissen Sie das auch, oder?»

Er ließ sich das Wasser über die Hände rinnen. Schloss die Augen und spürte die Befreiung, als der Druck nachließ.

«Sie müssen jetzt anfangen loszulassen. Versuchen Sie, einen Schritt weiterzukommen.»

«Sie hat reagiert, als ich sie heute Morgen massiert habe.»

Dr. Sahlstedt seufzte hinter seinem Rücken.

«Es tut mir Leid, Jonas. Ich weiß, wie sehr Sie um sie gekämpft haben, das haben wir alle getan. Aber jetzt kann es um Monate gehen oder um Wochen, wir wissen es nicht. Im schlimmsten Fall kann sie noch ein Jahr so liegen bleiben.»

Im schlimmsten Fall.

Er ließ das Wasser laufen. Stand mit dem Rücken zu dem Mann, der sich als Annas Arzt ausgab. Unfähiger Idiot. Wie konnte er behaupten zu wissen, was sich in ihrem Innern regte. Wie oft hatte *er* ihre Beine massiert? Hatte er neben ihr gesessen und versucht, ihre verkrüppelten Finger zu strecken? Parfüm und Obst mitgebracht, um ihren Geruchssinn aufrecht zu erhalten? Niemals. Er hatte lediglich ein paar Schläuche an ihrem Schädel befestigt, auf einen Knopf gedrückt und die Schlussfolgerung gezogen, sie sei unfähig, etwas zu empfinden.

«Warum reagiert sie dann?»

Dr. Sahlstedt saß eine Weile schweigend da.

«Ich habe ja lange versucht, Sie davon zu überzeugen, dass ein Gespräch mit einem unserer …, einer meiner Kolleginnen hier im Karolinska, aber …, nun, ich habe mir die Freiheit genommen, einen Termin für Sie zu vereinbaren. Ich bin mir sicher, es wird Ihnen helfen, das Ganze durchzustehen. Sie haben das Leben doch noch vor sich, Jonas. Ich glaube nicht, dass Anna wollen würde, dass Sie es hier im Krankenhaus verbringen.»

Der plötzliche Zorn kam wie eine Befreiung. Der Zwang klang ab und wich zur Seite. Er drehte den Hahn zu, nahm zwei Papierhandtücher und drehte sich um.

«Sie haben doch gerade gesagt, sie könne nichts empfinden. Wieso sollte sie sich dann darum scheren?»

Dr. Sahlstedt saß regungslos da. Ein plötzliches Piepen aus seiner Brusttasche brach das Schweigen.

«Ich muss gehen. Wir reden ein anderes Mal weiter. Sie

haben morgen früh um Viertel nach acht einen Termin bei Yvonne Palmgren.»

Er riss einen gelben Post-it-Zettel vom Block ab und reichte ihn hinüber. Jonas rührte sich nicht.

«Jonas, es ist zu Ihrem Besten. Vielleicht wird es Zeit, dass Sie auch ein wenig an sich selbst denken.»

Dr. Sahlstedt gab auf und klebte den Zettel auf die Tischplatte, bevor er durch die Tür verschwand. Jonas blieb stehen. Mit einer Psychologin reden! Worüber denn? Sie würde versuchen, in seine Gedanken einzudringen, und wieso sollte er das zulassen? So gut, wie es ihm bislang gelungen war, alle davon fern zu halten.

Nur Anna hatte er eingelassen.

Sie gehörte ihm, und er gehörte ihr. So würde es immer sein. Zwei Jahre und fünf Monate lang hatte er seine gesamte Zeit darauf verwendet, sie wieder gesund zu machen. Dafür zu sorgen, dass alles wieder gut würde. Und jetzt sollte er akzeptieren, dass alles vergeblich gewesen war?

Niemand durfte ihm das wegnehmen.

Niemand.

·

Draußen hatte es angefangen zu regnen. Wenn er im Krankenhaus übernachtete, nutzte er immer den öffentlichen Nahverkehr, weil die Parkgebühren so hoch waren. Er knöpfte seine Jacke zu und ging in Richtung U-Bahn.

Ihm graute vor der Nacht, er wusste genau, was ihn erwartete. In der Einsamkeit seiner Wohnung nahm die Kontrollsucht überhand. Die ständige Sorge, etwas Wichtiges vergessen zu haben. Den Wasserhahn im Badezimmer – hatte er ihn fest zugedreht? Und die Herdplatten? Und wie war es mit der Tür, hatte er die wirklich abgeschlossen? Dann die vorübergehende Ruhe, wenn er überprüft hatte, dass alles so war, wie es sein sollte. Doch was, wenn er im Vorbeigehen an den Lichtschalter im Badezimmer gestoßen war, ohne es zu merken? Vielleicht hatte er versehentlich den Herd eingeschaltet, als er kontrollierte, dass er ausgeschaltet war. Und er war nicht mehr sicher, ob er die Tür abgeschlossen hatte. Musste noch einmal nachschauen.

Am einfachsten war es, sich von dort fern zu halten. Dann wusste er, dass alles unter Kontrolle war. Bevor er die Wohnung verließ, drehte er immer alle Heizkörper ab, zog alle Kabel von elektrischen Maschinen und Apparaten aus den Steckdosen und wischte den Staub von den Steckkontakten. Man wusste nie, ob sich vielleicht ein Funke bildete und es zu brennen begann. Die Fernbedienung bewahrte er in einer Schublade auf, sie durfte unter keinen Umständen auf dem Tisch liegen bleiben, damit kein Sonnenstrahl durch das Fenster auf den Sensor traf und ihn in Brand steckte.

Und dann das Verlassen der Wohnung. Im letzten halben Jahr war das Abschließritual so kompliziert geworden, dass er es sich auf einem Bogen Papier notieren musste, den er in der Brieftasche aufbewahrte, damit er ganz sicher nichts vergaß.

Unten auf der Straße blieb er stehen und sah hinauf zu den schwarzen Fenstern der Wohnung. Ein Mann um die fünfzig, den er noch nie gesehen hatte, kam aus der Eingangstür und sah ihn argwöhnisch an. Er brachte es nicht über sich, hinauf in seine Wohnung zu gehen, und nahm stattdessen sein Schlüsselbund aus der Tasche und setzte sich ins Auto, startete den Motor und ließ ihn im Leerlauf brummen.

Nur bei Anna hatte er seinen Frieden. Nur sie war stark genug, die vernichtende Angst zu besiegen.

Und nun meinten sie, er solle loslassen und einen Schritt weitergehen.

Wohin?

Wohin sollte er ihrer Meinung nach gehen?

Sie war alles, was er hatte.

Nach dem Unglück hatte es wieder angefangen. Hatte sich schleichend genähert, ihn belauert, zu Beginn bloß als das diffuse Bedürfnis, Symmetrie zu schaffen und das Gleichgewicht wiederherzustellen. Und dann, als immer offensichtlicher wurde, wie ernst ihre Schäden waren, hatte sich der Druck, die verwickelten Rituale auszuführen, zu einem unentrinnbaren Zwang gesteigert. Die einzige Art, die Bedrohung unschädlich zu machen, war nachzugeben. Wenn er den Impulsen nicht gehorchte und die Befehle nicht ordentlich ausführte, würde etwas Entsetzliches geschehen. Was, wusste er nicht, nur, dass die Angst und der Schmerz unerträglich wurden, wenn er sich dem Zwang widersetzte.

Im Teenageralter war das anders gewesen. Damals hatte der Druck schon nachgelassen, wenn er es vermieden hatte, die Türklinke mit den bloßen Händen zu berühren, wenn er rückwärts die Treppe hinunterging oder alle Laternenpfähle anfasste, an denen er vorbeikam. Damals war es leichter gewesen, damit umzugehen. Damals, als man sich noch hinter der Selbstbezogenheit des Teenagers verstecken konnte.

Niemand wusste davon, weder damals noch heute, und da er sich des Wahnsinns, der in seinem Treiben lag, sehr wohl bewusst war, hatte er Kniffe und Gesten entwickelt, um seine Zwangshandlungen in Krisensituationen wie einen natürlichen Teil seines Bewegungsmusters erscheinen zu lassen.

Jeder Tag ein heimlicher Krieg.

Nur während des Jahres mit Anna war er frei gewesen.

Geliebte Anna. Niemals würde er sie verlassen.

Sein Handy klingelte in der Jackentasche. Er nahm es heraus und sah auf den Display. Keine Nummer. Zwei Klingeltöne. Er musste nach dem vierten antworten oder es bleiben lassen.

Es konnte das Karolinska sein.

«Jonas.»

«Hier ist Papa.»

Nicht jetzt. Mist.

«Du musst mir helfen, Jonas.»

Er war besoffen. Besoffen und traurig. Und Jonas wusste, warum er anrief. Es waren acht Monate vergangen, seitdem er das letzte Mal angerufen hatte, und damals war es aus demselben Grund gewesen. Wie immer. Dass er nicht öfter anrief und jammerte, lag wohl vor allem daran, dass er selten nüchtern genug war, um sich an die Nummer zu erinnern.

Im Hintergrund hörte er Menschen. Sein Vater saß irgendwo an einer Theke und trank.

«Ich habe jetzt keine Zeit zu reden.»

«Verdammt, Jonas, du musst mir helfen. Ich kann nicht länger so weiterleben, ich halt das nicht mehr …»

Die Stimme brach, und im Hörer wurde es still. Nur das Gemurmel.

Er lehnte den Kopf gegen die Nackenstütze und schloss die Augen. Solange er denken konnte, hatte sein Vater Tränen als letztes Druckmittel angewandt. Immer. Erschrocken über die Verletzbarkeit seines Vaters, hatte Jonas versucht, loyal zu sein, und war damit zwangsläufig mit hineingerutscht in den Betrug.

Dreizehn war er, als es anfing.

Sag ihr einfach, dass ich heute Abend Überstunden mache. Verdammt, Jonas, du weißt doch, dass diese …, ja, Himmel, Arsch und Wolkenbruch, die geht ab wie eine Rakete.

Dreizehn Jahre und der Komplize seines Vaters. Die Wahrheit, worin auch immer die bestand, und egal, wo sie zu finden war, musste um jeden Preis vor seiner Mutter geheim gehalten werden.

Um sie zu schützen.

Jahraus, jahrein.

Und dann die ständige Frage in ihm, warum sein Papa tat, was er tat. Es gab viele im Ort, die es wussten. Er konnte sich noch an all die Gespräche erinnern, die plötzlich verstummten, wenn er und seine Mutter den Lebensmittelladen betraten, und die sofort wieder aufgenommen wurden, wenn er ihnen den Rücken zukehrte. Das mitleidige Lächeln, das so viele Nachbarinnen und Freundinnen auf sie richteten, Menschen, die sie für ihre Freunde hielt, die aber die Wahrheit Jahr für Jahr aus Feigheit verschwiegen. Und er selbst ging dort neben ihr und schwieg auch, der schlimmste Verräter von allen. Er erinnerte sich an ein Gespräch, das er einmal mit angehört hatte, sie saß mit der Nachbarin in der Küche. Seine Mutter glaubte, er wäre hinausgegangen und bekäme nichts mit, aber er lag im Bett und las eine Comiczeitschrift. Er hörte sie weinend von ihrem Verdacht erzählen, ihr Mann hätte eine andere kennen gelernt. Hörte, wie sie da an ihrem Küchentisch saß und sich ein Herz fasste, um diese schmachvollen Befürchtungen auszusprechen. Doch die Nachbarsfrau log. Sie log seiner Mutter direkt ins Gesicht und ließ sich zu Kaffee und selbst gebackenen Zimtschnecken einladen. Log und sagte, dass seine Mutter sich bestimmt alles nur einbildete, dass es in allen Ehen auf und ab ginge und sicherlich kein Grund zur Unruhe bestünde.

Und die Männer stachelten seinen Vater schulterklopfend zu neuen Eroberungen an, zu weiteren Überstunden, die seinen Ruf als unwiderstehlicher Frauenheld am Leben erhielten, während Jonas ihn zu Hause schützte. Ständige Lügen, die bald vom zunehmenden Druck überlagert wurden, die angstdämpfenden Rituale auszuführen. Und dann neue Lügen, um den Zwang zu verbergen.

Wie oft hatte er über all diese Frauen nachgedacht. Wer waren sie, wie dachten sie? Wussten sie, dass es irgendwo eine Ehefrau und einen Sohn gab, die auf den Mann warteten, dem sie zu Willen waren? Spielte das eine Rolle für sie? Scherten sie sich darum? Warum gaben sie ihren Körper einem Mann hin, der sie bloß flachlegen wollte, um anschließend nach Hause zu eilen und sie vor der Ehefrau zu verleugnen?

Er hatte es nie verstanden.

Er wusste nur, dass er jede Einzelne von ihnen hasste.

Hasste.

Die Seifenblase zerplatzte einige Monate vor seinem achtzehnten Geburtstag. Etwas so Triviales wie ein bisschen Lippenstift auf dem Hemdkragen. Nach fünf Jahren der Lüge wurde der ständige Betrug aufgedeckt, und sein Vater hatte wie ein verängstigter Hase die Mitwisserschaft von Jonas dazu genutzt, sich vor ihrem Schmerz zu schützen. Um nicht die ganze Schuld allein tragen zu müssen.

Sie konnte keinem von ihnen jemals verzeihen.

Sie war doppelt hintergangen worden.

Die Wunde, die sie ihr geschlagen hatten, war so tief, dass sie niemals heilte.

Er war nach dem Auszug des Vaters in der Stille des Hauses zurückgeblieben, bewachte sie aus der Distanz in den verwüsteten Zimmern. Ein Gestank von Scham und Hass überlagerte alles. Sie weigerte sich, mit jemandem zu sprechen. Tagsüber verließ sie selten ihr Schlafzimmer, und wenn sie es tat, dann nur, um zur Toilette zu gehen. Jonas versuchte, den Betrug wieder gutzumachen, indem er sich um die Einkäufe und andere Besorgungen kümmerte, aber sie kam nie heraus zum Esstisch, wenn er ihre Mahlzeiten zubereitet hatte. Jede Nacht um halb drei machte er sich mit dem Moped auf den Weg zu seinem Job als Zeitungsausträger, und wenn er gegen sechs nach Hause kam, konnte er sehen, dass sie sich etwas zu essen aus dem Kühlschrank genommen hatte. Das Geschirr, das sie benutzt hatte, stand sorgfältig abgewaschen im Abtropfgestell.

Aber zu ihm sagte sie kein Wort.

«Ich habe jetzt keine Zeit zu reden.»

Er beendete das Gespräch per Knopfdruck und lehnte sich vornüber auf das Lenkrad.

Das ist die dritte Embolie in zwei Monaten. Und jedes Mal verringert sich ihr Bewusstsein.

Wie konnte sie ihm das antun? Was verlangte sie denn noch von ihm, damit sie blieb? Er würde mit der Einsamkeit in der Wohnung nicht fertig werden. Nicht heute Abend.

Er warf einen Blick über seine Schulter und legte den Rückwärtsgang ein. Wohin er unterwegs war, wusste er nicht.

Er wusste nur eines.

Wenn sie ihn nicht bald anfasste, würde er verrückt.

ES FIEL EVA SCHWER, sich zu erinnern, wann sie zuletzt vorzeitig ihren Arbeitsplatz verlassen hatte. Falls es jemals vorgekommen war. Da Henrik zu Hause arbeitete, konnte er sich kurzfristig auf den Weg zum Kindergarten machen und Axel abholen, wenn er krank wurde. Dies war mittlerweile eine Selbstverständlichkeit, denn sie sorgte für den größten Teil ihres gemeinsamen Einkommens, seitdem sie Teilhaberin war. Aber sie versuchte, spätestens um sechs nach Hause zu kommen. Heute würde sie ihn überraschen und noch früher da sein.

Niemand konnte behaupten, dass sie im Laufe des Tages besonders viel geschafft hatte. Die Augen waren auf strukturelle Rationalisierungspläne und Rentabilitätskalkulationen gerichtet, aber ihre Gedanken wurden von der zermürbenden Unruhe beherrscht. Ein Gefühl von Unwirklichkeit. Er hatte plötzlich das einzig Selbstverständliche infrage gestellt.

Die Familie.

Alles andere war austauschbar.

Sie hob den Blick vom Monitor und guckte aus dem Fenster. Das Einzige, was sie sah, war die Fassade auf der anderen Straßenseite der Birger Jarlsgatan. Ein anderes Büro mit anderen Menschen, sie hatte keine Ahnung, woran sie arbeiteten, sie kannte keinen von ihnen. Die meisten Stunden des Tages, Tag für Tag, Jahr für Jahr, verbrachten sie dreißig Meter voneinander entfernt. Sahen einander öfter als die eigenen Familienmitglieder.

Ein Arbeitstag von neun Stunden, wenn sie die Mittagspause nicht wieder aufholte, anderthalb Stunden Fahrtzeit im Stoßverkehr. Damit blieben ihr knapp anderthalb Stunden am Tag mit Axel, anderthalb Stunden, in denen er nach acht Stunden mit zwanzig anderen Kindern im Kindergarten müde und weinerlich war, genauso müde und weinerlich wie sie nach neun Stunden voller Anforderungen und Stress bei der Arbeit. Und gegen acht, wenn er eingeschlafen war, dann sollten Henrik und sie ihre gemeinsame Zeit nutzen. Die

Stunde für die Erwachsenen. Da sollten sie in aller Ruhe zusammensitzen und dafür sorgen, dass ihre Beziehung phantastisch blieb, über den Tag sprechen, sich für die Arbeit des anderen interessieren, für das, was passiert war, da sollten sie teilnehmen an den Gedanken des anderen. Und dann am besten noch die Kraft aufbringen, leidenschaftlich miteinander zu schlafen, wenn sie endlich ins Bett fallen durften. So sollte man es laut den Sonntagsbeilagen der Abendzeitungen machen, damit die Ehe hielt. Und außerdem möglichst oft kleine romantische Reisen einplanen und einen Babysitter organisieren, damit man hin und wieder eine ganz besondere Zeit zu zweit erlebte. Mit Goldkante. Wäre ein Sklave verfügbar gewesen, der einkaufen, Glühlampen wechseln und sich in Elterngruppen des Kindergartens engagieren konnte, der kochte, wusch und den Rohrleger anrief und bat, das Leck unter der Spüle zu reparieren, der bügelte, dafür sorgte, dass alle Rechnungen rechtzeitig bezahlt wurden, putzte, alle Briefe öffnete und sich um alle sozialen Kontakte der Familie kümmerte, dann wäre es vielleicht möglich gewesen. Ihr allergrößter Wunsch war, einmal ein ganzes Wochenende lang schlafen zu dürfen. Ungestört. Ausprobieren, ob es irgendeine Möglichkeit gab, die Müdigkeit abzuschütteln, die sie verspürte, diese Müdigkeit, die durch Mark und Bein ging und eine tiefe Sehnsucht mit sich brachte, dass die Dinge sich ohne ihr Zutun erledigten.

Sie dachte an das Seminar, das die Firma im Herbst angeboten hatte. «Verantwortung für sein Leben übernehmen.» Hinterher war sie ausgefüllt gewesen, es waren so viele Wahrheiten gesagt worden, die so einfach klangen, die sie aber selbst noch nie bedacht hatte.

In jedem Augenblick entscheide ich mich, ob ich Opfer oder Schöpfer meines eigenen Lebens sein will. Voller Inspiration war sie nach Hause geeilt, um Henrik von dem Erlebnis zu erzählen. Er hatte schweigend dagesessen und zugehört, aber als sie anbot, Karten für den nächsten Vortrag zu besorgen, den der Mann halten würde, zeigte er kein Interesse.

Was würden Sie tun, wenn Sie wüssten, dass Sie nur noch sechs Monate zu leben haben?

Mit dieser Frage hatte er das Seminar eingeleitet.

Als es zu Ende war, hing sie noch immer unbeantwortet im Raum.

Bis jetzt hatte sie noch keine Konsequenzen gezogen.

Auf dem Heimweg machte sie einen Abstecher zur Östermalmshallen, kaufte bei Elmqvist Fisk zwei Hummer und ging dann weiter zum Weinladen auf der Birger Jarlsgatan.

In der Mittagspause hatte sie die Reise gebucht und dafür gesorgt, dass die Tickets ins Büro geschickt wurden.

Alles würde wieder gut werden.

Es war erst halb fünf, als sie nach Hause kam. Axels Jacke lag hinter der Wohnungstür auf dem Boden, und sie hängte sie über den elefantenförmigen Haken, den sie in geeigneter Höhe für ihn angeschraubt hatte.

Sie hörte Henriks Stimme aus der Küche.

«Ich muss jetzt Schluss machen. Ich versuche, etwas später wieder anzurufen.»

Sie zog ihren Mantel aus, versteckte die Tüten mit den Hummern und dem Champagner in der Garderobe und ging die Treppe hinauf.

Er saß am Küchentisch und las die Dagens Nyheter. Neben ihm lag das schnurlose Telefon.

«Hallo.»

«Hallo.»

Sein Blick blieb auf die Druckerschwärze gerichtet. Sie schloss die Augen. Warum konnte er es nicht wenigstens versuchen? Warum überließ er immer ihr die Verantwortung?

Sie versuchte, ihre Verärgerung zur Seite zu schieben.

«Ich bin heute etwas früher nach Hause gegangen.»

Er hob den Kopf und warf einen Blick auf die Leuchtziffern an der Mikrowelle.

«Das sehe ich.»

«Ich habe mir gedacht, ich kutschiere Axel schnell zu meinen Eltern und lasse ihn dort übernachten.»

Diesmal sah er zu ihr auf. Ein kurzer, scheuer Blick.

«Aha. Warum das?»

Sie versuchte zu lächeln.

«Das sage ich nicht. Du wirst schon sehen.»

Für einen kurzen Augenblick hatte sie beinahe den Eindruck, dass er Angst bekam.

«Axel!»

«Ich muss heute Abend arbeiten.»

«Axel! Willst du heute Nacht bei Oma und Opa schlafen?»

Eilige Füße kamen aus dem Wohnzimmer getrappelt.

«Ja!»

«Na komm, dann gehen wir packen.»

Die vertraute Autofahrt hinaus nach Saltsjöbaden dauerte bloß eine Viertelstunde. Axel saß still und erwartungsvoll auf dem Rücksitz, und die vorübergehende Ruhe reichte aus, damit ihr auffiel, wie nervös sie war. Sie hatten seit London nicht mehr miteinander geschlafen, und das war fast zehn Monate her. Eigentlich hatte sie nie darüber nachgedacht. Keiner von ihnen hatte die Initiative ergriffen, und somit war auch keiner von ihnen beiden abgewiesen worden. Sie hatten wohl ganz einfach keine Lust gehabt, mehr steckte nicht dahinter. Und außerdem schlief ja auch immer Axel zwischen ihnen.

Sie fuhr hinauf und parkte in der gepflasterten Garageneinfahrt. Axel sprang aus dem Auto und rannte das kurze Stück zur Veranda.

Sie betrachtete ihr Elternhaus durch die Fensterscheibe. Groß und behütet lag das gelbe Haus aus der Jahrhundertwende mit seinen weißen Schnitzereien da, umgeben von knotigen, gut beschnittenen Apfelbäumen. In ein paar Monaten würden sie von weißen Blüten übersät sein.

In ein paar Monaten.

Dann würde alles wieder so sein wie immer.

Sie brauchte nur noch ein bisschen weiterzukämpfen.

Plötzlich fiel ihr ein, dass sie bei der Werkstatt anrufen und einen Termin für die Winterreifen bestellen musste.

Die Tür öffnete sich, und Axel verschwand im Haus. Eva stieg aus dem Auto, nahm Axels Tasche vom Rücksitz und ging auf den Eingang zu.

Ihre Mutter trat auf die Veranda heraus.

«Hallo. Hast du Zeit für ein Tässchen Kaffee?»

«Nein, ich muss sofort wieder los. Danke, dass ihr so kurzfristig einspringen konntet.»

Sie stellte die Tasche in der Garderobe ab und umarmte ihre Mutter kurz.

«Die Zahnbürste ist im äußeren Fach.»

«Ist was passiert?»

«Ja. Henrik hat einen neuen Kunden, und das wollten wir ein bisschen feiern.»

«Ach, wie schön! Was ist das für ein Kunde?»

«Es geht um eine Artikelserie für eine große Zeitung, ich weiß nicht genau. Axel! Ich fahre jetzt.»

Sie wandte sich wieder ihrer Mutter zu, wich aber deren Blick aus.

«Morgen früh hole ich ihn ab. Wir müssen spätestens um halb acht los, wenn wir es schaffen wollen.»

Axel tauchte im Türrahmen auf und kurz darauf ihr Vater.

«Hallo, mein Herz. Du willst doch nicht schon wieder gehen?»

«Doch. Sonst schaffe ich es nicht.»

Diesmal fügte ihre Mutter die Lüge für sie ein: «Henrik hat einen hübschen neuen Auftrag bekommen, den die beiden zusammen feiern wollen.»

«Da schau an. Dann grüß ihn mal und gratuliere ihm von mir. Und bei dir, wie ist es mit der Unternehmensfusion gelaufen, die euch solche Probleme gemacht hat?»

«Doch, das hat geklappt. Zum Schluss haben wir es durchgekriegt.»

Er stand schweigend da und lächelte. Dann streckte er die Hand aus und legte sie Axel auf den Kopf.

«Du musst wissen, Axel, dass du eine tüchtige Mama hast. Wenn du groß bist, wird sie bestimmt genauso stolz auf dich sein, wie wir immer auf sie sein konnten.»

Plötzlich hätte sie am liebsten weinen mögen. In seinen Arm kriechen und wieder klein sein. Nicht fünfunddreißig und Managementberaterin und eine Mutter, die die Verantwortung hatte, ihre Familie zu retten. Sie waren immer da gewesen. Das Fundament. Verlässlich und selbstverständlich hatten sie stets an sie geglaubt, sie unterstützt, hatten ihr den Glauben an ihr eigenes Können geschenkt. Dass nichts unmöglich war.

Diesmal gab es nichts, was sie tun konnten.

Diesmal stand sie vollkommen allein da.

Wie sollte sie ihnen jemals gestehen, dass Henrik vielleicht nicht mehr mit ihrer Tochter leben wollte. Mit ihr, auf die sie so stolz waren, die so tüchtig und stark und erfolgreich war.

Sie hockte sich neben Axel und zog ihn an sich, um ihre Schwäche zu überspielen.

«Ich hole dich morgen früh ab. Hab viel Spaß heute Abend.»

Sie zwang sich zu einem Lächeln, ging die Stufen hinunter und weiter zum Auto. Durch die Fensterscheibe sah sie, dass sie auf der Veranda stehen blieben und ihr nachwinkten.

Zusammen.

Papas Arm um Mamas Schultern. Vierzig Jahre, und immer noch standen sie dort, Seite an Seite, zufrieden mit ihrem Leben und so dankbar und stolz auf ihre einzige Tochter.

Genau so wollte sie auch einmal dastehen.

So ein Elternhaus wollte sie auch für Axel erschaffen. Die Sicherheit. Ein vollkommenes Vertrauen, dass sie immer da sein würde, egal, was passierte.

Die Familie.

Die Unerschütterliche.

Auf die man sich verlassen konnte, wenn alles andere den Bach hinunterging. Der gleiche Vorteil, mit dem sie selbst aufgewachsen war. Mama und Papa, immer da, falls sie sie brauchte. Immer bereit einzuspringen. Und je älter sie wurde, desto weniger brauchte sie sie, gerade weil sie wusste, dass sie die ganze Zeit da waren.

Für den Notfall.

Ihr Vertrauen in sie, dass sie zurechtkommen, dass sie es schaffen würde. Ihr unerschütterlicher Glaube an ihre Fähigkeiten, egal, was sie sich vornahm.

Was stimmte mit ihrer eigenen Generation nicht? Warum waren sie nie zufrieden? Warum musste alles und jeder ständig gemessen, verglichen und bewertet werden? Was war das für eine ungelöste Rastlosigkeit, die sie immer weiter trieb, voran, zum nächsten Ziel? Diese Unfähigkeit, innezuhalten und sich über die bereits erreichten Ziele zu freuen, eine ruhelose Angst, es könnte ihnen etwas entgehen, sie hätten etwas verpasst, das vielleicht ein kleines bisschen besser gewesen wäre, sie ein klein wenig glücklicher hätte machen können. So viele Wahlmöglichkeiten, wie sollten sie das alles schaffen?

Die ältere Generation hatte dafür gekämpft, ihre Träume zu verwirklichen: Ausbildung, ein Zuhause, Kinder, und dann war das Ziel erreicht. Weder sie selbst noch ihre Umwelt hatten erwartet, dass sie viel mehr bräuchten. Niemand fand, sie wären nicht ambitioniert, wenn sie länger als ein paar Jahre an einem Arbeitsplatz blieben, im Gegenteil, Loyalität war ehrenhaft. Sie hatten die Fähigkeit besessen, sich hinzusetzen und mit ihrem Leben zufrieden zu sein. Hatten hart gekämpft und dann die Erfolge genossen.

Sie öffnete die Haustür so lautlos wie möglich, schlich sich in die Küche und legte den Champagner zur Schnellkühlung ins Eisfach. Henrik war nicht zu sehen, die Tür zum Arbeitszimmer geschlossen. Ein kurze Dusche und her mit der neuen Spitzenunterwäsche, die sie in der Mittagspause gekauft hatte. Als sie ihr Gesicht im Badezimmerspiegel sah, überkam sie wieder die Nervosität. Vielleicht sollte sie sich etwas öfter Mühe geben? Aber wie sollte sie das zeitlich schaffen? Sie zog die silberne Spange heraus, die am Hinterkopf befestigt war, und ließ sich ihre Haare über die Schultern fallen. Er hatte es immer am liebsten gemocht, wenn sie die Haare offen trug.

Sie überlegte kurz, sich nur den Morgenmantel über die schwarze Unterwäsche zu ziehen, wagte es aber nicht. O Gott. Sie stand in ihrem Badezimmer, wo sie zusammen mit ihrer Familie seit bald acht Jahren jeden Morgen und jeden Abend stand, und war nervös, weil sie ihren Mann zum Essen einladen wollte. Wie war es dazu gekommen?

Sie zog sich eine schwarze Jeans und einen Pulli über.

Die Tür zum Arbeitszimmer war immer noch geschlossen, als sie aus dem Bad kam. Sie lauschte, konnte seine Finger auf der Tastatur aber nicht hören. Dort drinnen war alles still. Doch dann plötzlich das Pling, das ertönte, wenn eine E-Mail abgeschickt wurde. Vielleicht war er fertig mit der Arbeit?

Schnell deckte sie den Tisch mit den feinen Tellern und wollte gerade die Kerzen anzünden, als er auf einmal in der Küchentür stand. Er warf einen Blick auf die festlich gedeckte Tafel, aber in seinem Gesicht war keine Spur von Freude zu lesen.

Sie lächelte ihn an.

«Machst du das Deckenlicht aus?»

Er zögerte kurz, bevor er sich umdrehte und tat, worum sie ihn gebeten hatte. Sie nahm die Champagnerflasche, entfernte den Metalldraht und zog den Korken heraus. Die Sektgläser, die sie zur Hochzeit geschenkt bekommen hatten, standen schon auf dem Tisch. Er verharrte in der Tür, machte keinen Ansatz, ihr entgegenzukommen.

Sie ging auf ihn zu und reichte ihm das eine Glas.

«Bitte schön.»

Nun hatte sie Herzklopfen. Warum half er ihr nicht? Musste er sie lächerlich machen, weil sie es wenigstens versuchte?

Sie ging zurück und setzte sich an den Tisch. Einen kurzen Augenblick glaubte sie, er würde wieder ins Arbeitszimmer gehen. Aber dann kam er endlich und setzte sich hin.

Das Schweigen war wie eine zusätzliche Wand im Raum. Quer über den Tisch verlief sie, und jeder von ihnen saß auf einer Seite. Sie sah auf ihren Teller hinunter, konnte aber nicht essen. Auf dem Stuhl neben ihr lag der blaue Plastikhefter mit den Tickets. Sie fragte sich, ob er ihre Hand zittern sah, als sie ihn durch die Wand hinüberreichte.

«Bitte sehr.»

Misstrauisch betrachtete er ihre ausgestreckte Hand.

«Was ist das?»

«Vielleicht etwas Schönes. Schau doch mal nach.»

Er öffnete die Mappe, und sie beobachtete ihn. Sie wusste, dass er immer nach Island hatte fahren wollen. Es war nie etwas daraus geworden. Sie hatte erholsame Ferien in der Sonne vorgezogen, und immer war sie diejenige, die die Ferienreisen plante und organisierte.

«Ich dachte, Axel könnte bei meinen Eltern bleiben, damit ausnahmsweise mal wir beide, du und ich, zusammenfahren könnten.»

Er hob den Blick und sah sie an, seine Augen machten ihr Angst. Nie zuvor hatte sie jemand mit einer solch vernichtenden Kälte angesehen. Dann legte er den Hefter auf den Tisch und stand auf, sah ihr direkt in die Augen, als wollte er sichergehen, dass auch wirklich jedes Wort verständlich war.

«Es gibt nichts, absolut nichts, worauf ich mit dir zusammen Lust habe.»

Jede einzelne Silbe wie eine Ohrfeige mitten ins Gesicht.

«Wenn Axel und das Haus nicht wären, hätte ich mich schon längst verabschiedet.»

DIE PSYCHOTHERAPEUTIN Yvonne Palmgren hatte darauf bestanden, dass das, was sie «das erste Gespräch» nannte, in Annas Zimmer stattfand. Jonas hatte keine Einwände, dort würde ihn zumindest der Zwang in Ruhe lassen. Wozu das Gespräch jedoch gut sein sollte, fiel ihm schwer zu begreifen. Aus Angst, sie könnten ihm die Übernachtungen wegnehmen, wenn er die Zusammenarbeit verweigerte, hatte er dem Treffen trotzdem zugestimmt.

Sie saß auf einem der Stühle am Fenster, vielleicht fünfzig, fünfundfünfzig. Der weiße Kittel hing offen über einer grauen Hose und einem roten Pullover. Eine kindische Halskette, die aus großen farbenfrohen Plastikperlen bestand, ruhte auf ihrem fülligen Busen, und vier Filzstifte in schreienden Neonfarben steckten in ihrer Brusttasche. Vielleicht sollten all diese fröhlichen Farben die Schwärze aufwiegen, mit der sie in den Seelen ihrer angsterfüllten Patienten täglich konfrontiert wurde.

Er selbst saß auf Annas Bettkante und hielt ihre gesunde rechte Hand.

Er spürte, wie die Frau auf dem Stuhl ihn beobachtete. Er wusste genau, was sie dachte.

«Wo sollen wir anfangen?»

Er wandte den Kopf zur Seite und sah sie an.

«Keine Ahnung.»

Er war hergekommen wie verabredet, der Rest war nicht sein Problem, darum durfte sie sich kümmern. Nicht er hatte das Bedürfnis, dieses Gespräch zu führen, sondern die Verwaltung, damit sie guten Gewissens Annas Rehabilitation abschließen und ihr Gehirn langsam, aber sicher absterben lassen konnten, sodass sie das Problem los wurden. Aber ihn auf ihre Seite zu ziehen, das konnten sie vergessen.

«Bereitet es Ihnen Mühe, dieses Gespräch zu führen?»

Er seufzte.

«Nein, nicht besonders, ich verstehe nur nicht, wozu es gut sein soll.»

«Glauben Sie nicht, Ihre abwehrende Haltung könnte darauf beruhen, dass Sie Angst haben?»

Darauf wollte er nicht einmal antworten. Was, zum Teufel, wusste sie über Angst? Allein die Frage bewies, dass sie niemals auch nur in ihre Nähe gekommen war. Nie das sinnlose Entsetzen darüber gespürt hatte, alles zu verlieren. Keine Macht über die eigenen Gedanken zu haben, sein eigenes Leben nicht kontrollieren zu können.

Oder Annas.

«Wie lange haben Sie zusammengelebt? Vor dem Unglück, meine ich.»

«Ein Jahr.»

«Aber Sie haben nicht zusammengewohnt?»

«Nein. Wir wollten heiraten damals, als … damals, als …»

Er brach ab und betrachtete Annas geschlossene Lider.

Die Frau auf dem Stuhl veränderte ihre Position. Stützte sich auf die Armlehnen und faltete dann die Hände über dem aufgeschlagenen Ordner auf ihrem Schoß.

«Anna ist ein bisschen älter als Sie.»

«Ja.»

Yvonne Palmgren warf einen Blick in ihre Papiere.

«Fast zwölf Jahre.»

Er blieb stumm. Warum sollte er antworten, wenn sie ihre krankhafte Neugierde durch Ablesen befriedigen konnte.

«Können Sie ein wenig von Ihrer Beziehung erzählen? Wie Ihr Leben aussah, bevor das alles passierte? Erzählen Sie von einem ganz gewöhnlichen Tag, wenn Sie wollen.»

Er stand auf und ging zum Fenster. Er hasste das hier. Aus welchem Grund sollte er sein und Annas Leben einem fremden Menschen ausliefern? Mit welchem Recht stapfte sie in ihre gemeinsamen Erinnerungen hinein?

«Haben Sie darüber gesprochen zusammenzuziehen?»

«Wir wohnen im selben Haus. Anna hat ein Atelier ganz oben im selben Treppenhaus. Sie ist Künstlerin.»

«Aha.»

Er konnte sich noch so gut an ihr erstes Treffen erinnern. Er hatte die Post des Tages verteilt, war zu Hause gewesen, um ein paar Stunden zu schlafen, und war nun auf dem Weg zum Einkaufen. Sie stand im Erdgeschoss im Hausflur und lud Kartons in den Aufzug. Sie grüßten einander, und er hielt ihr die Tür auf, als sie hinaus zu ihrem Auto ging, um die letzte Kiste zu holen. Die Ähnlichkeit war verblüffend. Wie war es möglich, dass zwei Menschen sich so ähnlich sahen? Er blieb stehen, wollte nicht gehen, bevor er nicht die Gelegenheit gehabt hatte, mit ihr zu reden. Hinterher war es so selbstverständlich, dass er geblieben war. Dass er sein Zögern überwunden und gefragt hatte, ob er ihr helfen könnte. Er wusste nicht mehr, was sie geantwortet hatte. Nur an ihr Lächeln erinnerte er sich. Ein aufrichtiges warmes Lächeln, das ihre Augen zu Schlitzen verschmälerte und ihm das Gefühl verlieh, auserwählt zu sein, einzigartig und schön in den Augen eines anderen.

Er half ihr mit den Kisten, und danach lud sie ihn in ihr neues Atelier ein und führte ihn stolz und froh herum. Er hatte vor allem sie angesehen. Sie schien umgeben von einem Strahlenglanz. Ihre unverfälschte Natürlichkeit war so anziehend, dass ihm schwindlig wurde. Bereits nach fünf Minuten wusste er, dass sie diejenige war, auf die er immer gewartet, dass sein bisheriges Leben unausweichlich zu dieser Begegnung geführt hatte.

«Was haben Sie für gewöhnlich zusammen gemacht?»

Die Frage der Psychologin schleuderte ihn zurück in die Gegenwart. Er drehte sich zu ihr um.

«Alles Mögliche.»

«Können Sie ein Beispiel geben?»

Sie aßen gemeinsam. Er kam um die Mittagszeit von der Arbeit, und sie arbeitete zu Hause, sodass nach einer Weile eine Gewohnheit daraus wurde. Jeden zweiten Tag bei ihr und jeden zweiten Tag bei ihm. Sie war die Erste nach mehreren Jahren, die er in seine Wohnung hereinließ, es war ihm nie gelungen, die Abneigung gegen die Unordnung zu überwinden, die entstand, wenn jemand zu Besuch kam. Sie hatte über seine systematische Ordnung gelacht, behauptet, all die rechten Winkel machten sie nervös, und ihn überredet, die Möbel umzustellen. Sie war sogar hinaufgerannt in ihr Atelier und hatte ein großes Ölbild geholt, das sie im Zimmer aufhängten. Nachdem sie an diesem Abend gegangen war, wurde ihm in aller Deutlichkeit bewusst, wie sehr er sie liebte. Er war in dem Durcheinander herumspaziert, und der Zwang hatte ihm nichts anhaben können. Ohne sich ihrer unerhörten Tat bewusst zu sein, hatte sie es durch ihre bloße Anwesenheit geschafft, die Gefahr zu neutralisieren, die ihn bedrohte.

In der Nacht stand er nackt vor dem Bild und folgte ihren Pinselstrichen mit dem Finger. Die geriffelte Leinwand weckte ein so starkes Verlangen in ihm, dass es wehtat, aber er wollte es nicht verschwenden. Er wollte es aufbewahren und ihr schenken, wenn sie bereit dafür war.

«Hatten Sie einen großen Bekanntenkreis?»

Er drehte sich wieder zum Fenster und steckte die Hand in die Hosentasche. Seine Erinnerungen hatten die irrsinnige Sehnsucht nach Leben erweckt. Diesen Hunger nach Haut, der ihn in den Wahnsinn treiben würde, wenn sie ihn nicht bald anfasste.

«Nicht besonders.»

«Und Verwandte?»

«Ihre Eltern sind bei einem Autounfall gestorben, als sie vierzehn war. Sie ist ein typisches Löwenzahnkind, das trotzdem mit dem Leben zurechtgekommen ist. Unverwüstlich. Stark und stur.»

«Hat sie Geschwister?»

«Einen Bruder, aber der wohnt in Australien.»

«Und Sie?»

Er drehte den Kopf und sah sie an.

«Was ist mit mir?»

«Ihre Eltern?»

«Was soll mit denen sein?»

«Das weiß ich nicht. Erzählen Sie.»

«Wir haben keinen Kontakt. Ich bin nach Stockholm gezogen, als ich achtzehn war, es war ein gutes Gefühl, wegzukommen.»

«Wovon wegzukommen?»

«Ich habe nördlich von Gävle gewohnt.»

«Ja, aber die meisten halten ja Kontakt zu ihrer Familie, auch wenn sie zu Hause ausziehen.»

«Aha.»

Neun Worte hatte seine Mutter zu ihm gesagt, nachdem der Betrug aufgeflogen war. Neun Worte. Es war an seinem achtzehnten Geburtstag, er saß in der Küche und frühstückte, war gerade von seiner Zeitungsrunde zurückgekehrt. Drei Monate lang hatte er getan, was er konnte, damit ihm vergeben würde, sie war nicht zugänglich gewesen. Und sein Vater hatte sich in einer Ein-Zimmer-Wohnung in Gävle verschanzt, um der Scham zu entkommen, die ihre bodenlose Traurigkeit und Enttäuschung verursachte. Hatte seine Kleidung und das eine Bett aus dem Schlafzimmer mitgenommen und war verschwunden.

Plötzlich stand sie in der Küchentür. Sie hatte den geblümten Morgenmantel an, der so gut roch, der nach Mama roch. Freude erfüllte ihn, und er dachte, dass sie vielleicht, ganz vielleicht, bereit war, ihm zu vergeben. Es war sein Geburtstag, und sie stand in der Küchentür.

Neun Worte sagte sie.

Ich will nicht, dass du hier noch länger wohnst.

Yvonne Palmgren veränderte wieder ihre Sitzhaltung. Einige Bögen glitten aus der Mappe, und sie fing sie kurz, bevor sie auf den Boden fielen, auf.

Er senkte den Blick und setzte sich wieder zu Anna.

«Warum haben Sie keinen Kontakt zu Ihren Eltern?»

«Weil ich keine Lust habe.»

«Fühlen Sie nie eine Leere?»

«Nein.»

Sie räusperte sich und klappte den Ordner zu.

«Ich glaube, für den Moment lassen wir es dabei bewenden, aber ich würde unser Gespräch gerne schon am Nachmittag fortsetzen.»

Er zuckte die Achseln. Es ärgerte ihn, dass er tun musste, was sie sagten. Dass er sie nicht einfach alle zum Teufel scheren konnte.

«Sagen wir um zwei?»

Sie stand auf, trat zum Bett und sah zuerst Anna und dann ihn an, bevor sie zur Tür ging.

«Dann sehen wir uns später. Bis dann.»

Er gab keine Antwort.

Er sah, wie die Tür sich hinter ihr schloss, nahm Annas Hand, legte sie auf seinen Schritt und schloss die Augen.

NOCH NIE IN ihrem ganzen Leben hatte sie sich so einsam gefühlt.

Er hatte auf dem Sofa geschlafen. Hatte sein Kissen und seine Decke geholt und sie, ohne ein Wort zu sagen, mit all den unbeantworteten Fragen allein gelassen, die sie nicht zu stellen wagte. Seine letzten Worte am Küchentisch hatten sie stumm gemacht.

Die Angst wie ein Krampf im Magen.

Warum war er so wütend? Woher kam sein Zorn? Was konnte sie getan haben, womit hatte sie möglicherweise verdient, so behandelt zu werden?

Allein im Doppelbett bereute sie, dass sie Axel zu den Großeltern gebracht hatte. Sie hätte alles dafür gegeben, ihn jetzt neben sich zu haben, seine Atemzüge zu hören, die Hand ausstrecken zu können und seinen warmen Schlafanzugrücken zu spüren.

Gegen vier hielt sie es nicht länger aus. Mit rot angeschwollenem Gesicht und brennenden Augen zog sie sich ihren Morgenmantel über und ging hinaus zu ihm. Draußen war es noch immer dunkel, aber im schwachen Mondlicht konnte sie erkennen, dass er mit den Armen unterm Kopf auf dem Rücken lag. Die Knie leicht gebeugt, das Sofa war zu kurz, als dass er sich ganz hätte ausstrecken können. Eine kurze Überlegung, warum er sich nicht in Axels Bett gelegt hatte. Zwar ein Kinderbett, aber immerhin besser als das Sofa.

Sie setzte sich auf einen Sessel, ganz vorne an die Kante.

«Schläfst du?»

Er antwortete nicht.

Sie zog ihren Morgenmantel enger zusammen und bibberte. Die Sprossenfenster in diesem Zimmer brauchten neuen Kitt. Die Heizkörper konnten die Wärme nicht halten, wenn der größte Teil davon sofort durch die undichten Ritzen entschwand. Es würde eine Zeit raubende Arbeit sein, acht kleine Scheiben in jedem Fenster. Vielleicht konnten sie jemanden damit beauftragen, um keine Zeit von ihren dringend benötigten Urlaubstagen opfern zu müssen. Aber vielleicht spielte das sowieso keine Rolle mehr.

Sie schluckte.

«Henrik?»

Kein Laut.

«Henrik, bitte, können wir nicht ein bisschen reden? Kannst du mir nicht einfach erklären, was hier vor sich geht?»

Keine Bewegung.

«Kannst du mir wenigstens sagen, warum du so wütend bist? Was ich dir getan habe?»

Er drehte sich auf die Seite und zog die Decke höher. Es musste ihrer Stimme anzumerken sein, wie traurig sie gewesen, wie traurig sie *war*, aber sie musste einsehen, dass er ihr nicht antworten würde, obwohl er sie gehört hatte. Er wollte sie und ihre Fragen zu Tode schweigen, als hätte sie sie nie gestellt. Sie lehnte den Kopf zurück, schloss die Augen und versuchte die Laute der Verzweiflung zu ersticken, die wie ein Brüllen in ihrer Kehle steckten und verlangten, herausgelassen zu werden. Ein bedrohtes Tier, das von all seinen Instinkten zum Kampf alarmiert wurde, aber nicht wusste, wogegen es sich verteidigen sollte. Eine ganze Weile saß sie so da, unfähig, sich zu erheben, doch schließlich schaffte sie es, ihre Beine zu überreden, sie zurück zu dem leeren Ehebett zu tragen.

Sie hatte sich gerade wieder hingelegt, als sie ihn zur Toilette gehen hörte.

Er ließ sie allein.

Erst nach fünf Uhr schlief sie ein. Gegen sieben wurde sie von der ins Schloss fallenden Haustür geweckt. Sie nahm an, dass er sich auf den Weg machte, um Axel abzuholen und in den Kindergarten zu bringen.

Sie blieb liegen und starrte auf den Sekundenzeiger ihrer Armbanduhr, hatte nicht die Kraft, sich zu rühren. Der Zeiger führte sie Schritt für Schritt weiter weg von allem, woran sie glaubte. Wie sollte sie das hier in Ordnung bringen?

Das plötzliche Klingeln des Telefons ließ sie nach Luft schnappen. Aus einem einzigen Grund nahm sie den Hörer ab. Er hätte es sein können.

«Eva.»

«Hallo, hier ist Mama.»

«Ach so, hallo.»

Sie legte sich wieder hin.

«Wie war es gestern Abend?»

«Doch, danke gut. Hat es mit Axel gut geklappt?»

«Ja klar, aber gegen halb zwei ist er aufgewacht, er war traurig und wollte euch unbedingt anrufen, obwohl wir gesagt haben, es wäre zu spät. Wir haben es auf euren Handys probiert, aber die waren ausgeschaltet, und zu Hause war die ganze Zeit besetzt. Hattet ihr einen netten Abend?»

Die ganze Zeit besetzt?

«Ja, doch, es war nett.»

Wen hatte er so spät angerufen? Denn sie hatte kein Klingeln wahrgenommen. Und wenn er im Netz gewesen wäre, hätte man das Telefon trotzdem gehört.

«Papa und ich wollten fragen, ob ihr am Sonntag zu uns kommen und mit uns essen wollt. Ich habe noch einen Elchbraten vom Herbst im Tiefkühler und wollte etwas daraus machen. Leider habe ich vergessen, Henrik zu fragen, als er hier war, um Axel abzuholen, aber meistens hast sowieso du den Überblick über euren Terminkalender. Übrigens, Henrik ist so schmal geworden! Er hat bestimmt ein paar Kilo abgenommen, oder?»

Sie setzte sich wieder auf. Plötzlich bekam sie kaum noch Luft.

«Hallo!»

«Ja.»

«Bist du noch da?»

«Ja.»

«Was sagst du zu dem Essen am Sonntag?»

Sonntag? Essen?

«Ich glaube nicht, dass wir da können. Du, ich muss jetzt los zur Arbeit, ich stand gerade in der Tür, wir sprechen uns ein anderes Mal.»

Sie drückte die Gabel mit dem Zeigefinger hinunter und blieb mit dem stummen Hörer am Ohr sitzen. Wie hatte sie so blind sein können. So verdammt leicht hinters Licht zu führen. Wie bei einem magnetischen Puzzle fielen plötzlich alle Teile an die richtige Stelle. Kleine unregelmäßige Teile, die sie verwirrt hatten, die sie jedoch aufgrund ihrer Unwahrscheinlichkeit zielstrebig von sich geschoben hatte. Späte Versammlungen. Eine eilige Konferenzreise nach Åland mit einem ihr unbekannten Auftraggeber. Hastig beendete Telefongespräche, wenn sie zur Tür hereinkam.

Sie stand auf, zog ihren Morgenrock über und ging ins Arbeitszimmer. Die plötzliche Bedrohung pochte in ihrem Magen. Es musste etwas geben. Einen Zettel, einen Brief, eine Telefonnummer.

Sie begann mit den Schreibtischschubladen. Durchsuchte systematisch beide Aktenschränkchen, Lade für Lade, die eine Gehirnhälfte dabei zielbewusst, die andere starr vor

Angst, einen Beweis für das zu finden, was sie im Grunde bereits wusste.

Nie im Leben hatte sie geglaubt, dass sie sich einmal in dieser Situation befinden würde. Nie.

Sie fand nichts. Nur sichere Beweise der Gültigkeit ihrer Familie. Lebensversicherungen, Pässe, Kontoauszüge, Axels Impfpass, den Schlüssel zum Schließfach bei der Bank. Wo würde er etwas verstecken, das sie auf keinen Fall finden durfte? Gab es einen einzigen Ort in diesem Haus, an dem sie nie nachsah? Wo er wusste, dass sein Geheimnis sicher war?

Plötzlich das Geräusch der Haustür, die geöffnet wurde.

Ertappt wie ein Dieb, huschte sie zurück ins Schlafzimmer. Musste nachdenken. Musste es herausbekommen. Wer war sie? Wer war die andere Frau, die gerade dabei war, ihr ihren Mann wegzunehmen? Ihr Leben zu zerstören? Die Bedrohung pulsierte durch ihren Körper.

Im selben Augenblick, als sie seine Schritte die Treppe hinaufkommen hörte, öffnete sie die Schlafzimmertür und trat hinaus.

Sie blieben stehen, Auge in Auge, zwei Meter voneinander entfernt.

Ein Zeitalter zwischen ihnen.

Er sah vor allem erstaunt aus, als er sie erblickte.

«Bist du nicht auf der Arbeit?»

Er ging weiter zu seinem Platz am Küchentisch, das alltägliche Geräusch der scharrenden Stuhlbeine auf dem Holzboden. Dann zog er die *Dagens Nyheter* zu sich heran, und sie verlor ihre gesamte Selbstbeherrschung. Ohne zu zögern, ging sie zu ihm, riss die Zeitung an sich und schleuderte sie auf den Fußboden. Er starrte sie an.

«Bist du nicht ganz richtig im Kopf?»

In seinen Augen lag immer noch die Kälte. Eine Gleichgültigkeit, die ebenso wirksam war wie eine polizeiliche Absperrung. Sie war nicht mehr willkommen. Bewaffnet mit seinem Geheimnis, hatte er sich unangreifbar verschanzt, gut geschützt vor ihren Angriffen. Sie selbst stand splitternackt und wehrlos da, ohne jegliche schlagkräftige Waffe, mit der sie hätte kämpfen können.

Die Wut schlug über ihr zusammen. Eine Lust, zu schlagen, zu verletzen, zu zerstören. Ihm wehzutun. Das Gleichgewicht wiederherzustellen. Sie hasste die Schwäche, die er in ihr erzeugte.

«Ich will nur die Antwort auf eine einzige Frage. Wie lange geht das schon?»

Sie sah, dass er schluckte.

«Was denn?»

Er musste die Gefahr gespürt haben, denn er wagte nicht länger, ihrem Blick zu begegnen. Das beruhigte sie, brachte sie beinahe zum Lachen. Langsam, aber sicher gewann sie die Oberhand zurück. Sie war diejenige, die das Recht auf ihrer Seite hatte. Er hatte gelogen und sie betrogen und sollte Rede und Antwort stehen. Sollte sich schämen.

Sie setzte sich auf den Stuhl ihm gegenüber.

«Tja, vielleicht hast du mehrere Eisen im Feuer, aber ich dachte zunächst an die, mit der du heute Nacht telefoniert hast.»

Er erhob sich. Ging zum Waschbecken und trank direkt aus dem Hahn. Sie beherrschte sich, um nicht all die Worte hinauszuschreien, die sich auf ihrer Zunge drängten. Die wirksamste Folter bestand darin, schweigend dazusitzen, das Schlimmste, was sie ihm antun konnte, war, ihn reden zu lassen.

Er richtete sich wieder auf und wandte sich ihr zu.

«Das war bloß jemand, mit dem ich befreundet bin.»

«Aha. Jemand, den ich kenne?»

«Nein.»

Kurz und sachlich. Sein gerader Blick brachte sie plötzlich ins Wanken. Zum ersten Mal seit langer Zeit sah er sie direkt an, ohne dass sein Blick flackerte. Woher nahm er die Stärke, wenn sie nicht daherrührte, dass er unschuldig angeklagt wurde?

«Wie heißt sie denn? Und wo hast du sie kennen gelernt? Denn ich vermute mal, dass es eine Sie ist.»

«Spielt das eine Rolle?»

«Ja. Wenn mein Mann eine so gute Freundin hat, dass er sie mitten in der Nacht anruft, um mit ihr zu reden, während ich im Zimmer nebenan liege, dann möchte ich das gerne wissen.»

Sie sah, dass er zögerte. Wie er einen benutzten Kaffeebecher in die Hand nahm und in die Spülmaschine stellte. Dann kam er und setzte sich wieder an den Tisch.

Mann und Frau, von Angesicht zu Angesicht über ihrem vertrauten Küchentisch.

Eine plötzliche Ruhe.

Jetzt würden sie reden. Eine sachliche Pause im Orkan, die ihnen gestattete, einander näher zu kommen, als würden sie über andere Leute sprechen. Alle Fragen würden endlich beantwortet, alle Lügen gestanden werden. Die Wirklichkeit sollte enthüllt werden und die Wahrheit nackt und bloß vor ihnen stehen. Was danach passieren würde, war im Moment unwichtig; darüber schienen sie unausgesprochen übereingekommen zu sein.

Hauptsache, es würde endlich die Wahrheit gesagt werden.

«Sie heißt Maria.»

Maria.

«Und wo hast du sie getroffen?»
«Sie ist Graphikdesignerin bei Widmans.»
«Wie lange kennst du sie schon?»
Er zuckte mit den Schultern.
«Ein halbes Jahr vielleicht.»
«Warum hast du mir nicht von ihr erzählt?»
Keine Antwort.
«Warum hast du sie heute Nacht angerufen?»
«Woher weißt du, dass ich das getan habe?»
«Spielt das eine Rolle? Du hast es gemacht, oder nicht?»
«Ja. Ich habe sie in der Nacht angerufen. Sie ist …»
Er unterbrach sich und rutschte auf seinem Stuhl hin und her, schien nichts lieber zu wollen, als aufzustehen und zu gehen.
«Ich weiß nicht. Man kann gut mit ihr reden.»
«Worüber?»
«Alles Mögliche.»
«Über uns?»
«Ja, das ist vorgekommen.»
Wieder die Übelkeit.
«Was erzählst du dann?»
«Na, ich habe wohl gesagt, wie es ist.»
«Aha, und wie ist es?»
Sein tiefes Einatmen verriet seine Unlust.
«Ich habe gesagt, dass wir, ja, dass ich, zum Teufel, man kann ganz einfach gut mit ihr reden. Es macht Spaß, mit ihr zusammen zu sein.»
Es macht Spaß, mit ihr zusammen zu sein.
Wir haben keinen Spaß mehr.
Maria.
Ihr Ehemann hatte heute Nacht um zwei Uhr Maria von Widmans angerufen. Er hatte mit Maria telefoniert, während

sie allein mit ihren verzweifelten Fragen und der neuen Unterwäsche im Schlafzimmer lag.

Verflucht.

Was hatte er gesagt? Hatte er von der Reise erzählt und von dem Champagner, den sie gekauft hatte? Allein bei dem Gedanken wurde ihr schlecht. Irgendwo gab es eine Frau, die mehr über ihre Beziehung wusste als sie selbst, die mit Einzelheiten ihres Lebens vertraut war, an die sie nicht herankam. Sie war verraten, ausgeliefert. Einer Frau unterlegen, die sie nie gesehen hatte. Die Wirklichkeit war im Anmarsch. Die Pause beendet.

«Was meinst du, wie das für mich ist? Dass du mich und unsere Beziehung ihr auslieferst?»

Er warf einen sehnsüchtigen Blick auf die Tür zum Arbeitszimmer, aber sie hatte nicht vor, ihn davonkommen zu lassen.

«Begreifst du nicht, wie das für mich ist? Wenn du der Meinung bist, dass wir Probleme haben, dann solltest du wohl mit mir darüber reden und nicht mit ihr.»

Kurzes Schweigen. Und dann wieder die Gleichgültigkeit in seinen Augen.

«Ich habe das Recht zu reden, mit wem ich will, damit hast du nichts zu tun.»

Ein Fremder saß mit ihr am Tisch.

Vielleicht war er das im Grunde immer gewesen. Hatte sie ihn vielleicht nie gekannt? Sie hatte lediglich fünfzehn Jahre neben ihm hergelebt, aber nie gewusst, wer er wirklich war. Nur seinen Zorn verstand sie nicht. Warum er nicht wenigstens begreifen konnte, wie weh er ihr tat. Und wenn er es doch begriff, warum spielte es dann keine Rolle für ihn? Wieso schlug er weiter, obwohl sie längst besiegt war? Trat zu, während sie bereits am Boden lag?

Er stand auf, und nun war etwas Neues in seinem Blick. Vielleicht sah sie ganz einfach Ekel in seinen Augen.

«Du gönnst mir nur nicht, dass ich mich amüsiere.»

«Ach, so ist das also. Schlaft ihr auch miteinander?»

Sie musste es wissen.

Diesmal rümpfte er die Nase.

«Nein, was, zum Teufel, denkst du dir denn? Bloß, weil wir gerne miteinander reden und Spaß haben. Du kannst dir deine widerlichen Phantasien für deine widerlichen Verhandlungsstrategien aufsparen.»

Er ging ins Arbeitszimmer und schloss die Tür mit einem Knall.

Vor zwei Jahren hatten sie sie gemeinsam lasiert.

Maria aus der Agentur Widmans. Mit der kann man Spaß haben.

Sie sah, dass die Geranie am Küchenfenster Wasser brauchte, und stand auf, um die Gießkanne zu holen. Außerdem durfte sie nicht vergessen, die Rechnung für Axels Schwimmkurs zu bezahlen. Mit der Kanne in der Hand blieb sie stehen und sah aus dem Fenster. Ein Kastenwagen parkte in der Garageneinfahrt der Nachbarn, und zwei Männer luden gerade eine ganze Garnitur Weißwaren aus. Aufstieg und Verfall. So verschieden konnte es aussehen auf einem Abstand von nur zehn Metern. Sie nahm ihre Handtasche und ging hinunter in den Hausflur.

«Ich suche Maria.»

Sie stand draußen zwischen den Bäumen in der öffentlichen Grünanlage. Vom Haus aus anzurufen war ihr unmöglich erschienen. Allein der Gedanke, zwischen ihren gemeinsamen Sachen zu stehen und gleichzeitig die Stimme dieser Frau zu hören, war undenkbar. Es hätte jeden Gegenstand besudelt, auf den während des Gespräches ihr Blick gefallen wäre. Sie wusste eigentlich nicht, warum, aber aus irgendeinem Grund empfand sie einfach ein ungeheures Bedürfnis, ihre Stimme zu hören. Diese Maria aus der Agentur Widmans, die Dinge über sie wusste, die ihr selbst nicht bekannt waren. Was hatte Henrik gesagt? Was hatte er erzählt? Irgendwie musste sie das Gleichgewicht wiederherstellen. Musste wieder die Oberhand gewinnen.

«Sie wollen Maria sprechen?»

«Ja, Maria.»

Falls es mehrere bei Ihnen gibt, nehmen Sie die netteste, eine, die sich gern in Dinge einmischt, die sie nichts angehen.

«Dann müssen Sie sich verwählt haben.»

«Bin ich nicht mit Widmans Graphikdesign verbunden?»

«Doch, aber es gibt hier keine Maria.»

Sie beendete das Gespräch und blieb stehen. Adrenalin wurde durch ihren Körper gepumpt, ohne freien Lauf zu finden. Was sollte das heißen, es gibt hier keine Maria?

Verwirrt ging sie ums Haus und sah den Lastwagen aus der Einfahrt der Nachbarn fahren. Sie ging wieder hinein und betrat das Badezimmer, ließ die Kleider auf den Boden fallen und dort liegen. Warum log er sie an? Wieso hatte er behauptet, er habe mit Maria von Widmans geredet, wenn sie gar nicht existierte? Sie konnte ihn schlecht danach fragen, denn sie wollte um keinen Preis ihre Schnüffelei zugeben. Die Genugtuung, dass sie sich zu so etwas herabließ, gönnte sie ihm ganz gewiss nicht.

Sie fand sie hinter dem Badezusatz, den Axel ihr zum Geburtstag geschenkt hatte. Am meisten erstaunte sie die Nachlässigkeit. Oder waren sie vielleicht mit Absicht dort vergessen worden, als offenkundige Kriegserklärung? Vielleicht hatte jemand, mit dem man Spaß haben und gut reden konnte, sein neues Revier abstecken, seine Machtposition markieren wollen?

Er belog sie.

Das Schwein log sie an, und die Verachtung für seine Feigheit steigerte sich in ihr zu neuem Antrieb. Ein Gefühl, das sie nie zuvor erlebt hatte.

Man sollte nicht lügen. Vor allem nicht einem Menschen gegenüber, der einem vertraute, jemandem, der einem fünfzehn Jahre lang vertraut und geglaubt hatte, man wäre sein engster Freund.

Wenn die Lüge zudem das gesamte Dasein dieses Menschen gefährdete, war sie unverzeihlich.

Was man allerdings unter gar keinen Umständen tun durfte, ohne es sich vorher genau zu überlegen, war, die Ohrringe in der Duschkabine hinter dem Eukalyptusbad dieses Menschen zu vergessen.

NACHDEM YVONNE PALMGREN sie in Ruhe gelassen hatte, war er bei Anna geblieben. Das Zimmer hatte er nur ein einziges Mal verlassen, um die Mikrowelle im Personalraum zu benutzen, wo er das Mittagessen aufwärmte, das er sich mitgebracht hatte. Er fragte sich, wie viele Piroggen und Pizzastücke von der Firma Gorby er in den letzten beiden Jahren wohl gegessen hatte, huschte aber schnell zurück in Annas Zimmer, bevor sein Gehirn ihn zwang, die genaue Anzahl auszurechnen.

Es vergingen zwei Monate, es vergingen drei. Seine Mutter verließ noch immer nicht das Schlafzimmer, in dem sie sich eingeschlossen hatte. Der Zwang regierte sein gesamtes Leben, aber vor der stummen Strafe zu fliehen hätte alles nur noch schlimmer gemacht. Ihr Schweigen dauerte an. Jede Nacht machte er sich hastig auf den Weg, um seine Zeitungen auszuteilen, und eilte anschließend wieder nach Hause, damit sie nicht allein war. Sein Vater hielt sich fern. Hin und wieder, aber nicht besonders regelmäßig, kam ein Brief mit einigen Tausendern, damit die Öl- und Stromrechnungen bezahlt werden konnten. Viel mehr Ausgaben gab es in dem Haushalt nicht. Das Geld für Lebensmittel nahm er von seinem eigenen Lohn. Das Haus gehörte ihr, sie hatte es von ihrer Tante geerbt. Die Einnahmen des Vaters aus seiner Tätigkeit als Rohrleger hatten ausgereicht, um die Kosten der Familie zu decken, seine Mutter hatte nie arbeiten müssen. Ihre gesamte Identität bestand aus ihren Rollen als Ehefrau ihres Mannes und Mutter ihres Sohnes.

An einem Dienstag fand er die Annoncen, und das Ganze begann mit einer Katastrophe. Jede Nacht dasselbe Ritual. Den Stapel Zeitungen holte er unten bei der Pizzeria ab. Es wurden immer einige zusätzliche Exemplare mitgeschickt, und vor jeder seiner nächtlichen Runden zählte er noch einmal durch, um nur die exakte Anzahl von Zeitungen mitzunehmen, die er benötigte. Dies war die einzige Art, hinterher vollkommen sicher zu sein, dass er keinen Briefkasten vergessen hatte. Richtig sicher konnte er trotzdem nie sein, an manchen Tagen hatte ihn die Unruhe verfolgt, weil er sich einbildete, einen Abonnenten vergessen und bei einem anderen zwei Exemplare eingeworfen zu haben.

Zuerst zählte er die zweiundsechzig Zeitungen ab, die er direkt vom Stapel brauchte. Dann holte er die Plastikfolie heraus, die er immer im Rucksack aufbewahrte, und legte sie auf den Boden, um die Zeitungen vor Nässe zu schützen.

Danach teilte er sie in sechs Häufchen von jeweils zehn ein. Die einundsechzigste und die zweiundsechzigste legte er gleich in die Tasche auf dem Gepäckträger. Nachdem er die Zehnerstapel viermal nachgezählt hatte, war er bereit, sie in die Tasche zu stecken und loszufahren. Immer dieselbe Strecke. Durch den Kies.

Und genau an diesem Dienstag passierte, was nicht passieren durfte.

Er behielt ein Exemplar übrig.

Jemandes Briefkasten war leer geblieben.

Die Kästen der Einfamilienhäuser hätte man kontrollieren können, doch was, wenn vielleicht schon jemand die Zeitung hereingeholt hätte, der ganz und gar nicht derjenige war, der keine erhalten hatte? Und die zehn Wohnungen im Mietshaus über der Pizzeria, die einen Briefschlitz in der Eingangstür hatten. Wie sollte er erkennen, ob er einen von ihnen vergessen hatte?

Er spürte, wie die Panik wuchs.

Die übrig gebliebene Zeitung brannte in seinen Händen, und er war nicht in der Lage, sich ihrer zu entledigen. Als er zu Hause ankam, blieb er auf der Treppe vor der Haustür stehen, die Zeitung hielt er noch immer in der Hand.

Sandviken–Falun 68, Skövde–Sollefteå 696.

Er musste sie lesen. Er musste jedes Wort lesen, um sein Scheitern zu neutralisieren. Er setzte sich auf die Treppe. Es wurde gerade hell. Die Steintreppe war kalt, und bereits nach der ersten Seite fror er so sehr, dass er zitterte, aber er musste weiterlesen. Jeder einzelne Buchstabe musste gesehen und von einem sehenden Auge gewürdigt werden. Das war seine einzige Chance.

Auf Seite zwölf fand er sie.

Briefträger für den Distrikt Stockholm gesucht.

Zuerst erschienen die Worte allzu fremd, doch immer wieder suchten sich die Augen ihren Weg zurück, und nach achtmaligem Durchlesen hatten sie sich plötzlich in eine Möglichkeit verwandelt.

Er wusste, dass er nicht im Haus bleiben konnte. Es gab nur eine einzige Art, sie dazu zu bringen, wieder leben zu wollen. Er musste verschwinden. Er wachte über sie, aber sie wollte ihn nicht dort haben.

Er sah in den Garten. Die einst so gepflegten mehrjährigen Pflanzen in den Beeten lagen verwelkt auf der Erde, unfreiwillig verwachsen mit Giersch und anderem Unkraut.

Das Unkraut war er.

Ich will nicht, dass du hier noch länger wohnst.

Auf Seite sechzehn passten die Einzelteile zusammen. Es war vorherbestimmt gewesen, dass er ausgerechnet heute eine Zeitung übrig behalten würde, irgendetwas hatte dafür gesorgt, dass gerade er an diesem Tag zum Lesen gezwungen war. Der Zwang war ausnahmsweise auf seiner Seite gewesen.

1 Zi. m. K., Sthlm, wg. Auslandsumzugs an ordentliche Person zu vermieten.

An diesem Morgen blieb er lange auf der Treppe sitzen. Schon am selben Vormittag erledigte er die beiden Telefonate, und vier Tage später nahm er den Zug nach Stockholm, um ein Bewerbungsgespräch zu führen. Er kehrte noch am selben Abend zurück, sie hatte seine Abwesenheit gar nicht bemerkt. Die folgenden Wochen glichen einer einzigen langen Wartezeit, aber er wusste, dass es vorherbestimmt war. Als die Bescheide kamen, dass er sowohl Wohnung als auch Job bekommen hatte, nahm er sie als Selbstverständlichkeiten auf. Stolz, dass er es gewagt hatte.

An diesem Abend zögerte er lange vor der geschlossenen

Schlafzimmertür, bevor er endlich anklopfte. Sie bat ihn nicht herein. Schließlich drückte er die Klinke trotzdem hinunter und öffnete die Tür einen winzigen Spalt. Sie lag da und las. Das blaue Rollo war heruntergezogen, und die Nachttischlampe brannte. Sie zog die Decke hoch bis zum Kinn, als wollte sie sich vor seinem Blick schützen. Als wäre ein Fremder in ihr Zimmer eingedrungen. Die einzelne Federkernmatratze in dem doppelt so breiten Kiefernrahmen war ein Hohn. Sie schlief neben einem Loch, das sie jeden Augenblick mit grausamer Deutlichkeit an die Erniedrigung und den Betrug erinnerte, die sie ihr angetan hatten.

«Ich ziehe nach Stockholm.»

Sie antwortete nicht. Löschte nur die Nachttischleuchte und legte sich mit dem Rücken zu ihm auf die Seite. Er blieb eine Weile stehen, unfähig, noch etwas zu sagen. Dann machte er einen Schritt rückwärts und zog die Tür zu.

Als Letztes erhaschte er einen Blick auf den geblümten Morgenmantel.

Yvonne Palmgren kam eine Minute vor zwei. Grüßte kurz und setzte sich dann wieder auf den Stuhl am Fenster. Diesmal lächelte sie nicht. Sie taxierte ihn mit einem so zielstrebigen Blick, dass er bereute, sich mit der Fortführung des Gesprächs einverstanden erklärt zu haben. Er nahm Annas Hand in seine. Hier war er sicher.

«Ich habe ein paar Anrufe getätigt seit heute Morgen.»

«Aha.»

Einer der vier neonfarbenen Filzstifte in der Brusttasche fehlte.

Nicht drei!

Er überlegte, ob sie Bescheid wusste. Ob sie mit ihrem gediegenen Psychologiestudium und ihrem durchdringenden

Blick direkt in seine gut verborgene Hölle blicken konnte. Die drei Stifte waren ein Signal, eine Art, ihn zu schwächen, eine Kriegserklärung von ihrer Seite, die beweisen sollte, wer hier die Oberhand hatte.

Er drückte Annas Finger fester.

Sie schlug den Plastikhefter auf. Las ein paar Worte und sah ihn wieder an.

«Ich möchte, dass wir über das Unglück sprechen.»

Das plötzliche Gefühl von sich nähernder Gefahr.

«Ich weiß, Sie haben angegeben, dass Sie keine Erinnerungen an den eigentlichen Unglücksfall haben, aber ich will, dass wir gemeinsam versuchen, Ihre Erinnerungen wieder zu finden. Hier habe ich den Polizeibericht.»

Die Frau auf dem Stuhl betrachtete die verflochtenen Hände der beiden.

«Ich verstehe, dass das sehr anstrengend für Sie ist. Sollen wir vielleicht lieber woanders darüber reden? Wenn Sie wollen, können wir in mein Zimmer gehen.»

«Nein.»

Eine Weile saß sie schweigend da. Ihre durchdringenden Augen.

«Ich kann mich nicht erinnern.»

«Das sehe ich hier in den Unterlagen, aber die Wahrheit ist, dass Sie sich entschieden haben, sich nicht zu erinnern. Das Gehirn funktioniert so, um uns vor traumatischen Erlebnissen zu schützen. Es verdrängt die Dinge, die für unser Ich zu belastend sind. Das bedeutet nicht, dass Sie sich nicht erinnern können. Dort drinnen ist alles vorhanden. Früher oder später kommt es an die Oberfläche, und dann werden Sie sich damit auseinander setzen müssen, wie schmerzhaft es auch sein mag. Und genau damit würde ich Ihnen gerne helfen. Ich möchte Ihnen helfen, sich zu erinnern, damit Sie weiterkommen. Die Arbeit, die Ihnen bevorsteht, ist schwierig und schmerzhaft, aber sie ist absolut notwendig. Während des Gespräches werden Sie mit Sicherheit wütend werden, aber es ist nur gut, wenn Sie Ihren Zorn herauslassen, ich will, dass Sie ihn zunächst auf mich richten.»

Nicht hier! Nie zuvor hatte er sich an ihn herangetraut, wenn Anna dabei war und ihn beschützte.

«Verstehen Sie, was ich meine, Jonas? Ich bin hier, um Ihnen zu helfen, auch wenn es Ihnen nicht so vorkommen wird. Anna stirbt, und Sie müssen das akzeptieren. Und Sie müssen akzeptieren, dass es nicht Ihre Schuld ist. Sie haben getan, was Sie konnten. Mehr als das kann man von einem Menschen nicht verlangen.»

Kalmar–Karesuando 1664, Karlskrona–Karlstad 460.

«Ich weiß nur, was im Polizeibericht steht, und kenne natürlich die hiesige Akte, die bei ihrer Aufnahme erstellt wurde. Aufgrund des Sauerstoffmangels hat sie einen ischämischen Hirnschaden erlitten. Womit enden Ihre Erinnerungen?»

Landskrona–Ljungby 142. Hilf mir, Anna! Halt es an!

«Sie waren hinunterspaziert zur Årstabucht, um ein Picknick zu machen. Wissen Sie noch, an welchem Tag es war?»

«Nein.»

«Versuchen Sie, sich zu erinnern, wie es aussah. Die Bäume, ist Ihnen jemand begegnet, hat es nach etwas Bestimmtem gerochen?»

«Ich erinnere mich nicht. Wie oft muss ich das noch sagen?»

«Sie gingen auf den Steg bei Årstadals Yachtclub.»

Er musste das Gespräch unbedingt beenden. Musste die Frau aus dem Zimmer kriegen.

Ihre Stimme fuhr unbarmherzig fort.

«Anna beschloss zu baden, obwohl es schon Ende September war. Erinnern Sie sich, ob Sie versuchten, sie daran zu hindern?»

Sie blockierte Annas Schutz.

«Sie blieben auf dem Steg stehen. Können Sie sich erinnern, wie weit sie hinausschwamm, bis Ihnen klar wurde, dass sie in Gefahr schwebte?»

Annas Kopf unter Wasser. Trelleborg–Mora. Verflucht. Nicht drei. Eskilstuna–Rättvik 222. Die drei Neonstifte auf ihrem großen Busen waren ein schreiender Hohn. Die leiernde Stimme, die jeden Winkel in ihm ausfüllte und dennoch schonungslos weiterleierte, ohne zu merken, dass er kurz vorm Explodieren stand.

«Als sie verschwand, schwammen Sie hinaus, um ihr zu helfen. Ein zweiter Mann kam hinzu, sah, was geschah, und schwamm hinaus, um Ihnen beiden zu helfen. Erinnern Sie sich, wie er hieß?

«Ich erinnere mich nicht.»

«Er hieß Bertil. Bertil Andersson. Der hat Ihnen geholfen. Es gelang Ihnen, sie an Land zu bringen, und Bertil Andersson lief zum Yachtclub, um den Notarzt zu rufen. Versuchen Sie es, Jonas, versuchen Sie, sich zu erinnern, wie Sie sich fühlten.»

Er stellte sich hin. Das hier war nicht mehr zum Aushalten.

«Hören Sie nicht, was ich sage, Sie widerwärtige Person? Ich erinnere mich nicht!»

Sie ließ ihn nicht aus den Augen. Blieb ruhig auf ihrem Stuhl sitzen und betrachtete ihn.

Auf dem Dachboden hatte er sie gefunden. Sie hatte den geblümten Morgenmantel an, und es war am Abend vor seinem

Auszug. Die Taschen standen bereits gepackt im Hausflur. Die Decke war niedrig, sie hatte keinen Stuhl gebraucht. Nur den kleinen Plastikhocker, den er als Kind benutzt hatte, um ans Waschbecken zu kommen.

«Wie fühlen Sie sich jetzt?»

Ihre Worte brachten das Fass zum Überlaufen.

«Raus hier! Verschwinden Sie von hier und lassen Sie uns in Ruhe!»

Sie blieb sitzen. Rührte sich nicht vom Fleck, sondern durchbohrte ihn weiterhin mit ihren bösen Augen. Ruhig und besonnen, fest entschlossen, ihn vollständig zu brechen.

«Warum, glauben Sie, werden Sie so wütend?»

Ein Riss lief durch ihn hindurch. Er drehte den Kopf und sah zu Anna.

Sie ließ ihn im Stich. Dort lag sie so unschuldsvoll in ihrer Bewusstlosigkeit, aber wie man jemanden im Stich ließ, hatte sie offensichtlich nicht vergessen. Noch einmal wollte sie ihn allein lassen. Nach allem, was er für sie getan hatte.

Verdammt.

Nicht einmal jetzt konnte man sich auf sie verlassen. Nicht einmal jetzt machte sie, was er wollte.

Aber er würde es ihr schon zeigen. Er würde sie nicht gehen lassen.

Auch diesmal nicht.

SIE BESCHLOSS, zu Fuß zum Kindergarten zu gehen. Das Bedürfnis, der Gefahr, die sie verspürte, wenigstens körperlich zu entkommen. Ihre Welt war im Begriff zusammenzubrechen. Die Alarmglocken schrillten, und sie stand gelähmt vor Schreck da, ohne jede Möglichkeit zu fliehen. Irgendwo schmiedete ein unbekannter Feind heimliche Pläne, und der Einzige, dem sie vertrauen zu können geglaubt hatte, hatte sich als Verräter entpuppt.

Das Klingeln ihres Handys zwang sie, sich zusammenzunehmen. Sie sah auf dem Display, dass es der Kindergarten war.

«Eva.»

«Hallo, hier ist Kerstin aus dem Kindergarten. Es ist nichts Ernstes, aber Axel hat sich beim Hinfallen an der Rutsche gestoßen und möchte gerne abgeholt werden. Ich habe versucht, Henrik zu erreichen, weil er ihn ja normalerweise abholt, aber der geht nicht ans Telefon.»

«Bin schon auf dem Weg, in einer Viertelstunde bin ich da.»

«Es ist nichts Schlimmes, er hat wohl vor allem einen Schreck gekriegt. Linda sitzt mit ihm im Personalzimmer.»

Sie drückte das Gespräch weg und beschleunigte ihren Schritt. Der Asphalt der alten Villenstraße war aufgebrochen, damit Fernwärme und Breitbandkabel verlegt werden konnten, und sie musste hinter einem Absperrkegel stehen bleiben, um ein Auto vorbeizulassen.

Breitbandkabel.

Noch schneller.

Sie betrachtete die alten Häuser aus der Jahrhundertwende, die die Straße säumten. In diesem Teil der Gegend waren sie so groß wie geschrumpfte Herrenhöfe, nicht wie an ihrem Ende, wo die Häuser kleiner waren, die erste Möglichkeit für einen gewöhnlichen Beamten, sich ein eigenes Haus zu bauen.

Hundert Jahre. Was hatte sich nicht alles seitdem verändert. Gab es überhaupt etwas in der Gesellschaft, was so war wie damals? Autos, Flugzeuge, Telefone, Computer, Arbeitsmarkt, Geschlechterrollen, Werte, Glaube. Ein Jahrhundert der Veränderungen. Das zudem die schlimmsten aller Grausamkeiten hervorgebracht hatte, die die Menschheit bislang hatte aufbieten können. Oft hatte sie ihr eigenes Leben mit dem ihrer Großeltern verglichen. Sie mussten so viel durchmachen und sich an so vieles anpassen. Würde jemals wieder eine Generation so viel Entwicklung und Veränderung erleben, wie sie es notgedrungen durchgestanden hatten? Alles hatte sich verändert. Im Grunde fiel ihr nur eine einzige Sache ein, die noch dieselbe war. Oder von der zumindest erwartet wurde, dass sie dieselbe wäre. Die Familie und die lebenslange Ehe. Die sollte genauso funktionieren wie früher, obwohl sich alle äußeren Belastungen und Umstände verändert hatten. Doch die Ehe war kein gemeinsames Unternehmen mehr, in dem Mann und Frau jeweils für ihren eigenen unentbehrlichen Einsatz geradezustehen hatten. Die gegenseitige Abhängigkeit gab es nicht mehr. Männer und Frauen waren inzwischen Einheiten, die sich selbst versorgten und dazu erzogen wurden, allein zurechtzukommen, und der einzige Grund, aus dem sie sich für eine Heirat entschieden, war die Liebe. Sie fragte sich, ob es deswegen so schwer war, eine Ehe am Laufen zu halten, weil die gesamte Lebensentscheidung darauf beruhte, dass die Liebe am Leben blieb. Und weil kaum ein Mensch mit kleinen Kindern genug Zeit hatte, um ihr Nahrung zu geben. Die Liebe wurde als selbstverständlich betrachtet und musste zwischen all den äußeren Zwängen irgendwie überdauern. Und das tat sie selten. Sie brauchte mehr als das zum Überleben. Bestimmt die Hälfte ihrer Freunde hatte sich in den letzten Jahren getrennt. Kinder, die jede zweite Woche von einem Elternteil zum anderen zogen. Aufreibende Scheidungen. Sie schluckte. Der Gedanke an die Beziehungsprobleme von anderen machte es nicht leichter, mit den eigenen umzugehen.

Im immer grauer werdenden Alltag der letzten Jahre hatte sie sich oft gefragt, was eigentlich fehlte. Und hätte sich gewünscht, ihre Gedanken mit jemandem teilen zu können. Natürlich hatte sie ihre Freundinnen, aber oft endeten ihre Frauenabende in einer allgemeinen Klage über das Leben. Eher eine Feststellung als eine Diskussion, warum es so war, wie es war. Eines hatten sie jedoch alle gemeinsam. Die Müdigkeit. Das Gefühl der Unzulänglichkeit. Die fehlende Zeit. Trotz aller Zeit sparenden Hilfsmittel, die man erfunden hatte, seitdem die Häuser entlang der Straße gebaut worden waren, wurde sie immer mehr zur Mangelware. Nun sollten hier Breitbandkabel verlegt werden, um es ihnen zu erleichtern, noch mehr kostbare Sekunden zu sparen. Briefe würden noch schneller beantwortet, Entscheidungen würden gefällt werden, sobald sich eine Wahlmöglichkeit ergab, und Informationen in Sekundenschnelle verfügbar sein, Informationen, die anschließend gedeutet und in geeignete Gedächtnisschubladen einsortiert werden sollten. Aber der Mensch dahinter, dessen Gehirn das alles verarbeiten sollte, was geschah mit dem? Er war ihres Wissens in den vergangenen hundert Jahren nicht optimiert worden. Sie dachte an die Geschichte, die sie einmal über eine Gruppe von Sioux gehört hatte, die in den fünfziger Jahren von ihrem Reservat in North Dakota zu einem Treffen mit dem Präsidenten geflogen werden sollten. Die mit Hilfe von Düsenmotoren Tausende von Kilometern bis zur Hauptstadt transportiert wurden. Als sie am Flughafen von Washington ankamen, ließen sie sich auf dem Boden nieder und weigerten sich trotz inständiger Bitten, aufzustehen und sich zu den Limousinen zu begeben, die vor dem Gebäude darauf warteten, sie zum Präsidenten zu chauffieren. Einen Monat lang saßen sie dort. Sie warteten auf ihre Seelen, die sich unmöglich so schnell fortbewegt haben konnten, wie ihre Körper es mit Hilfe des Flugzeugs getan hatten. Erst dreißig Tage später waren sie bereit, den Präsidenten zu treffen.

Vielleicht war es genau das, was all die gestressten Menschen tun sollten, die verzweifelt versuchten, ihr Leben in den Griff zu bekommen. Vielleicht sollten sie sich alle zusammen hinsetzen und so lange warten, bis sie eine Chance hätten, Schritt zu halten. Doch auf der anderen Seite saßen sie bereits alle, allerdings nicht in Erwartung ihrer Seelen, sondern um sich von ganzem Herzen für all die Doku-Soaps zu engagieren, die ihre Fernsehapparate zu bieten hatten. Um entsetzt zu verfolgen, wie unglücklich andere Menschen waren und wie unfähig, mit Beziehungen umzugehen. Was ging bloß in den Leuten vor? Und dann schnell umschalten, damit man keine Zeit hatte, über sein eigenes Tun nachzudenken. Man war so viel geschickter darin, aus sicherer Entfernung über andere zu richten.

Sie öffnete die Tür zu Axels Abteilung, streifte die hellblauen Plastikpantoffeln über und ging zum Personalzimmer. Sie sah die beiden durch die Glasscheibe in der Tür und blieb stehen. Er saß auf Lindas Schoß und aß einen Pfefferkuchen. Seine Hand war in eine Strähne ihres blonden Haars eingewickelt. Sie wiegte ihn hin und her und drückte die Lippen an seinen Kopf.

Die Wut, die sie aufrecht gehalten hatte, ließ nach und machte der vernichtenden Ohnmacht Platz.

Wie sollte sie ihn vor allem beschützen, was passierte?

Nicht hier weinen.

Sie schluckte, öffnete die Tür und trat ein.

«Guck mal, da kommt Mama.»

Axel ließ Lindas Haar los und hüpfte hinunter auf den

Fußboden. Linda lächelte sie an, schüchtern wie immer. Eva gab sich Mühe zurückzulächeln und nahm Axel auf den Arm. Linda stand auf und stellte sich neben sie.

«Hier hat er eine kleine Beule, aber ich glaube nicht, dass es etwas Schlimmes ist. Ich hatte ihnen gesagt, dass sie nicht auf die Rutsche dürfen, wenn es geregnet hat, sie ist dann zu glatt, aber ..., sie hatten es wohl vergessen.»

«Fühl mal, Mama.»

Sie ertastete die kleine Erhebung an seinem Hinterkopf. Sie war kaum spürbar und bestimmt kein Grund für Linda, ein schlechtes Gewissen zu haben.

«Kein Problem. Das hätte überall passieren können.»

Linda lächelte noch einmal ihr scheues Lächeln und ging zur Tür.

«Dann sehen wir uns morgen, Axel. Tschüs.»

Auf dem Heimweg hielten sie einander an den Händen. Nachdem Axel seine Wut zum Ausdruck gebracht hatte, weil er zu Fuß gehen musste und nicht wie sonst mit dem Auto fahren durfte, schien er den Spaziergang zu genießen.

Eine kleine Atempause.

Nur er redete. Sie selbst ging schweigend neben ihm her und antwortete einsilbig, wenn er es von ihr verlangte.

«Und als Ellinor dann den Ball genommen hat, wurden wir böse, und da hat Simon ihr mit dem Schläger aufs Bein gehauen, aber Linda hat gesagt, dass man das nicht darf, und dann mussten wir aufhören zu spielen.»

Er trat gegen einen kleinen Stein.

«Linda ist wahnsinnig nett.»

«Ja.»

«Findest du Linda auch nett?»

«Ja, sehr.»

«Gut, das findet Papa nämlich auch.»

Klar. Wenn er nicht gerade zu Hause in der Dusche mit anderen Frauen herumvögelt.

«Natürlich tut er das.»

Er stieß das Steinchen noch einmal vor sich her, diesmal weiter.

«Stimmt, denn einmal, als wir mit ihr essen gegangen sind, hat er ihr ein Küsschen gegeben, aber er dachte, ich würde es nicht sehen.»

Alles blieb stehen und wurde weiß.

«Was ist los, Mama? Wollen wir nicht weitergehen?»

In einem einzigen Augenblick wurde alles auf den Kopf gestellt. Alles stürzte um, und nichts war, wo es hingehörte.

Die Einsicht verdrängte innerhalb von einer Sekunde jede Spur von Vertrauen, Glauben und Zuversicht.

Linda!

Es war Linda.

Alles, woran sie geglaubt und worauf sie vertraut hatte, erwies sich plötzlich als eine weitere Lüge, als ein neuer Verrat. Diese Frau, die eben so behütend dagesessen und ihre Lippen an den Kopf ihres Sohnes gepresst hatte, die sie eben getröstet und der sie gesagt hatte, es sei nicht ihre Schuld, die war es, sie war diejenige, die ihre Familie zu zerstören trachtete. Wie eine Amöbe hatte sie sich in ihr Leben eingeschlichen und ihre Absichten hinter falscher Fürsorglichkeit verborgen.

Ihr ganzes Dasein, das ihr so vertraut und unerschütterlich erschienen war, hatte sich plötzlich in eine Falle verwandelt. Woran sollte sie sich festhalten? Worauf konnte sie sich noch verlassen?

Wie lange dauerte das schon an? Wusste es noch jemand? Vielleicht wussten es alle Eltern. Nur sie selbst, die arme verschmähte Mutter von Axel, schwebte in Ungewissheit darüber, dass ihr Mann ein heimliches Verhältnis mit der Kindergärtnerin hatte.

Die Erniedrigung nahm ihr alle Lebenskraft.

«Mama, komm jetzt!»

Sie sah sich um, nicht mehr wissend, wo sie sich befand. Das Geräusch eines näher kommenden Autos, das abbremste. Jakobs Mutter kurbelte die Scheibe herunter.

«Hallo, wollt ihr nach Hause? Ihr könnt mitfahren, wenn ihr möchtet.»

Wusste sie etwas? War sie eine von den Eingeweihten, die ihr hinter ihrem Rücken mitleidige Blicke zuwarfen?

«Nein.»

«Bitte, Mama, können wir nicht?»

«Wir gehen zu Fuß.»

Eva erwiderte kurz ihren Blick, nahm Axels Hand und zog ihn mit sich. Jakobs Mutter holte sie ein.

«Du, übrigens, die Elterngruppe muss bald zusammenkommen, um dieses Steinzeitlager im Kindergarten zu organisieren. Wie passt es dir diese Woche?»

Antworten war nicht möglich, es gab keine zur Verfügung stehenden Worte. Sie beschleunigte ihre Schritte. Fünf Meter bis zur Abkürzung durch den Park. Ohne zu antworten, bog sie ab und trieb Axel auf dem Pfad vor sich her. Hinter sich hörte sie den Wagen im Leerlauf verharren und dann weiterfahren.

Linda. Wie alt mochte sie sein? Siebenundzwanzig, achtundzwanzig? Kinder hatte sie nicht, das wusste sie. Und nun war es ihr gelungen, einen der Väter von den Kindergartenkindern zu verführen, ohne die geringste Ahnung davon zu haben, was es hieß, die Verantwortung für ein anderes Leben zu tragen.

Sie betrachtete den kleinen Körper vor sich. Fröhliche rote Regenhosenbeine, die zu laufen begannen, als sie sich ihrem Haus näherten.

Sie blieb stehen.

Axel rannte das letzte Stück und verschwand durch die Haustür. Ihr Sohn im selben Haus wie der Verräter. Das feige Schwein, das nicht einmal den Mut aufbrachte, für den Betrug geradezustehen.

Was er getan hatte, war unverzeihlich. Sie würde es ihm nie im Leben vergeben.

Nie.

Im Leben.

ZUM ERSTEN MAL seit zwei Jahren und fünf Monaten würde er den Abend nicht im Karolinska-Krankenhaus verbringen. Der Zorn darüber, dass Anna ihn im Stich gelassen hatte, hatte ihn noch immer fest im Griff, und er würde es ihr ganz gewiss zeigen. Sollte sie doch allein dort liegen und überlegen, wo er war. Morgen würde er ihr erzählen, dass er in der Kneipe gewesen war und sich amüsiert hatte. Dann würde sie es bereuen, einsehen, dass sie ihn auch verlieren konnte. Wenn sie sich nicht zusammenriss, würde er sich vielleicht so verhalten, wie man es ihm nahe legte. Loslassen und weitergehen. Dann könnte sie dort liegen und vermodern, ohne dass sich jemand um sie kümmerte.

Dieses Monster von Psychologin hatte ihn überredet, sich auf ein weiteres Gespräch einzulassen. Es war die einzige Chance gewesen, sie loszuwerden, und das war in dem Moment absolut notwendig. Anna hatte nicht das geringste Bedauern darüber gezeigt, dass sie ihn im Stich gelassen hatte, und der anwachsende Zwang hatte ihn rasend gemacht. Doch dann hatte er sie dazu gebracht, ihn zu verstehen, und der Zwang hatte wieder nachgelassen.

Er war zu Fuß ins Stadtzentrum gegangen. Hatte das Auto vor dem Haus abgestellt und seinen Spaziergang begonnen, ohne die Wohnung zu betreten. War dem Weg entlang der Årstabucht gefolgt und dann über die alte Skanstullbrücke nach Söder marschiert. Auf der hügeligen Götgatan passierte er eine Kneipe nach der anderen, doch bereits ein einziger Blick durch die großen Fensterscheiben ließ ihn seinen Weg fortsetzen. So viele Menschen. Obwohl es ein gewöhnlicher Donnerstag war, drängten sich überall Massen von Leuten, und sein Mut sank. Noch war er nicht bereit, irgendwo einzukehren.

Hinterher war es selbstverständlich, dass er nicht angehalten hatte. Dass er an allen Kneipen in der Götgatan vorbeigegangen, weiter über Slussen und hinein in die Gamla Stan spaziert war, als wäre sein Weg vorgezeichnet gewesen.

Er hatte den Järntorget in Richtung Österlånggatan zur Hälfte überquert, als er sie entdeckte. In einem Fenster mit roter Markise.

Sie saß allein auf einem Barhocker, blickte direkt durch die Scheibe und drehte ein fast leeres Bierglas zwischen ihren Fingern. Er hielt abrupt an. Stand ganz still und starrte sie an.

Die Ähnlichkeit war verblüffend.

Die hohen Wangenknochen, die Lippen. Wie war es möglich, dass ihr jemand so ähnlich sein konnte? Die Augen, die er schon lange nicht mehr gesehen hatte. Hände, die ihn nie berührten.

So schön. So schön und vollkommen lebendig. Ganz wie früher.

Er spürte die dumpfen schweren Schläge seines eigenen Herzens.

Plötzlich erhob sie sich und verschwand in den Tiefen des Lokals. Er ertrug es nicht, sie aus dem Blickfeld zu verlieren. Er hastete die letzten Meter über den Platz, öffnete, ohne nachzudenken, die Tür und trat ein. Sie stand am Tresen. All seine Angst war plötzlich wie weggeblasen, übrig blieb nur eine feste Entschlossenheit, ihr nahe sein zu wollen, ihre Stimme zu hören, mit ihr zu sprechen.

Die Theke war rechtwinklig, und er stellte sich so hin, dass er ihr Gesicht sehen konnte. Fast hätte er keine Luft mehr bekommen. Um sie herum schien ein Strahlenglanz zu sein. Alle verlorene Sehnsucht, alle Schönheit, alles von Wert und Bedeutung war in diesem lebendigen Körper vor ihm vereint. Plötzlich drehte sie den Kopf und sah ihn an. Er hörte auf zu atmen. Nichts konnte ihn dazu bringen, ihre Augen loszulassen. Sie wandte sich an den Mann hinterm Tresen.

«Einen Birnencidre, bitte.»

Der Barmann nahm ein Glas aus dem Gestell über seinem Kopf und bediente sie. Sie trug keinen Ring an der linken Hand.

«Achtundvierzig, bitte.»

Sie streckte die Hand nach ihrer Tasche aus, und er brauchte nicht nachzudenken. Ließ die Worte einfach kommen, als wären sie selbstverständlich.

«Darf ich Sie einladen?»

Wieder schenkte sie ihm ihren Blick. Er sah, dass sie zögerte, und wartete atemlos auf ihr Urteil. Wenn sie nein sagte, würde er untergehen.

Dann lächelte sie ein wenig.

«Klar.»

Er fragte sich verwirrt, ob das, was er empfand, Freude

war. So lange her, dass er das Gefühl nicht mehr identifizieren konnte. Nur die Gewissheit, dass alles ganz selbstverständlich war, Sinn machte, nichts, wovor man sich zu fürchten brauchte.

Eine vollständige, allumfassende Ruhe.

«Danke.»

Wie sollte er seine Dankbarkeit verbergen? Erleichtert beeilte er sich, seine Brieftasche hervorzuholen.

«Ich nehme auch so einen.»

Hastig legte er einen Hunderter auf den Tresen, und der Barkeeper gab ihm ein Glas. Als er sich wieder ihr zuwandte, lächelte sie ihn an.

«Vermutlich bin ich diejenige, die sich bedanken müsste.»

Er hob sein Glas und spürte, wie sein Lächeln sich im ganzen Körper ausbreitete.

«Nein, wirklich nicht, ich habe zu danken. Also Prost.»

«Prost.»

«Und willkommen.»

Ihre Gläser begegneten sich. Die Berührung ging wie ein Stoß durch seinen Körper, obwohl die Gläser dazwischen waren. Er betrachtete sie über den Rand hinweg, seine Augen wagten nicht, sie loszulassen. Mussten sich jede Linie, jeden Zug einprägen. Bis er sie wieder sah.

Sie trank noch zwei große Schlucke. Wenn sie ausgetrunken hätte, wollte er sie noch einmal einladen. Immer wieder.

«Ich heiße Jonas.»

Sie lächelte amüsiert.

«Sieh mal an.»

Plötzlich wurde er unsicher. Wie sollte er sie zum Reden bringen? Irgendwie musste er ihr Vertrauen gewinnen. Fand sie es vielleicht aufdringlich, dass er ihr den Cidre ausgegeben hatte?

«Es ist nicht meine Art, Frauen, die ich nicht kenne, zum Cidre einzuladen, falls Sie das glauben. Nur Sie wollte ich einladen.»

Sie guckte ihn kurz an und starrte dann hinunter in ihr bald ausgetrunkenes Glas.

«Aha. Warum ausgerechnet mich?»

Er vermochte nicht zu antworten. Wie sollte sie jemals in der Lage sein zu verstehen?

«Wie heißen Sie?»

Die Frage war so unzureichend. Er wollte alles wissen. Alles, was sie je gedacht, je gefühlt hatte. Er empfand einen inneren Jubel, weil er fähig war, so zu empfinden.

Sie zögerte, bevor sie antwortete, und er verstand das. Er konnte nicht verlangen, dass sie ihm vertraute. Noch nicht. Doch bald würde sie einsehen, was er sofort begriffen hatte, als er sie erblickte. Und als hätte sie plötzlich selbst die Tragweite ihrer Begegnung ermessen, lächelte sie ihn wieder an. Ein schüchternes Lächeln, als würde sie ihm etwas anvertrauen.

«Ich heiße Linda. Linda heiße ich.»

IHR ERSTER IMPULS war gewesen, ins Haus zu rasen und ihn mit allem, was sie wusste, zu konfrontieren. Ihn an die Wand zu stellen. Ihm die Wahrheit in die Kehle zu würgen und ihn dann zur Hölle zu schicken. Doch im nächsten Augenblick wurde ihr klar, dass er genau das wollte.

Zur Hölle fahren.

Plötzlich verstand sie, was er da zustande zu bringen versuchte. Im Park stehend, ihr besudeltes Heim direkt vor Augen, hatte sie seinen Plan wie einen Blitz aus heiterem Himmel durchschaut. Auf einmal war alles auf geradezu alberne Weise offensichtlich.

Das feige Schwein versuchte noch einmal, die Verantwortung auf sie abzuwälzen. Noch einmal gedachte er sich hinter ihrer Tatkraft zu verstecken.

Anstatt die Konsequenzen für sein Tun zu tragen und ausnahmsweise eine eigene Entscheidung zu fällen, wollte er sie dazu treiben, *ihn* zu verlassen. Wollte die Schuld abstreifen, damit er sich für alle Zeit dahinter verschanzen konnte, dass es ihr Entschluss gewesen war, sie diejenige, die sich scheiden lassen, die gehen wollte.

Sie hatte nicht vor, es ihm so leicht zu machen. Wirklich nicht.

Die Verachtung, die sie empfand, war nicht zu beschwichtigen.

Nicht einmal mit seiner eigenen Untreue wurde er ohne sie fertig.

Die Entschlossenheit erfüllte sie mit einer befreienden Ruhe. Sie hatte wieder die Kontrolle. Endlich wusste sie, was sie zu tun hatte.

Nur eine einzige Sache musste sie bestätigt wissen, um das Ganze zu ertragen. Nur eine einzige.

Nicht ein Wort hatte sie gesagt, bevor sie ging. Henrik und Axel spielten am Computer und hatten die Tür zum Arbeitszimmer geschlossen, er würde früh genug merken, dass sie fort war. Sie war mehr als zufrieden, ihn nicht sehen zu müssen. Noch war sie nicht sicher, ob es ihr gelingen würde, ihren Hass zu verbergen, aber sie hatte die Nacht vor sich, um genügend Kraft zu sammeln. Morgen würde er seine loyale Ehefrau zurückbekommen, sie brauchte nur erst jemanden, der ihr bestätigte, dass sie gut genug war.

Sie schaute über den Järntorget. Auf dem Weg in die Innenstadt hatte sie nur angehalten, um sich einen Stärkungstropfen zu genehmigen, es war überhaupt lange her, seitdem sie zum letzten Mal ausgegangen war, aber alleine war sie wohl noch nie unterwegs gewesen. Immer eilig mit schlechtem Gewissen nach Hause. Bei der Arbeit, weil sie nicht zu Hause war, und zu Hause, weil sie nicht genügend arbeitete.

Sie nahm den letzten Schluck aus dem Glas und drehte sich um. Das hier war definitiv nicht der richtige Ort für ihre Pläne. Zu Abend essende Paare und Gruppen, die vollauf mit sich beschäftigt waren. Nein, noch ein Cidre und dann weiter.

Sie ging zum Tresen.

Hinter sich hörte sie die Tür aufgehen. Der Barmann stand mit dem Rücken zu ihr ein Stück entfernt und füllte Erdnüsse nach. Sie drehte sich um und warf einen Blick auf den Mann, der soeben hereingekommen war. Nun stand er schräg vor ihr am kurzen Ende der Theke.

Viel zu jung.

Der Barmann kam zu ihr.

«Einen Birnencidre, bitte.»

Er verschwand in die Hocke und tauchte mit einer Flasche in der einen Hand wieder auf. Die andere streckte er nach einem Glas in dem Gestell über ihren Köpfen aus.

«Achtundvierzig, bitte.»

Sie hatte die Brieftasche in ihrer Handtasche bereits umfasst. Und dann plötzlich die überraschende Frage.

«Darf ich Sie einladen?»

Zuerst begriff sie gar nicht, dass er mit ihr sprach. Erstaunt sah sie den Mann schräg gegenüber am Tresen an. Sechsundzwanzig, siebenundzwanzig vielleicht, graue Jacke, helles zurückgekämmtes Haar, sah nicht schlecht aus.

Warum nicht?

«Klar.»

Eine Sekunde lang glaubte sie, er habe vielleicht einen Witz gemacht, weil er einfach nur dastand und sie anlächelte. Dann zog er sein Portemonnaie aus der Innentasche.

«Danke. Für mich auch so einen.»

Er legte einen Hunderter auf den Tresen, und der Barmann holte ein neues Glas herunter. Sie schmunzelte in sich hinein. Er musste mehr als zehn Jahre jünger sein als sie, ein wenig Anziehungskraft war ihr also offenbar geblieben. Sie fragte sich, was die zu Hause wohl gerade machten. Ob Axel schon eingeschlafen war. Sie drängte den Gedanken zur Seite und versuchte zu lächeln.

«Vermutlich bin ich diejenige, die sich bedanken müsste.»

Er hob sein Glas.

«Nein, wirklich nicht. Ich habe zu danken. Also Prost.»

«Prost.»

«Und willkommen.»

Es war etwas mit seinen Augen. Sein Blick war so durchdringend, dass sie sich beinahe genierte. Als könne er direkt in sie hineinsehen, all ihre Gedanken lesen, und die gedachte sie wahrlich mit niemandem zu teilen. Einen Moment lang bereute sie, dass sie ihm erlaubt hatte, sie einzuladen. Nun würde sie hier festsitzen, dabei hatte sie andere Pläne für heute Abend. Je schneller sie trank, desto besser. Sie nahm zwei große Schlucke.

«Ich heiße Jonas.»

Sie trank noch ein wenig mehr. All ihre Gedanken waren besetzt von dem Hass, den sie empfand. Sie konnte nicht hier stehen und so tun, als sei alles so wie immer.

«Es ist nicht meine Art, Frauen, die ich nicht kenne, zum Cidre einzuladen, falls Sie das glauben. Nur Sie wollte ich einladen.»

«Aha. Warum ausgerechnet mich?»

Wieder sah er sie mit diesem Lächeln an. Vollkommen entwaffnend. Und dazu diese Augen, die geradewegs in sie eindrangen, als wollte er sie entlarven. Aber ihr Hass gehörte ihr, er durfte ihn nicht sehen, niemand durfte das. Hätte jemand ihren schändlichen Hass gesehen, wäre sie schwächer geworden. Sie musste lernen, so aufzutreten wie immer, sonst würde sie ihren Plan niemals durchführen können. Sie nahm noch einen Schluck.

Mein Gott, er war bestimmt mehr als zehn Jahre jünger als sie. Völlig ungefährlich. Er war wie geschaffen dafür, dass man sich an ihm übte. Für eine Weile hatte er sie vergessen lassen, dass sie die Kontrolle hatte. Sein unverstelltes Interesse hatte sie verunsichert, obwohl es das eigentliche Ziel des Abends darstellte. Er stand ihr ja genau gegenüber und bot ihr alles an, was sie hier gesucht hatte. Plötzlich betrachtete sie ihn mit neuem Interesse. Er wollte sie, obwohl sie mindestens zehn Jahre älter war. Konnte es einen besseren Beweis geben?

Sie lächelte wieder.

«Ich heiße Linda. Linda heiße ich.»

Sie war selbst erstaunt über ihre Lüge. Und wie leicht es war, sie zu liefern. Eigentlich war es nicht einmal eine Lüge. Es war nicht die tüchtige Eva, die dort an der Bar stand, es war eine andere Frau. Eine Frau, die alles, woran sie glaubte, beiseite geschoben hatte und nun ohne jegliche Gewissensqualen ihr Ziel erreichen und sich nehmen wollte, was ihr gefiel, auch wenn es im Grunde jemand anderem gehörte.

Eine Linda.

«Hallo, Linda. Möchtest du noch einen Birnencidre?»

Sie sah zu ihrer Überraschung, dass das Glas leer war. Im nächsten Moment wurde ihr bewusst, wie berauscht sie war.

Alles war plötzlich weit weg, nur der Augenblick zählte. Ein ruhiger Augenblick, in dem nichts eine größere Rolle spielte. Nichts zu gewinnen, nichts zu verlieren. Sie hatte die ganze Nacht vor sich.

«Klar. Warum nicht?»

Er schien sich zu freuen und rief den Barmann heran.

«Können wir noch einen haben?»

Sie bekam ihr Glas, und sie setzten sich beide auf einen Barhocker, er mit ihr zugewandten Knien und sie mit den Armen auf der Theke. Der Barmann wechselte die Kassette und machte ein paar Tanzschritte, als ein altes Lied von Earth, Wind and Fire aus den Lautsprechern erschallte. Sie erinnerte sich nicht, wie es hieß. Nur, dass sie es immer auf Oberstufenpartys gespielt hatten.

Sie saßen eine Weile schweigend da. Sie war nicht sicher, ob sie bleiben wollte, aber sie konnte ihm zumindest eine Chance geben. Er war wohl genauso gut wie jeder andere. Sie trank einen Schluck von dem Cidre und sah sich um. Inzwischen waren mehr Gäste gekommen. Eine Gruppe von Engländern im mittleren Alter trat ein. Im Spiegel gegenüber vom Tresen sah sie zwischen den Flaschen, dass der Mann, der Jonas hieß, sie immer noch anschaute.

«Darf ich Ihnen ein Kompliment machen?»

Sie wandte sich ihm zu und begegnete seinem intensiven Blick. Dieser Blick bewirkte, dass sie sitzen bleiben und seine unverstellte Bewunderung genießen wollte.

«Natürlich, gerne.»

«Es klingt vielleicht lächerlich, aber ich möchte es trotzdem sagen.»

Plötzlich schien er sich zu genieren und sah eine Sekunde lang woanders hin, um ihr dann direkt in die Augen zu schauen.

«Wissen Sie, dass Sie die Einzige hier drinnen sind, die richtig lebendig aussieht?»

Sie lachte und nahm einen weiteren Schluck.

«Oh, das ist ja allerhand. Das habe ich noch nie gehört.»

Er war ernst geworden. Saß einfach stumm da und guckte sie an. In dem Versuch, seinen Ernst scherzhaft zu vertreiben, machte sie eine abwehrende Geste.

«Ich finde, die sehen alle ganz lebendig aus. Zumindest bewegen sie sich.»

Ein Anflug von Verärgerung. Eine Falte zwischen seinen dunklen Augenbrauen.

«Machen Sie sich ruhig lustig, wenn Sie wollen, aber ich meine es ernst. Es sollte ein Kompliment sein. Ihre Augen wirken ein bisschen traurig, aber man sieht, dass Sie ein Herz haben, das wirklich zu lieben versteht.»

Seine Worte brachen ein in ihre beruhigende Entspanntheit.

Ein Herz, das wirklich zu lieben versteht. Ha!

Ihr Herz war so schwarz wie ein Keller ohne Fenster. Keine Liebe würde darin je wieder überleben können. Und doch stand sie genau in diesem Moment in einer Bar in Gamla Stan, und bei ihr war dieser Jonas, der sich ausdrückte wie ein Dichter minderer Güte und zehn Jahre jünger war als sie und sie mit einem Begehren ansah, das sie noch nie erlebt hatte. Eine plötzliche Sehnsucht danach, von ihm berührt zu werden, die Beherrschung zu verlieren und all die Begierde hervorzulocken, die sie in seinen Augen erkennen konnte. Beweisen, dass er ihr nicht widerstehen konnte. Dass sie es wert war, geliebt zu werden.

Der Rausch verlieh ihr den Mut, den sie brauchte.

Sie fing seinen Blick auf, bevor sie ihre Hand auf seine legte.

«Ist es weit bis zu dir nach Hause?»

ER LAG GANZ still da, unfähig, sich zu bewegen, wie gespalten in zwei Teile. Die eine Hälfte erfüllt von einer Befriedigung und einer Erwartung, die er nicht für möglich gehalten hatte. Alles, was er sich je erträumt hatte.

Zehn Stunden zuvor hatte er nicht einmal geahnt, dass sie existierte, und nun, in der kurzen Zeit, seit der er sie kannte, hatte sie ihm alles gegeben, was er je begehrt hatte. Zitternd hatte sie sich ihm hingegeben, hatte ihm ihre empfindlichsten Stellen angeboten. Das Zutrauen, das sie ihm erwies, hatte seine Sinne weit geöffnet, alles war Zärtlichkeit, eine Explosion, als die Einsamkeit zerbarst. Und dann die Ruhe, die sie schaffte. Ihre Hände auf seiner nackten Haut bedeckten ihn mit einer schützenden Hülle, reinigten ihn. All die Sehnsucht, die ihn so lange gequält hatte, hatte sich explosionsartig befreit und war auf sie übergegangen. Die Leere war weg.

Doch dann die vernichtende Gewissheit, dass er nicht so empfinden durfte.

Die andere Hälfte war schuld.

Nun war es bewiesen. Er hatte sich auf geradem Weg in einen Betrüger verwandelt, in jemanden, der andere im Stich ließ. Anna hatte einsam dagelegen, während er sich einer anderen Frau hingab. All die Lust herausgelassen hatte, die er so lange für sie aufgespart hatte. Die sie hätte haben sollen.

Er war nicht besser als sein Vater.

Als er aufwachte, war sie fort. Nur ein braunes Haar auf dem Kissen bewies, dass sie wirklich hier gewesen war. Das Haar und sein gestillter Hunger nach Haut.

Kein Wort hatten sie zueinander gesagt. Ihre Hände und Körper hatten alles erzählt, was sie wissen mussten.

Er setzte sich auf und wurde sich der Kälte im Zimmer bewusst. Er hatte vergessen, die Heizung aufzudrehen, als sie in die Wohnung kamen. Was, wenn sie gefroren hatte? Er stellte die Regler im Zimmer und in der Küche auf die höchste Stufe und ging ins Bad. Das Licht war eingeschaltet, und das blau gestreifte Handtuch lag auf dem Fußboden. Er verspürte einen kleinen Stich von Widerwillen, aber der konnte ihm nichts anhaben. Ihre Berührung umgab ihn wie ein Schutz, ein undurchdringbarer Panzer, er konnte ihn nicht mehr angreifen.

Er hängte das Handtuch auf und drehte den Hahn an der Badewanne auf, wartete, bis sie halb voll war, und stieg hinein. So viele Jahre lang hatte er sich selbst verboten nachzugeben. Nun konnte er dem Trieb nicht widerstehen, nicht einmal jetzt, als sie gerade bei ihm gewesen war. Was hatte sie da in ihm zum Leben erweckt? Er setzte sich hin und lehnte sich zurück. Die Erinnerung an ihre Nacktheit als lebenslanges Geschenk. Er konnte sie vor sich sehen. Wie sie die Augen geschlossen und sich dem Genuss hingegeben hatte, den er ihr schenkte.

Ihre Hände. Ihre Lippen. Ihr Geschmack. Ihre Haut an seiner, vereint, kein Anfang und kein Ende.

Wie hätte er ihr widerstehen sollen? Sie war alles, wovon er geträumt hatte. Eine lebendige Frau, die ihn begehrte, ihn anfassen, ihn lieben wollte. Die ihm zu einer Lust verhalf, die er nicht für möglich gehalten hätte. Welcher teuflische Gott konnte von ihm verlangen, dass er hätte nein sagen sollen.

Er stand auf, stieg aus der Wanne und trocknete sich mit dem blauen Handtuch ab, das sie vor kurzem benutzt haben musste. Auf einmal wollte er weinen. Wie sollte er Anna jetzt berühren, da seine Hände voll waren mit einer anderen Frau?

Mit Linda.

Er wagte kaum, ihren Namen zu denken. Anna würde herausfinden, was geschehen war. Sie würde spüren, dass er sie hintergangen, es nicht geschafft hatte, sein Versprechen zu halten.

Und was sollte er sagen, wenn Linda sich bei ihm meldete? Sie hatte nicht nach seiner Telefonnummer gefragt, aber sie wusste ja, wo er zu finden war. Er war hier im Badezimmer, aber all seine Sehnsucht weilte bei ihr.

Er sank auf der Toilettenschüssel zusammen und legte den Kopf in seine Hände.

Was er auch tat, er würde zwangsläufig eine von ihnen enttäuschen.

Er musste ins Krankenhaus. Jetzt sofort musste er zu Anna fahren und geradestehen für das, was er getan hatte. Er musste sie bitten, ihm zu vergeben. Ohne ihre Vergebung konnte er nicht leben.

Das Telefon klingelte. Er sah auf seine Armbanduhr. Zehn nach sieben. Nackt ging er zurück ins Zimmer. Das musste sie sein. Wer sonst würde so früh anrufen? Sie musste sich bei der Auskunft nach seiner Nummer erkundigt haben. Er wusste nicht, was er sagen sollte. Doch wie sollte er der Versuchung widerstehen, ihre Stimme hören zu dürfen?

Das Phantastischste daran war, dass er einfach nach dem fünften Klingelton ans Telefon gehen konnte. Er kam nicht länger an ihn heran. Sein gesamter Körper lächelte über diese Feststellung, als er den Hörer abnahm und antwortete.

«Hallo, hier ist Jonas.»

«Jonas, hier ist Björn Sahlstedt aus dem Karolinska. Es ist wohl das Beste, Sie machen sich auf den Weg zu uns. Jetzt sofort.»

ALS SIE DIE Eingangstür durchquert hatte, war es zehn nach vier, und sie wusste nicht, wo sie war. Das Taxi war von Gamla Stan aus in Richtung Süden gefahren und am Gullmarsplan rechts abgebogen, daran erinnerte sie sich, doch dann hatte sie die Orientierung verloren. Sie drehte sich um. Rechts von der Haustür war ein Straßenschild, und sie machte ein paar Schritte, um im Dunkeln lesen zu können, was darauf stand. Storsjövägen. Sie befand sich an einem Wendehammer und begann, die Straße hinunterzugehen. Die Fassaden der Häuser waren dunkel von all den blanken schwarzen Fensterscheiben. Nur vereinzelte Lampen leuchteten.

Sie war dankbar, dass er nicht aufgewacht war, als sie sich aus dem Bett erhoben hatte. Sie hatte bestimmt eine Stunde lang still dagelegen und so getan, als schliefe sie, bevor seine ruhigen Atemzüge ihr versichert hatten, dass er eingeschlafen war. Erst da hatte sie gewagt, die Augen zu öffnen. Ein kombiniertes Wohn- und Schlafzimmer, seltsam leer. Vielleicht wohnte er hier bloß vorübergehend. Nur die Wände verrieten das Gegenteil. Eine große Anzahl von Ölmalereien in verschiedenen Größen, alle mit abstrakten Mustern in kräftigen Farben, bedeckte fast jeden Zentimeter.

Er war mit dem Mund an ihrer linken Schulter eingeschlafen. Es war empfindlich kalt in der Wohnung. Vorsichtig, damit er nicht aufwachte, hatte sie sich ihm behutsam entzogen, war aufgestanden und hatte ihre Kleider zusammengerafft, die auf dem Fußboden lagen.

In seinem Badezimmerspiegel hatte sie eine fremde Frau gesehen. Eine Frau, die einen Fünfundzwanzigjährigen angemacht, zu seiner Wohnung begleitet und mit ihm geschlafen hatte. Sie konnte noch immer nicht entscheiden, ob die Wirkung, die es auf sie hatte, der von ihr beabsichtigten entsprach. Alles war verschlossen.

Als sie die Treppen zu seiner Wohnung hinaufstiegen, war sie nervös geworden. Der Mut des Rausches war verschwunden, und einen Moment lang wäre sie lieber gegangen. Aber dann ließ sie das Bild von Henrik und Linda vor ihrem inneren Auge erscheinen, und ihre Füße setzten den Weg über die Türschwelle fort. Schon im Wohnungsflur drückte sie sich an ihn, um ihre Unsicherheit zu verbergen, und seine Begierde war so stark gewesen, dass sie es kaum schafften, die Kleider abzustreifen. Seine unschlüssigen Hände waren über ihren Körper geirrt, und es war ihr blitzartig der Gedanke gekommen, dass er vielleicht noch unschuldig war, doch sie hatte ihr Bestes gegeben, um ihm Selbstvertrauen zu verleihen und so zu tun, als genieße sie seine täppischen Versuche.

Die Straße endete an einer Kreuzung. Sie nahm ihr Handy und rief sich ein Taxi. Er hieß Jonas, und an der Tür hatte Hansson gestanden. Das war alles, was sie wusste, und mehr wollte sie auch gar nicht wissen. Er hatte seinen Beitrag geleistet und sie ihren. In ihrem Innern war eine Leere, die Unfähigkeit, sich berühren zu lassen. Der einzige Mann, der sie in den vergangenen fünfzehn Jahren angefasst hatte, war Henrik, und nun hatte sie sich einem vollkommen Fremden hingegeben. Und es ließ sie gänzlich kalt.

Im Flur brannte Licht, als sie nach Hause kam. Sie griff nach ihrer Brieftasche, nahm den Ehering heraus und steckte ihn sich wieder an den Finger. So leise sie konnte hängte sie ihren Mantel auf und ging in die Küche. Alles vollkommen ruhig. Auf dem Tisch stand noch Axels Teller, und sie sah, dass die beiden Spaghetti mit Hackfleischsauce gegessen hatten. Ein ganz gewöhnliches Abendessen. Henriks Mobiltelefon lag auf der Küchenbank. Keine einzige Nachricht. Die Liste der

Anrufe enthielt keine einzige Nummer, weder angenommene noch selbst gewählte, alles war gelöscht. Der Mistkerl hielt sich für schlau.

Sie ging weiter in Axels Zimmer. Das mondförmige Nachtlicht leuchtete, und der Fußboden war voller Spielsachen, aber das Bett war wie immer leer. Sie setzte sich auf den Boden. Neben ihr auf dem Teppich lag ein Action-Man mit Armen und Beinen, die wie im Krampf erstarrt waren. Er war dort liegen gelassen worden von Händen, die keine Wahl hatten. Deren Leben gerade zerbrach, ohne dass sie sich dagegen wehren konnten.

Sie betrachtete das Spielzeug in ihrer Hand. Wer hatte es ihm geschenkt? Die rechte Hand war so geformt, dass sie eine Waffe greifen konnte.

Sie stand hastig auf. Henriks Schlüsselbund lag in der Jackentasche, und sie setzte ihren Weg in den Keller fort. Der Waffenschrank. Wo er seine Jagdgewehre aufbewahrte. Der einzige Ort in diesem Haus, wo sie nie etwas zu tun gehabt hatte.

Sie fand sie unter einer roten Schachtel mit Munition. Ein Bündel am Computer geschriebene Briefe ohne Umschläge. Ihre Kraft reichte nur, um die ersten vier Zeilen zu lesen. Der Druck auf der Brust. Sie blätterte sie eilig durch und fand ganz unten in dem Stapel zwei zusammengeheftete Bögen von der Schwedischen Immobilienvermittlung. Die Wohnungsobjekte T22 und K18. Das Schwein sah sich nach einer Wohnung um, obwohl ihm bewusst war, dass sie es sich ohne ihn nicht würde leisten können, im Haus wohnen zu bleiben. Er konnte ihr noch nicht einmal so viel Respekt erweisen, ihr mitzuteilen, dass sie demnächst aus ihrem Zuhause würde ausziehen müssen.

Nie im Leben sollte jemand sie so behandeln dürfen.

An Henrik kam sie im Moment nicht heran.

Linda dagegen hatte keine Ahnung, was sie erwartete.

ER GERIET MITTEN in den Stoßverkehr. Normalerweise brauchte er achtzehn Minuten, um zum Karolinska zu gelangen, hin und wieder bis zu vierundzwanzig, aber an diesem Morgen kam er in der gewohnten Zeit lediglich bis zur Abfahrt Bromma. Auf dem Essingeleden wechselte er immer wieder die Fahrspur, aber das half auch nichts.

Dr. Sahlstedt hatte gesagt, er käme am besten sofort.

Warum hatte er ihn nicht gebeten, sich zu beeilen?

Bei der Abfahrt Richtung Klaraberg waren drei Autos ineinander gefahren, und als er sich endlich an dem Unglücksort vorbeigedrängt hatte, wurde der Verkehr etwas flüssiger. Er war diesen Weg so oft gefahren, er fragte sich, wie viele Male es wohl gewesen waren. Und dann das befreiende Gefühl, trotz der Unruhe, dass nichts ihn zwang nachzuzählen.

Sie hatte ihn geheilt.

Und der nächste Gedanke. Vergib mir, Anna. Vergib mir.

Der Geruch von gebratenem Speck. Für immer mit diesem Nachmittag verknüpft, an dem sie ihn verließ. Er spürte die Gefahr, sobald er das Haus betrat. Es war nicht nur der Geruch, da hing noch etwas anderes in der Luft. Das Auto parkte in der Einfahrt, sein Vater war also zu Hause, und um diese Tageszeit war seine Mutter auch immer daheim. Regungslos stand er da mit seiner Jacke und überlegte, ob ihn jemand hatte kommen hören.

Es war vollkommen still. Trotzdem wusste er, dass sie da waren.

Er streckte die Hände aus, konnte die Jacke nicht berühren, die er ausziehen wollte. Spürte, wie der Zwang stärker wurde, und ging ins Badezimmer, um sich zu waschen.

«Jonas!»

Mitten in einem Schritt blieb er stehen. Sein Vater hatte ihn gerufen.

«Ja?»

«Komm her!»

Er schluckte.

«Ich geh mir nur die Hände waschen.»

«Hör auf mit dem Blödsinn und komm her, sage ich!»

Er hatte getrunken. Und war sauer. Das wurde er fast immer, wenn er besoffen war, aber normalerweise kam es nur am Wochenende vor. Dann musste man es vorsichtig angehen, wusste nie, wann er explodieren würde. Und warum.

Der Zwang zog sich zurück. Die Angst vor dem, was ihn in der Küche erwartete, gewann die Oberhand. Er zog seine Jacke aus und legte sie auf einen Stuhl, alles war wieder still, langsam bewegte er sich auf die Küche zu.

Sie saß am Tisch.

Er lehnte mit einem Glas in der Hand an der Spüle. Dass Wasser und Schnaps so ähnlich aussehen konnten. Auf dem Küchentisch vor ihr lag ein weißes Oberhemd.

Sie wandte den Kopf und schaute ihn an, als er hereinkam. Der Ausdruck in ihrem Gesicht entsetzte ihn. Er wollte zu ihr laufen und sie in den Arm nehmen, sie trösten, sie beschützen. Seinen Kopf auf ihren Schoß legen, wie er es getan hatte, als er klein war, und sie mit der Hand über sein Haar streichen und sagen sollte, dass alles wieder gut werden würde. So viele Male hatten sie beieinander Trost gesucht, zusammengeschweißt gegen den unberechenbaren Wochenendzorn des Vaters.

Er sah seinen Vater an. Er hatte diese Augen, die er immer bekam, wenn er getrunken hatte. Wenn man wusste, dass er ein Fremder war.

Er nahm einen Schluck aus dem Glas.

«Mama hat ein Hemd mit ein bisschen Lippenstift drauf gefunden. Deswegen ist sie so sauer.»

Sie hatte es erfahren. Mitten in all der Besorgnis über ihre Reaktion erfüllten ihn die Worte mit Erleichterung. Endlich musste sein Vater alles zugeben. Er selbst würde von der Verantwortung befreit werden, seine Mutter zu schützen, war all der Ausflüchte und Lügen entledigt, die sich zwischen sie gelegt hatten. Endlich gehörte er wieder ihr, ganz und gar, konnte auf ihrer Seite stehen. Wie er es immer getan hatte.

Sein Vater stellte das Glas mit einem Knall auf die Arbeitsplatte und wandte sich dem Rücken zu, der am Küchentisch saß.

«Was soll ich denn deiner Ansicht nach machen? He? Du lässt ja nie locker! Läufst hier rum, siehst aus wie ein beschissener Putzlappen und beklagst dich, dass das Geld nie reicht, dass wir nie in den Urlaub fahren oder uns was leisten können. Du musst wohl vor die Tür gehen und selbst arbeiten, wenn es dir nicht reicht.»

Jonas sah wieder seine Mutter an und traute sich jetzt, zu ihr zu gehen. Er legte seine Hand auf ihre Schulter, und sie griff danach.

Dann guckte er seinen Vater an. Du Schwein! Wir brauchen dich nicht mehr. Das haben wir nie getan. Er konnte die Veränderung in den Augen sehen, die im Gesicht des Mannes steckten, der wie sein Vater aussah und doch ein Fremder war. Im nächsten Augenblick zerbarst das Glas, aus dem er getrunken hatte, an den Kacheln über dem Herd auf der anderen Seite der Küche.

«Du scheinheiliges Miststück! Stehst da und tröstest sie, als wenn du nichts gewusst hättest.»

Es vergingen einige Sekunden, dann ließ seine Mutter seine Hand los.

«Wenn du wüsstest, wie er sich ins Zeug gelegt hat, damit du nichts erfährst. Der lügt besser als ein Bürstenbinder, keine Ahnung, wo er das herhat. Vermutlich von dir, in deiner Familie waren sie ja immer so verlogen.»

Sein Vater machte unbarmherzig weiter.

«Willst du nicht auspacken? Erzähl mal, wie beliebt ich bin. Dass die Frauen, außer ihr da, zu allem bereit sind, damit ich sie flachlege. Die mit dem Lippenstift hast du ja sogar kennen gelernt. Da hast du es ja mit eigenen Augen gesehen.»

Zwei Wochen zuvor. Er durfte mitfahren nach Söderhamn. Man hatte ihm angeboten, sich ein bisschen Geld dazuzuverdienen, indem er beim Aufräumen auf einer Baustelle behilflich war, wo sein Vater die Rohre verlegt hatte. Er war froh gewesen, als sie abfuhren, froh, dass sie zwei Tage zusammen verbringen würden, vielleicht bekäme er die Gelegenheit, mit seinem Vater zu besprechen, wie er sich fühlte, dass er die Lügen nicht mehr ertragen konnte. Er hatte den ganzen Tag auf einen günstigen Moment gewartet, ohne dass einer gekommen wäre, hatte gedacht, am Abend nach dem Essen, da würde sich eine Gelegenheit bieten. Sie saß schon im Speisesaal, als die beiden eintrafen, und bevor sie aufgegessen hatten, bat sein Vater sie, zu ihnen an den Tisch zu kommen. Immer mehr Bier wurde bestellt. Schweigend vor Scham über das immer lächerlicher werdende Benehmen seines Vaters saß Jonas da. Eine Weile später gab er Jonas ein paar Hunderter und schickte ihn in die Stadt. Erst gegen drei Uhr nachts hatte er sich zurückgewagt, wollte schlafen, todmüde nach der Arbeit des Tages. Am Morgen darauf mussten sie um sieben aufstehen und weiterarbeiten. Sie war noch immer im Hotelzimmer. Ihre Kleider lagen auf dem Fußboden verstreut, ihr fettes rechtes Bein ragte unter der Decke hervor, und keiner von beiden bemerkte sein Kommen. Den Rest der Nacht hatte er auf einem Sofa in der Rezeption zugebracht, aber etwas in ihm hatte genug. Am nächsten Morgen konnte er all die aufgestaute Wut nicht länger kontrollieren. Zum ersten Mal wagte er, nein zu sagen. Verkatert hatte sein Vater in Unterhose auf der Kante des unordentlichen Bettes gesessen und versucht, sich zu entschuldigen. Aber Jonas blieb unbeirrbar. Diesmal würde er es erzählen. Er wollte nicht mehr lügen. Als sein Vater die Entschlossenheit hinter seiner Drohung begriff, war er mit in die Hände gestütztem Gesicht zusammengesunken. Sein Bauch hing ihm über die Unterhose, als er ihn weinend anflehte, nichts zu sagen. Und Jonas war ein weiteres Mal gezwungen gewesen, sich an dem Betrug zu beteiligen.

Seine Mutter drehte den Kopf und sah ihn an. Sie sagte kein Wort, aber die Frage stand kristallklar in ihren Augen geschrieben. Er senkte den Blick, unfähig, sie anzuschauen. Er ging mit gebeugtem Nacken neben ihr in die Hocke, das Gesicht ganz nah an ihrem rechten Bein. Er betete zu Gott, dass sie ihn berühren möge. Mit einem einzigen Zeichen andeutete, dass sie ihm vergab. Dass sie verstand, dass er ihr nie etwas Böses hatte antun wollen. Dass er es nur für sie getan hatte.

«Vergib mir.»

Es vergingen einige Sekunden, vielleicht mehr.

Dann schob sie ihren Stuhl zurück und stand auf. Ohne einen von ihnen anzusehen, verließ sie die Küche.

Und irgendwo tief im Innern wusste er schon in diesem Moment, dass sie nie zurückkehren würde.

Er stellte das Auto direkt vor dem Haupteingang des Karolinska ab, obwohl das Parken dort verboten war. Wer ihm diesmal einen Strafzettel verpasste, war selbst schuld. Der Aufzug hinauf in Annas Abteilung hatte sich nie so langsam bewegt. In jedem Stockwerk stieg jemand ein oder aus, vor lauter Anspannung spürte er plötzlich einen Bleigeschmack auf der Zunge. Er hastete zu Annas Tür und hatte gerade die Hand auf die Klinke gelegt.

«Warten Sie, Jonas!»

Er drehte sich nach der Stimme um. Eine Krankenschwester, die er bislang nur vereinzelt getroffen hatte, eilte auf ihn zu.

«Dr. Sahlstedt kommt gleich. Ich glaube, Sie warten besser auf ihn.»

Zum Teufel! Nichts auf der Welt konnte ihn davon abhalten, zu ihr hineinzugehen, jetzt in diesem Augenblick würde er hineingehen.

Er zog die Tür zu sich heran.

Das Bett war von der Türöffnung aus nicht mehr in Sichtweite, aber was er sah, reichte ihm.

Eine plötzliche Trägheit hinderte ihn daran, den Raum zu betreten. Ein passiver Augenblick, nichts brauchte gedacht, getan, gefühlt zu werden.

Eine Pause, bevor alles zerstört sein würde.

Ein intensiver Wunsch, die Tür wieder zu schließen, nicht gesehen zu haben, dass das Zimmer von einem Licht erhellt wurde, dessen Schein über die Wand flackerte, weil von der Tür, die er soeben geöffnet hatte, ein Luftzug kam.

Eine Hand auf seiner Schulter schnitt alle Fluchtmöglichkeiten ab und holte ihn zurück. Er wandte den Kopf und sah in Dr. Sahlstedts bedrücktes Gesicht. Die unwillkommene Berührung der Hand drückte ihn nach vorn, und im nächsten Moment sah er sie. Das Zimmer aufgeräumt und sauber. Nur das Bett mit Anna darin, eingebettet in weiße Laken. Sonden und Schläuche waren fort und alle Apparate hinausgerollt zu Patienten, die sie noch brauchten.

Dr. Sahlstedt kam zu ihm.

«Sie hatte gegen vier einen Hirnschlag.»

Da hatte er seine Lippen an Lindas Kopf gedrückt.

«Wir konnten nichts mehr tun.»

Er hatte dort gelegen, nackt, und seine für Anna aufgesparte Lust an eine andere Frau verschenkt. Er trat näher und sank auf der Bettkante zusammen, traute sich aber nicht, sie zu berühren. Seine Hände als unleugbarer Beweis.

«Vielleicht möchten Sie eine Weile allein sein?»

Er gab keine Antwort, aber er hörte Dr. Sahlstedts Schritte und dass die Tür geschlossen wurde. Ihre Hände gekreuzt auf der Brust. Die klauenartige linke Hand, die krampfhaft versuchte, die rechte festzuhalten. An ihrem Hals eine weiße Kompresse über dem Loch, das der Schlauch vom Beatmungsgerät hinterlassen hatte.

Einen einzigen Abend hatte er sie allein gelassen, und sie hatte die Chance genutzt. Sie musste begriffen haben. Irgendwie musste sie gespürt haben, dass er bei einer anderen Frau war, und das hier war ihre Strafe. Zwei Jahre und fünf Monate hatte sie ausgeharrt und auf eine günstige Gelegenheit gewartet, auf den Moment, in dem ihn ihre Rache am härtesten treffen würde. Sie hatte ihn für immer verlassen und den Zeitpunkt sorgsam ausgewählt.

Ihm würde niemals vergeben werden. Das war ihre Strafe. Für den Rest seines Lebens würde er mit dem Wissen leben müssen, dass sie ihm sein Vergehen nie verziehen hatte. Er stand auf und betrachtete den leblosen Körper in dem Bett.

So viel Zeit hatte er darauf verwendet, ihre Liebe zu gewinnen. Und zum Dank ließ sie ihn im Stich.

Er hätte schwören können, dass er ein Lächeln auf ihren Lippen sah. Sie lag da und glaubte, gewonnen, sich gerächt zu haben. Als wenn alles, was er getan hatte, nicht ausgereicht hätte, um ihn von der Schuld zu erlösen.

«Ich brauche dich nicht. Hörst du das, du verdammte Hure? Ich habe eine richtige Frau kennen gelernt, eine Frau, die mich liebt, weil ich so bin, wie ich bin, nicht wie du … wie du … für dich ist Liebe doch nur ein lockerer Zeitvertreib, mit dem man sich amüsiert, solange nichts Besseres passiert.»

Seine plötzliche Wut pulsierte in ihm, und er rotzte die Worte aus sich heraus. Er musste sie dazu bringen, auf ihn zu reagieren, sie musste verstehen, dass sie keine Macht mehr über ihn hatte.

Hinter ihm wurde die Tür geöffnet. Er drehte sich um. Dr. Sahlstedt war zurückgekommen, diesmal mit der Monsterpsychologin im Schlepptau. Sie blieben ruckartig im Zimmer stehen und sahen ihn abwartend an.

«Wie geht es Ihnen?»

Die Frau mit den bohrenden Augen sprach mit ihm. Sie trug denselben roten Pullover und dieselbe alberne Plastikkette wie am Tag zuvor. Die drei Neonstifte in der Brusttasche ließen ihn völlig ungerührt.

Er grinste sie an.

«Wissen Sie was? Diese Kette, die Sie da tragen. Wissen Sie, dass das die hässlichste, beschissenste Halskette ist, die ich jemals gesehen habe?»

«Mein herzliches Beileid.»

Er grinste wieder.

Ach wirklich?

Er wandte sich zum Nachttisch und blies die Kerze aus.

«Sie hat, wie gesagt, einen Bruder irgendwo in Australien, aber wie sehr der trauert, kann ich nicht beurteilen. Bis jetzt hat er sich jedenfalls nicht blicken lassen. Andere Angehörige kenne ich nicht.»

Dr. Sahlstedt ging das kurze Stück auf ihn zu und legte ihm noch einmal die unerwünschte Hand auf die Schulter.

«Jonas. Wir verstehen, dass es wie ein Schock für Sie ist, aber ...»

Er machte einen Schritt zurück, um sich der Berührung zu entziehen.

«Macht mit der Leiche, was ihr wollt. Mit mir hat sie nichts mehr zu tun.»

Die beiden anderen im Raum warfen sich einen kurzen Blick zu.

«Jonas, wir müssen ...»

«Ich muss gar nichts. Ihr wolltet doch, dass ich loslasse und weitergehe. Bitte sehr.»

Ohne den Leichnam im Bett anzusehen, machte er eine ausladende Geste in seine Richtung.

«Macht, was ihr wollt, verdammt nochmal.»

Er ging zur Tür. Er hatte das Gefühl zu schweben. Als ob die Füße den Kunststoffboden nicht berührten, auf dem sie gingen.

«Jonas! Warten Sie!»

Sie konnten ihn nicht aufhalten. Nichts konnte ihn aufhalten. Er würde von hier verschwinden und nie zurückkehren. Er würde die Erinnerung an all die Minuten, Stunden und Tage ausradieren, die er auf seine verzehrende Sehnsucht verschwendet hatte.

Dort draußen wartete das Leben.

Mit ihrer raffinierten Rache hatte sie lediglich erreicht, dass er wieder frei war.

Die Schuld war beglichen.

Auge um Auge, Zahn um Zahn.

Ein Vergehen quittiert mit einem anderen.

Er war frei.

Nun gehörte er nur noch ihr.

Nun brauchte er nur noch nach Hause zu gehen und auf ihren Anruf zu warten.

VIELLEICHT HATTE SIE ein paar Stunden geschlafen, als der Radiowecker ansprang, sie wusste es nicht. Die frühen Morgenstunden hatte sie im Dämmerschlaf zugebracht, etwas in ihr verbot ihr, fest einzuschlafen, sie musste auf der Hut sein. Im Schlaf war sie wehrlos.

Sie streckte den Arm aus und schaltete den Wecker aus, stand auf und zog sich den Morgenmantel über. Er lag am anderen Ende des Doppelbetts, unbeweglich und mit geschlossenen Augen, ob er schlief oder nicht, war nicht zu erkennen. Der Widerwille, den sie empfand, machte sie hellwach. Die Müdigkeit konnte ihr nichts anhaben.

Nichts konnte ihr etwas anhaben.

Sie beugte sich vor und schob ihre Hände unter Axels schlafenden Körper. Vorsichtig nahm sie ihn hoch, trug ihn aus dem Zimmer und machte die Schlafzimmertür zu.

Dann sank sie auf das Sofa im Wohnzimmer und betrachtete sein schlafendes Gesicht. So unschuldig. Sie schloss die Augen und drängte den Schmerz zurück, den seine Nähe verursachte. Er war das Einzige, was sie verletzbar machte, und kein Platz war jetzt für Schwäche. Irgendwie musste sie sich gegen die Gefühle zur Wehr setzen, die er in ihr weckte. Sich abschirmen. Wenn sie sich gestattete nachzugeben, war sie verloren, ein Opfer, die arme verschmähte Mutter von Axel, die die Kontrolle über ihr Leben verloren hatte. Irgendwann in der Zukunft würde er verstehen, dass sie es für ihn getan hatte. Dass sie diejenige war, die Verantwortung übernahm und ihn zu schützen versuchte, im Gegensatz zu seinem Vater.

«Axel, wach jetzt auf. Wir müssen zum Kindergarten.»

Sie waren ein wenig spät dran, genau wie geplant. Alle Kinder saßen bereits im Spielzimmer auf dem Fußboden und warteten auf den Morgenkreis, und alle Eltern waren bereits zu ihren Arbeitsstellen davongeeilt. Axel hängte seine Jacke an den Haken, und im selben Augenblick kam Linda mit der Obstschale in der Hand aus der Küche.

«Hallo, Axel.»

«Hallo.»

Ein kurzes Lächeln in ihre Richtung, und schon ruhte der Blick wieder auf Axel.

«Komm, Axel, wir gehen hinein. Der Morgenkreis fängt gleich an.»

In ihr herrschte Ruhe. Der Hass war beinahe genussvoll. Ihre ganze Kraft war konzentriert, und sie selbst war ohne Schuld. Nichts von alldem hätte geschehen müssen, die beiden anderen zwangen sie dazu. Sonderbar, wie ein Paar Ohrringe in der eigenen Dusche die Sinne schärfen können.

Die Worte zu Speerspitzen gewetzt.

«Linda, hast du eine Sekunde Zeit? Ich muss dir etwas sagen.»

Sie sah einen Hauch von Angst in den Augen der anderen Frau und kostete ihre Macht aus.

«Ja, klar.»

«Geh hinein, Axel, und setz dich schon mal hin, ich komm dann ans Fenster und winke.»

Er tat, was sie gesagt hatte. Vielleicht spürte er ihre Zielstrebigkeit. Er verschwand im Spielzimmer, und sie wandte sich wieder Linda zu, betrachtete sie eine Weile und war sich der Unruhe bewusst, die ihr Schweigen erzeugte. Linda stand ganz still. Nur die Obstschale in ihren Händen zitterte.

«Tja, es ist so, es fällt mir etwas schwer, darüber zu reden, aber ... Axel zuliebe möchte ich es trotzdem tun.»

Wieder verstummte sie und genoss das Machtgefühl.

«Es ist so ..., bei uns zu Hause läuft es im Moment nicht so gut, bei Henrik und mir, und ich dachte, es wäre vielleicht gut, wenn du davon weißt, wegen Axel, meine ich. Ich weiß nicht, wie viel er mitbekommt, aber ... ich weiß zumindest, wie sehr er an dir hängt, und vielleicht wird er das eine Zeit lang noch stärker tun, bis wir die Sache geklärt haben.»

Lindas Augen suchten den Raum in der Hoffnung ab, auf etwas zu treffen, an das sie den Blick heften konnten.

«Aha.»

Aha, und ich dachte, mit dir kann man so gut reden.

«Ich wollte es nur erzählen, Axel zuliebe.»

«Klar. Natürlich.»

Sie standen regungslos da. Es war offensichtlich, dass Linda am liebsten davongerannt wäre. Vielleicht hatten die beiden sich auf diese Weise gefunden. Hatten gemerkt, dass sie dieselbe irrsinnige Feigheit teilten, immer vor allem fliehen zu wollen, was im Entferntesten an ein Gespräch erinnerte.

Eva hielt sie mit ihrem Blick fest.

«Einen hübschen Pulli hast du an.»

Linda sah auf ihren Pullover hinunter, als hätte sie ihn noch nie gesehen.

«Danke.»

Tja, kleine Linda. Nun hast du etwas, worüber du nachdenken kannst.

«Sagst du Axel, dass ich am Fenster winke?»

«Klar.»

«Und danke fürs Zuhören.»

Sie lächelte und legte Linda vertraulich die Hand auf den Unterarm.

«Es ist wirklich ein schönes Gefühl, es dir erzählt zu haben. Ich bin sicher, dass alles wieder in Ordnung kommen wird. Es geht ja in allen Ehen hin und wieder auf und ab.»

Sie lächelte, und vielleicht war es auch das, was Linda versuchte.

«Wir holen ihn wie immer um vier.»

Sie ließ ihre Hand einen Tick zu lange liegen, bevor sie sich umdrehte und ging.

Er war noch immer nicht aufgewacht, als sie nach Hause kam, die Tür zum Schlafzimmer war geschlossen. Sie ging weiter in die Küche und setzte Kaffee auf. Vom Handy aus hatte sie in der Firma angerufen. Sie hätte sich eine schwere Grippe geholt, der Arzt habe sie krankgeschrieben, und es wäre wohl das Beste, wenn Håkan für eine Weile ihren Auftrag übernähme.

Sie nahm das Frühstückstablett mit den Beinchen, das sie von Cissi und Janne zur Hochzeit geschenkt bekommen hatten. Es steckte noch immer in der Originalverpackung und war bislang nur an vereinzelten Geburtstagen benutzt worden.

Nie zuvor war der Gedanke so klar gewesen, so rein und so frei von jeglichem Zögern und Zweifeln. Es gab nur eine einzige Triebkraft, und die war so kraftvoll, dass sie alles andere

deuten. Das Gesicht war leer. Er war auf Streit und Konflikt vorbereitet gewesen und wusste offenbar nicht, wie er damit umgehen sollte, dass sie sich ihm zu Füßen legte.

Wieder lächelte sie in sich hinein.

«Ich möchte dich um Verzeihung bitten, weil ich so wütend auf die Sache mit Maria von Widmans geworden bin. Als ich es ein bisschen verdaut hatte, ist mir klar geworden, es ist wunderbar, dass du sie zum Reden hast, es kann bestimmt nützlich für uns sein. Wenn sie so klug ist, wie du sagst, kann sie uns sicher helfen, diese Geschichte durchzustehen.»

Sein Gesichtsausdruck zwang sie, wieder den Blick zu senken. Sie drehte den Kopf zur Seite, damit er ihr Grinsen nicht sah, und sprach mit abgewandtem Gesicht weiter.

«Ich weiß, dass es dir eine Zeit lang nicht gut gegangen ist, und du sagst ja selbst, dass du keinen Spaß mehr hast.»

Sie sah ihm wieder ins Gesicht.

«Warum verreist du nicht ein bisschen? Denkst darüber nach, was du willst. Ich kümmere mich hier so lange um alles, das ist vollkommen in Ordnung. Die Hauptsache ist doch, dass es dir wieder besser geht.»

Er saß ganz still da.

Na, Henrik, jetzt wird es alles ein bisschen anstrengend, nicht wahr?

Sie erhob sich.

«Ich möchte nur, dass du weißt, ich bin für dich da, wenn du mich brauchst, das bin ich immer gewesen, auch wenn ich es manchmal nicht so gut zeigen konnte, ich will alles tun, um mich zu bessern. Ich bin hier, und das werde ich immer sein.»

Nun sah er beinahe elend aus. Seine Oberschenkel pressten sich an die Unterseite des Tabletts, und aus der Tasse schwappte Kaffee über und floss unter den Butterteller.

Sie wunderte sich, dass sie ihn jemals hatte anfassen können. Er hockte da in seiner ganzen Jämmerlichkeit und war so feige, dass sie ihn am liebsten geschlagen hätte.

Steh auf, verdammt nochmal, steh ein für das, was du tust!

Rückwärts ging sie zur Tür. Sie musste den Raum verlassen, bevor sie sich entlarvte.

Als Letztes sah sie, wie er das Tablett anhob. Sie verließ das Schlafzimmer, setzte ihren Weg die Treppe hinunter fort und ging geradewegs zum Waffenschrank.

ES HING KEIN Strafzettel an der Windschutzscheibe, als er nach draußen kam. Das erstaunte ihn nicht sonderlich, er betrachtete es vielmehr als Selbstverständlichkeit. Zum letzten Mal waren die Eingangstüren zurückgewichen, als sie seine Anwesenheit gespürt hatten, aber diesmal hatten sie ihn nicht hinausgeworfen, ihn, der sich voller Angst und Einsamkeit nach dem nächsten Mal sehnte, wenn ihm wieder Einlass gewährt würde. Diesmal waren sie ehrfürchtig zur Seite geglitten und hatten ihn zu seinem neuen Leben beglückwünscht. Jetzt fing alles an. Alles, was er bisher durchgemacht hatte, war eine Prüfung gewesen, damit er sich das, was ihn jetzt erwartete, auch verdient hatte. Er würde dem Leben eine Ungerechtigkeit nach der anderen vergeben. Zusammen mit ihr würde alles wieder gut werden.

Zum letzten Mal bog er in den Solnavägen ein und dann rechts ab zum Essingeleden. Die Hauptverkehrszeit war vorüber, und die Heimfahrt dauerte wie immer nur achtzehn Minuten.

Wie bisher.

Als er zu Hause im Storsjövägen ankam, fuhr er rückwärts bis zur Eingangstür, schaltete den Motor aus, stieg aus und öffnete den Kofferraum. Er hatte viel vor heute, am besten fing er sofort damit an.

Die Umzugskartons standen zusammengefaltet im Keller. Er holte vier Stück und nahm den Aufzug hinauf zum Atelier. Als er die Tür öffnete, kam ihm ein muffiger Geruch entgegen, aber er machte sich nicht die Mühe zu lüften. Stattdessen stellte er zwei Pappkartons auf und bedeckte ihre Böden mit Zeitungspapier. Der Hibiskus hatte eine seiner beiden rosa Blüten verloren, und die übrig gebliebene hing herunter wie ein schrumpeliger Darm. Er warf den Topf mit dem Hibiskus in einen der Kartons. Zwei Jahre und fünf Monate lang hatte er all ihre Topfpflanzen am Leben erhalten, aber nun war damit Schluss.

Er trug keine Verantwortung mehr für ihr Leben.

Durch die Erde waren die Kartons schwerer, als er gedacht hatte, und er musste sie zum Aufzug schleifen. Nachdem er sich ein letztes Mal umgesehen und sich versichert hatte, dass jedes Leben in der Wohnung in den Umzugskisten gelandet war, zog er hinter sich die Tür zu, verriegelte beide Schlösser und warf den Schlüssel durch den Briefschlitz.

Nie wieder.

Dann ging er in seine eigene Wohnung.

Einige der Rahmen waren zu groß, um in den Kartons Platz zu finden, sodass er sie mit einem Hammer kaputtschlagen musste.

Als die Wände leer waren, sah die Wohnung völlig nackt aus. Genauso nackt und unbefleckt, wie er selbst werden würde. Er würde jeden Gedanken, jede Erinnerung ausräumen, jeden Winkel reinigen, um Raum zu schaffen für die Liebe, die er gefunden hatte.

Vollkommen rein und unschuldig würde er sie in Empfang nehmen. Sich als würdig erweisen.

Er öffnete den Schrank, nahm ihre Kleider heraus, die er aus dem Atelier heruntergeholt hatte, und stopfte sie zwischen die Bilder. Ihr Duft war schon vor langer Zeit aus ihnen gewichen, aber sie hatten ihm trotzdem Gesellschaft geleistet, wenn die Einsamkeit zu schwer wurde.

Nun brauchte er sie nicht mehr.

Nie wieder.

Die letzte Kiste musste er auf den Beifahrersitz stellen, damit sie überhaupt ins Auto passte. Die Uhr am Armaturenbrett stand erst auf halb zwölf, das war viel zu früh. Er musste auf den Abend warten, um nicht zu viel Aufmerksamkeit zu erregen. Auf der anderen Seite würde er die Kartons das letzte Stück tragen müssen, denn man konnte nicht weiter als bis zum Yachtclub fahren, und das würde eine Weile dauern. Am liebsten hätte er es auf dem Steg getan, aber er sah ein, dass es dort unmöglich war. Dafür am Strand gleich daneben. Niemand würde ihn vom Weg aus entdecken, nur von Söder aus würde man die Flammen sehen. Er hatte wohl das Recht, ein Feuer zu machen, wenn er wollte, und es musste in der Nähe des Stegs geschehen. Wie ein endgültiges Reinigungsritual.

An diesem Septembertag vor zwei Jahren und fünf Monaten hatte es eine ganze Woche geregnet, aber wie ein Omen brach der Himmel auf und wurde zwei Stunden, bevor sie kam, vollkommen klar und blau. Sorgfältig hatte er den Picknickkorb gepackt. Sogar Sektgläser aus Plastik hatte er noch schnell unten beim Konsum besorgt, damit alles perfekt wäre.

Sie war wie immer ein bisschen zu spät gekommen, sechsundzwanzig Minuten, um genau zu sein, denn sie hatte unbedingt noch etwas an einem Bild fertig stellen wollen. Eigentlich war das nicht so schlimm, hatte er ein Jahr lang gewartet, konnte er auch noch sechsundzwanzig Minuten länger warten.

Er hatte ein kariertes Küchenhandtuch über den Korb gelegt, und während des Spaziergangs hinunter zur Årstabucht stellte sie neugierige Fragen nach seinem Inhalt. Wie immer plauderte sie vor sich hin, es störte ihn ein wenig, dass sie den Ernst des Augenblicks nicht zu begreifen schien. Es ging um eine Galerie, in der sie vielleicht ihre Bilder aufhängen durfte, und darum, wie nett der Besitzer dieser Galerie war. Das ganze Gespräch verschlechterte seine Laune. Er hasste es, wenn sie Menschen kennen lernte, ohne dass er die Kontrolle darüber hatte. Er wollte alles wissen, was sie machte, wen sie traf und wie sie sich verhielt, wenn sie mit anderen zusammen war. Ein paar Wochen zuvor hatte er sich ein Herz gefasst und versucht, mit ihr darüber zu reden, ihr zu erklären, wie er sich dabei fühlte. Nach diesem Gespräch war etwas geschehen, das ihn beunruhigte. Für ihn war alles, was er gesagt hatte, ein Beweis seiner grenzenlosen Liebe gewesen, aber irgendwie musste sie ihn missverstanden haben. In den vergangenen Wochen hatte er das Gefühl gehabt, dass sie sich ihm entzog, sie hatte plötzlich nicht mehr mit ihm Mittag essen wollen wie sonst, und einmal, als er an die Tür zum Atelier klopfte, hatte sie so getan, als wäre sie nicht zu Hause, obwohl er genau wusste, dass sie da war.

Nun würde er dafür sorgen, dass alles wieder gut würde.

Er hatte gedacht, sie würden sich auf die Bank oberhalb

vom Yachtclub setzen, aber als sie sah, dass die Tore offen standen, wollte sie unbedingt auf den Bootssteg hinausgehen. Sie wählte den rechten und ging an den wenigen Booten vorbei, die noch immer im Wasser lagen und darauf warteten, für den Winter ins Trockene geholt zu werden. Sie gingen, so weit der Steg reichte, und er stellte den Picknickkorb auf den Untergrund aus Beton. Die Bank wäre besser gewesen. Sie trat neben ihn und schaute aufs Wasser. Eine Strähne ihres dunklen Haars hatte sich aus der Spange im Nacken befreit und über die Wange gelegt. Er widerstand der Versuchung, sie zurückzustreichen, ihr Gesicht zu berühren.

«Mein Gott, wie schön. Guck dir das Söderkrankenhaus an!»

Er schaute in die Richtung, in die ihr Zeigefinger wies. Die Sonne ließ die Fenster an dem riesigen weißen Gebäude erglühen, als wäre hinter jedem einzelnen ein Feuer entzündet worden.

«Ich hätte meinen Skizzenblock mitnehmen sollen.»

Er ging in die Hocke, zog das Handtuch vom Korb, legte es wie eine Decke auf den Beton und stellte die Sektgläser hin.

«Ui», lachte sie überrascht. «Ein Fest!»

Er spürte jetzt seine Nervosität, bereute es beinahe. Irgendwie schien sie nicht anwesend zu sein. Alles hätte so viel einfacher sein können, wenn sie ihm entgegengekommen wäre. Er holte den Kartoffelsalat und das gegrillte Hähnchen heraus, streckte die Hand nach der Sektflasche aus und erhob sich.

Ihr Lächeln. Er musste sie berühren.

«Was feiern wir?»

Er lächelte ihr zu, war unfähig, die Worte zu sagen, noch nicht.

«Ist etwas Tolles passiert?»

Jetzt sah sie ihn neugierig an, sah ihn wirklich an. Zum ersten Mal seit Wochen bekam er ihre gesamte Aufmerksamkeit. Endlich war sie wieder da, bei ihm, wo sie immer sein sollte.

Er reichte ihr das Glas in sicherer Gewissheit.

«Willst du mich heiraten?»

Monatelang hatte er sich diesen Augenblick ausgemalt. Wie ihr schönes Gesicht in diesem Lächeln aufgehen würde, das ihre Augen zu Schlitzen werden ließ. Wie sie auf ihn zukommen würde, ganz nah, und ihm in vollkommenem Zutrauen endlich erlauben würde, sie zu küssen, sie anzufassen. Sie, die sich durch ihr Leben hatte kämpfen müssen, würde verstehen, dass er sie beschützen wollte, dass er sie nie verlassen würde und dass sie sich nie wieder zu fürchten bräuchte.

Sie schloss nur die Augen.

Machte sie zu und sperrte ihn aus.

Eine Urangst überkam ihn. All der Schrecken, vor dem sie ihn ein ganzes Jahr geschützt hatte, rollte wie eine riesige Welle über ihn hinweg.

Sie öffnete die Augen und schaute ihn wieder an.

«Jonas. Wir müssen reden.»

Sie nahm ihm das Glas aus der Hand und stellte es hinunter auf den Steg.

«Lass uns hinsetzen.»

Er konnte sich nicht bewegen.

«Komm.»

Sie streckte ihre Hand aus und legte sie vorsichtig auf seinen Arm, führte ihn behutsam an die Kante des Stegs und ließ ihn sich hinsetzen. Sie starrte aufs Wasser hinaus.

«Ich mag dich sehr, Jonas, wirklich, aber was du vor einigen Wochen zu mir gesagt hast, hat mir Angst gemacht. Mir wurde klar, dass du das Ganze vielleicht missverstanden hast.»

Ich will nicht, dass du hier noch länger wohnst.

«Dieser Mann aus der Galerie, von dem ich erzählt habe, Martin heißt er, wir haben ..., er und ich haben ... Verdammt.»

Sie guckte zur Seite, aber im nächsten Augenblick meinte er ihre Hand auf seinem Arm zu spüren, es konnte jedoch auch Einbildung sein.

«Es tut mir Leid, dass ich es dir nicht früher gesagt habe. Ich habe nicht begriffen, was du für mich empfindest, bis du gesagt hast, dass du nicht möchtest, dass ich andere Leute treffe, wenn du nicht dabei bist. Und das mit Martin. Ja, nun kann ich genauso gut sagen, wie es ist. Ich glaube, ich kann wirklich sagen, dass ich ihn liebe. Ich habe jedenfalls noch nie so empfunden.»

Er sah auf seinen Arm hinunter. Doch, da lag sie. Ihre treulose Hand lag dort auf seinem Unterarm. Sie berührte ihn.

«Verzeih mir, Jonas, aber ...»

Alles wurde weiß.

In nächsten Augenblick lag sie im Wasser. Ihr Gesicht tauchte an der Oberfläche auf, wütend und verblüfft.

«Was, zum Teufel, machst du? Bist du verrückt?»

Er sah sich um. Neben ihm lag ein vergessenes Ruder, das nur noch ein halbes Blatt übrig hatte. Ihre Hände umfassten die Kante des Stegs, aber er wand die Finger auseinander, sodass sie loslassen musste. Als ihr Kopf das nächste Mal über der Wasseroberfläche zu sehen war, drückte er ihr das Ruder auf die Schulter und zwang sie wieder in die Tiefe. Ihre betrügerischen Hände wedelten an der Oberfläche und verschwanden. Dann zog sie sich zurück, versuchte rückwärts, ihm zu entkommen und außer Reichweite zu schwimmen.

Das Wasser umschloss ihn. Die Kälte konnte ihm nichts anhaben. Schnell war er an ihrer Seite und presste ihren Kopf unter Wasser. Er wehrte sich gegen ihre rudernden Arme und schloss seine Beine um sie. Vielleicht dauerte es zehn Minuten, Zeit existierte nicht. Nur das Gefühl, dass sie langsam, aber sicher keinen Widerstand mehr leistete, sich seinem Willen fügte und nachgab.

Und dann die Stimme von irgendwoher, die sich plötzlich in sein Bewusstsein drängte.

«Hallo! Hallo! Brauchen Sie Hilfe? Ich komme.»

SIE PASSTE DEN Moment ab, als er unter der Dusche stand. Als sie hörte, wie die Tür zur Duschkabine zugezogen wurde, schlüpfte sie ins Arbeitszimmer und kopierte die Briefe im Faxgerät. Welcher von ihnen seinen Zweck am besten erfüllte, wusste sie noch nicht, sie würde sie mitnehmen und irgendwo in aller Ruhe lesen, während er annahm, dass sie zur Arbeit ginge.

Nur einen Zettel hinterließ sie auf dem Küchentisch. «Gehe jetzt in die Firma, hole heute Axel ab, damit du in Ruhe arbeiten kannst.» Schnell die Originale zurück in den Waffenschrank und die Papiere, die sie benötigte, in die Aktentasche, dann zog sie ihren Mantel über und verließ das Haus. Er stand noch immer unter der Dusche.

Ohne eigentlich einen bewussten Entschluss getroffen zu haben, fuhr sie hinaus nach Värmdö, bog in eine kleinere Straße nach Gustavsberg ein und blieb in einer Parklücke stehen.

Geliebter,
jede Minute, jeden Augenblick bin ich, wo du bist. Zu wissen, dass es dich gibt, macht mich glücklich. Ich lebe

für die kurzen Momente, die wir zusammen haben. Ich weiß wohl, dass es falsch ist, dass wir nicht so fühlen dürften, aber wie soll ich nein sagen können? Ich weiß nicht, wie oft ich beschlossen habe, dich zu vergessen, aber dann stehst du vor mir, und ich schaffe es nicht. Wenn alles herauskäme, würde ich wahrscheinlich meinen Job und du deine Familie verlieren, alles würde im Chaos enden. Und doch kann ich nicht aufhören, dich zu lieben. Und immer wenn ich bete, dass dies alles nie passiert sein möge, habe ich gleichzeitig eine Todesangst, dass mein Gebet erhört werden könnte. Dann wird mir klar, dass ich bereit bin, alles zu verlieren, nur um mit dir zusammen zu sein.

Ich liebe dich, deine L.

Die Übelkeit wurde stärker mit jedem Wort, das sie las. Sie hatte sich einen Parasiten eingefangen, und ihr Inneres wollte speien, wollte sich ausstülpen, um ihn wieder loszuwerden. In einem unbewachten Moment hatte er sich hineingedrängt und von all ihren inneren Funktionen Besitz ergriffen, er hatte ihre Familie vergiftet und sich trotzdem von Rechts wegen nicht strafbar gemacht. Keine einzige Zeile im Gesetzbuch befasste sich mit dem Verbrechen, das begangen worden war. Diese Frau hatte eine Familie zerstört und die Eltern eines Kindes gegeneinander aufgebracht, der Schaden, den sie angerichtet hatte, war unverzeihlich und würde nie zu reparieren sein. Sie überflog einen der anderen Briefe, fühlte sich aber nicht in der Lage weiterzulesen. Atmen war nicht mehr möglich. Sie schleuderte die Briefe auf den Beifahrersitz und stieg aus, um wieder Luft zu bekommen.

Das Stechen im linken Arm.

Vornübergebeugt blieb sie mit geschlossenen Augen stehen und stützte die Hände auf die Motorhaube. Aus Gustavsberg näherte sich ein Auto, und sie richtete sich auf. Nichts wollte sie weniger, als dass jemand anhielt und sie fragte, wie es ihr ging. Dass sie überhaupt jemand sah. Als das Auto vorbeigefahren war, drehte sie sich um und betrachtete die Briefe durch die Scheibe. Sie lagen dort in ihrem Auto, und sie hasste sie, hasste jedes einzelne schwarze Wort, das sich auf dem weißen Papier abzeichnete. Hasste es, dass es dieselben Buchstaben waren, die sie selbst verwendete, dass sie für alle Zeit gezwungen sein würde, sich desselben Alphabets zu bedienen.

Irgendwo in ihrem Inneren wunderte sie sich über die Leidenschaft, die Henrik in dieser Frau zu erwecken vermocht hatte.

Warum gerade er?

Was sah sie in ihm?

Hatte sie selbst jemals auf die Weise geliebt, die diese Worte beschrieben? Vielleicht am Anfang, doch sie erinnerte sich nicht. Irgendwann, als alles anders gewesen war, hatten sie beschlossen, gemeinsam durchs Leben zu gehen, und um ihren Entschluss zu besiegeln, hatten sie ein Kind in die Welt gesetzt, eine lebenslange Verantwortung. Und als es ihm nun ein bisschen in den Eiern zwickte, sollte alles umgeworfen, jede Kameradschaft aufgehoben werden. Solange er Axels Kindergärtnerin flachlegen durfte und nicht dafür geradezustehen brauchte, war alles gut.

Dieses verfluchte Schwein.

Die Wut überkam sie wieder, und das Stechen im linken Arm klang ab.

Alles war wieder Entschlossenheit.

Sie stieg ins Auto und zog den ersten Brief hervor.

Es war schwer zu glauben, dass sich eine solche Dichterin

hinter diesem feigen Lächeln verbarg, das sie ihr jeden Morgen zuwarf. Doch auf der anderen Seite war der Brief perfekt, er brauchte noch nicht einmal überarbeitet zu werden. Und es war hervorragend, dass sie bereit war, alles zu verlieren, da stand es ja schwarz auf weiß, denn genau das würde auf sie zukommen.

Das Gebet der kleinen Linda würde erhört werden, ganz gewiss.

Sie schaute auf die Uhr. Es war inzwischen Viertel nach zehn, Zeit zurückzufahren. Bestimmt hatten sie sich längst mit ihrem eingepackten Mittagessen zu ihrem Waldausflug auf den Weg gemacht.

Sie startete den Wagen, drehte um und fuhr zurück zum Kindergarten.

Um ganz sicherzugehen, stellte sie das Auto auf dem Parkplatz vor dem Ica-Supermarkt ab und lief das letzte Stück zu Fuß. Ausgerechnet jetzt durfte niemand den Wagen in der Nähe des Kindergartens sehen, es durfte sie überhaupt niemand bemerken. Der Spielplatz auf der Rückseite lag verlassen da, nur die schwarzen Reifen an ihren Ketten schaukelten leicht im Wind, ansonsten war alles ruhig. Sie überlegte, ob alle Abteilungen unterwegs waren, das wäre entschieden am besten, wenn sie nur nicht die Tür hinter sich abgeschlossen hatten.

Axels Abteilung war zur Straße hin geschlossen. Sie ging ums Haus, kam an der Rutsche vorbei und sah schon aus der Entfernung, dass die Küchentür einen Spalt offen stand und an einem Plastikhocker lehnte. Vielleicht bereitete Ines gerade die Zwischenmahlzeit für den Nachmittag vor? Sie ging das letzte Stück zur Tür und lauschte. Außer dem Radio waren keine Geräusche zu hören.

Falls jemand sie von einem der Fenster aus beobachtete, durfte sie nicht dort stehen und zögern, sie musste sich benehmen, als sei es vollkommen selbstverständlich, dass sie sich um fünf nach halb elf an einem Freitagvormittag im Kindergarten ihres Sohnes befand. Im Übrigen wäre es kein Problem gewesen, wenn jemand gefragt hätte. Eine geeignete Erklärung für ihre Anwesenheit zu finden war ihre geringste Sorge.

Sie öffnete die Tür weiter und trat ein. Die Küche war leer. Nur drei eingeschweißte Weißbrote und ein Päckchen Marlboro Light auf der rostfreien Arbeitsfläche in der Mitte des Raumes störten die pedantische Ordnung. Das Geräusch einer Toilettenspülung verriet, wo Ines sich befand, sie eilte weiter auf den Gang und zu Kerstins Büro. Kein Mensch war zu sehen. Schnell am Personalzimmer und an der Kleinkindabteilung vorüber und hinein durch die weit offene Tür. So leise es ging, zog sie sie hinter sich zu und schloss ab. Falls jemand kam, würde ihr diese Tür einige Sekunden Vorsprung verschaffen. Schließlich war sie nur hier, um Kerstin eine Nachricht zu hinterlassen, und das würde auch alles sein, wobei man sie beobachten konnte, wenn unvermutet jemand hereinkam und sie unterbrach. Sie ging zum Schreibtisch.

Eine Computerexpertin war sie nie gewesen, aber einen städtischen Rechner würde sie schon in Gang kriegen. Sie stellte ihre Aktentasche ab, drückte den Knopf und setzte sich im Stuhl zurecht, um darauf zu warten, dass das Programm hochfuhr. Direkt vor ihr hing eine Pinnwand mit den Gruppenfotos von den vier Abteilungen aus diesem Herbst. An die sechzig Kinder und ihr beschützendes Personal. Axel im Schneidersitz auf dem Fußboden und gleich hinter ihm die Schlange, die ihm sein Geborgensein geraubt hatte. Sie stand auf, beugte sich über den Schreibtisch und betrachtete ihre Feindin. Ihr blondes Haar offen auf den Schultern. Und dieses verdammte Lächeln. Bald hätte sie genug gegrinst.

Sie setzte sich wieder hin.

Auf dem Bildschirm war ein Quadrat aufgetaucht, das nach dem Benutzernamen und dem Kennwort fragte. Sie schrieb Linda Persson in die obere Zeile und klickte sich hinunter zum Codewort.

Normalweise hatte man drei Versuche, so war es jedenfalls bei dem Server in ihrer Firma.

Henrik. Überprüfen Sie bitte des Kennwort. Axel. Wieder falsch. Schlampe. Bitte treten Sie mit der kommunalen EDV-Abteilung in Verbindung.

Wieder sah sie auf zu der Pinnwand. Irgendwo mussten sie sich die Nummer notiert haben, damit sie sie nicht jedes Mal im internen Telefonbuch nachzuschlagen brauchten, aber vielleicht kannten sie sie auch auswendig. Sie nahm den Hörer ab und wählte die Null.

«Zentrale.»

«Hallo, hier Kerstin Evertsson von der Kindertagesstätte Kortbacken. Ich habe die Durchwahl der EDV-Abteilung vergessen.»

«Vier null elf. Möchten Sie verbunden werden?»

«Nein, danke.»

Sie legte auf. Lieber wollte sie selbst intern anrufen, um das Risiko zu verringern, Misstrauen zu erregen. Sie nahm den Hörer in die Hand und wählte die Nummer.

«EDV.»

«Hallo, hier ist Linda Persson aus der Kindertagesstätte Kortbacken. Wir haben Probleme mit unserem Computer, und niemand kommt mehr in das Mailprogramm hinein. Irgendwas stimmt mit den Kennwörtern nicht.»

«Aha, das ist aber seltsam. Wie war Ihr Name?»

«Linda Persson.»

Für einen Moment, der ein bisschen zu lang war, wurde es still am anderen Ende der Leitung.

«Kann ich Sie zurückrufen?»

Die Frage verunsicherte sie. Würde das Klingeln bis zu Ines in der Küche zu hören sein?

«Natürlich, aber ich habe es ein bisschen eilig.»

«Ich rufe in ein paar Minuten wieder an.»

Was hatte sie für eine Wahl?

«Okay.»

Sie legte den Hörer auf, nahm ihn aber sofort wieder in die Hand und drückte die Gabel stattdessen mit dem Zeigefinger hinunter. Je kürzer es klingelte, desto besser.

Die Sekunden schleppten sich dahin.

Ihre plötzliche Nervosität kostete mehr Energie, als sie sich leisten konnte. Wie lange würde sie ohne Schlaf auskommen? War es möglich, dass sie ein solches Pech gehabt hatte und der Mann, mit dem sie gesprochen hatte, Linda kannte? Hatte er gehört, dass jemand anders am Apparat gewesen war?

Und plötzlich das Klingeln.

«Kindertagesstätte Kortbacken, Linda Persson.»

«Ja, hier ist die EDV. Dann wollen wir mal sehen. Ich habe hier ein bisschen aufgeräumt, jetzt sollte es also kein Problem mehr geben. Sie müssen ein neues Kennwort in die Zeile schreiben und es dreimal in den Dialogfenstern bestätigen, die nach und nach auftauchen. Okay?»

«Super. Danke für Ihre Hilfe.»

«Keine Ursache. Dafür sind wir ja da.»

Genau.

Sie legte auf und versuchte, sich wieder zu sammeln.

Lindas neues Kennwort. Das war ja nicht schwer.

Sie lachte in sich hinein, schrieb das Wort in das Dialogfenster und bestätigte es danach gemäß den Instruktionen dreimal.

Und dann war sie drin.

Hastig rollte sie sich mit der Maustaste durch den Posteingang, konnte aber keine E-Mail von Henrik entdecken. Im Ausgangsfach gab es auch keine Mail an seine Adresse. Entweder händigten sie sich ihre beschissenen Briefe persönlich aus, oder sie benutzte eine andere E-Mail-Adresse, wenn sie unterwegs war, um die Papas der Kleinen zu verführen. Die kleine Schlampe hatte wohl Angst, ihren Job zu verlieren.

Ha!

Sie klickte «Neue Nachricht erstellen» an, öffnete ihre Aktentasche und holte die Vorlage und die Adressenliste der Kindergarteneltern heraus. Sie brauchte nur wenige Minuten, um den Brief abzuschreiben, und dann vertiefte sie sich in die Liste mit den Adressen. Der Papa von Simon sah ganz gut aus, er würde den einen bekommen. Und dann Jacobs Papa, da würde seine Frau vielleicht das Interesse daran verlieren, Planungstreffen für dieses verfluchte Steinzeitlager zu organisieren. Sie drückte auf «Senden», und schon waren sie unterwegs.

Tja, Linda. Spannend zu sehen, wie du das hier erklären wirst.

Sie schaltete den Computer aus, steckte die Briefe wieder in ihre Tasche und wollte gerade aufstehen. Sie kam nicht dazu. Plötzlich waren auf dem Gang Schritte zu hören, die sich näherten, und sie hörte auf zu atmen. Im nächsten Moment wurde die Klinke hinuntergedrückt. Sie sah sich um. Der Raum bot kein Versteck. Der Klang von klimpernden Schlüsseln. Ohne nachzudenken, glitt sie schnell vom Stuhl und kroch unter den Schreibtisch. Im nächsten Augenblick wurde die Tür geöffnet, und sie sah ein Paar Füße in Gesundheitssandalen näher kommen. Als ob die Gefahr, entdeckt zu werden, dadurch geringer würde, kniff sie die Augen zusammen. So brauchte sie wenigstens nicht den Gesichtsausdruck von Ines zu sehen, wenn sie sie unter dem Tisch entdeckte. Das durfte nicht geschehen!

Das Geräusch von Papieren, die aufgehoben wurden, auf dem Schreibtisch über ihrem Kopf. Hatte sie alles eingesteckt? Was, wenn sie etwas vergessen hatte? Oder wenn Ines etwas in den Papierkorb werfen musste, der dicht neben ihr unter dem Schreibtisch stand? Es gab natürlich nicht die geringste passende Erklärung dafür, dass sie hockte, wo sie hockte. Warum hatte sie sich versteckt, sie wollte doch nur eine Nachricht für Kerstin hinterlassen. Wenn Ines sie entdeckte, war sie verloren. Die Rache enttarnt, sobald die Adressaten die E-Mails gelesen hatten. O Gott, was hatte sie getan! Ein plötzliches Geräusch ließ sie aus reinem Entsetzen die Augen öffnen. Die Beine von Ines nur ein paar Dezimeter von ihren Füßen entfernt. Und dann wieder das Geräusch, diesmal länger. Ihr Gehirn weigerte sich, ihr zu erklären, was sie da hörte. Dann eilten die Beine vor ihr davon in Richtung Tür, und im selben Augenblick verschickte ihr Gehirn die Information, dass sie eine Klingel gehört hatte. Sobald Ines verschwunden war, kroch sie mit zitternden Beinen heraus, warf einen Blick auf den Schreibtisch, um sich zu vergewissern, dass sie kein Blatt Papier dort hatte liegen lassen, und dann rannte sie zum nächsten Ausgang. Die Müdigkeit ließ sich nicht länger unterdrücken, es war, als befände sie sich in einer Glasblase, ihre Welt war abgeschirmt von dem, was einmal die Wirklichkeit gewesen war. Die Angst, entdeckt zu werden, hatte das letzte Adrenalin verbraucht, das im Moment das Einzige war, was sie noch auf den Beinen hielt. Um bei Kräften zu bleiben, musste sie sich zwingen, ein Weilchen zu schlafen. Vielleicht im Auto? Vielleicht wenn sie ein Stück fuhr und irgendwo parkte, wo sie sicher war, dass niemand sie finden würde.

Sie stieg ein und startete den Wagen.

Ein paar Stunden Schlaf.

Sie musste schlafen.

Zuerst ein bisschen schlafen und dann nach Hause fahren und einen richtig schönen Freitagabend für ihre Familie organisieren.

ER LAG NACKT im Bett. Die Wohnung war aufgeräumt und sauber, nur die Bettwäsche hatte er ausgelassen. Die Wände des Zimmers waren leer, und das, was dort gehangen hatte, als er heute Morgen aufgewacht war, gab es nicht mehr. Übrig geblieben war nur ein schwelendes Häufchen Asche unten bei der Årstabucht. Und irgendwo im Karolinska-Krankenhaus lag ein lebloser Körper, aber der berührte ihn nicht mehr. Er bedeutete ihm genauso wenig wie vor drei Jahren und fünf Monaten, als er von seiner Existenz noch gar nichts wusste.

Bald würde auch er Asche sein.

Aber sein Körper lebte. Zum ersten Mal lebte und existierte er richtig. Nicht länger als Feind, den er ständig verleugnen, bändigen, zurückdrängen musste. Seine ganze Sehnsucht war plötzlich erlaubt. Das Begehren, das in ihm pulsierte, war keine Bedrohung, sondern einer der Grundsteine für all das Wunderbare, das ihn erwartete.

Er legte sich die Hand an die Seite des Halses, strich langsam am Brustkorb hinunter und schloss die Augen. Folgte der Erinnerung an ihre Hand und strich weiter über seinen Bauch. Genauso hatte sie ihn berührt. Genauso hatten ihre Hände ihn befreit.

Warum rief sie nicht an?

Das Telefon stand im rechten Winkel zum Teppich auf dem Fußboden neben ihm, und er wusste nicht mehr, wie viele Male er es angesehen, seine Hand darauf gelegt hatte, als ob es preisgeben könnte, wie lange er noch würde warten müssen.

Er wollte so vieles. Er wollte so viel, und endlich war es möglich, und trotzdem konnte er nichts tun, als hier zu warten. Es war wie eine Folter.

Er dachte an all die phantastischen Möglichkeiten, die ihre Begegnung geschaffen hatte. Alles, was sie zusammen machen würden. Alles, was er sich mit Anna erträumt hatte und ihm nun genommen worden war, jetzt hatte er eine neue Chance bekommen. Er würde wieder anfangen zu arbeiten, es würde sicher nicht schwer sein, die Stelle als Briefträger zurückzubekommen, aber das war nur der Anfang. Nun würde er seinen Traum verwirklichen und diesen Kurs in mathematischer Trigonometrie belegen. Gleich am Montag würde er anrufen und sich anmelden.

Warum meldete sie sich nicht?

Er stand auf und ging in die Küche. Das einzig Essbare im Kühlschrank war eine mit Milchreis gefüllte Plastikwurst. Das Datum sagte, dass er sie spätestens gestern hätte essen müssen, aber das hielt ihn nicht auf. Er drückte den Inhalt in einen Topf.

Wie hatte er so dumm sein können, sie nicht um ihre Telefonnummer zu bitten? Was, wenn sie sich nicht traute anzurufen? Was, wenn sie annahm, er sei nicht an ihr interessiert, weil er eingeschlafen war, ohne nach ihrer Nummer zu fragen? Verdammt, er hatte sie nicht einmal nach ihrem Nachnamen gefragt. Was sollte sie denken?

Es war so merkwürdig, dass sie nicht mehr geredet hatten. Aber eigentlich wusste er, warum. Sie hatten einander so viel zu sagen, dass sie lieber schwiegen.

Sie hatten schließlich alle Zeit der Welt.

Was, wenn sie mit dem Telefonhörer in der Hand dasaß und nicht anzurufen wagte? Der Gedanke verursachte ein Krampfgefühl in seinem Magen. Verfluchter Mist, dass er nicht gefragt hatte! Alles, was er von ihr wusste, war ihr Vorname. Ihr Vorname und dass er sie niemals wieder loslassen würde. Und wenn er dafür ganz Stockholm auf den Kopf stellen musste, er würde sie finden.

Es war unerträglich, nicht zu wissen, wo sie war. Wenn sie nicht bald von sich hören ließe, würde es ihn wieder überkommen, aber noch war er sicher. Ihre Berührung lag noch immer auf seiner Haut und schützte ihn.

Aber wie lange noch?

Er hatte sich gerade den ersten Löffel Milchreis in den Mund gesteckt, als das Telefon klingelte. Hastig raste er zur Spüle, spuckte aus und spülte sich den Mund. Und dann schnell zum Telefon. Zwei Klingeltöne. Alles, was er einstudiert hatte, alles, was er hatte sagen wollen, alles war weg.

Vier Klingeltöne.

«Jonas.»

«Hallo, Jonas, hier ist Yvonne Palmgren aus dem Karolinska. Ich wollte nur hören, wie es Ihnen geht.»

Er saß stumm und spürte, wie sein Zorn sich steigerte. Es gab nichts, was er dieser Frau sagen wollte. Sie rief aus einem anderen Leben an, das er hinter sich gelassen hatte. Niemand außer Linda hatte das Recht, ihn anzurufen, niemand hatte das Recht, die Leitung besetzt zu halten.

Die verfluchte Frau am anderen Ende hatte ihn gebeten, loszulassen und weiterzugehen, und genau das hatte er getan. Er war es ihr nicht im Geringsten schuldig, Rechenschaft über seine Gedanken abzulegen, er hatte nur getan, was sie von ihm verlangt hatte.

Er legte auf.

Verflucht. Was, wenn Linda gerade jetzt angerufen hatte und es besetzt gewesen war? In diesem Moment hatte sie all ihren Mut zusammengenommen und sich endlich getraut anzurufen, und dann war besetzt!

Dieses verfluchte, vermaledeite Weibsstück!

Er rückte das Telefon wieder gerade, das seinen rechten Winkel zur Teppichkante verloren hatte, zog sich eine frische Unterhose an und ging zurück in die Küche. Der Milchreis wuchs in seinem Mund, an Schlucken war nicht zu denken.

Was, wenn er sie enttäuschte, wenn er ihre Erwartungen nicht erfüllen konnte? Denn, was hatte sie überhaupt in ihm gesehen? Warum war sie ganz ohne Argwohn, voller Zutrauen mit ihm in seine Wohnung gegangen und hatte sich ihm hingegeben, vollkommen vorbehaltlos? Es musste Schicksal gewesen sein. Sie hatten alles gefunden, was sie gesucht hatten, als sie sich trafen. So musste es sich anfühlen, wenn man endlich der Richtigen begegnet war. All das konnte nicht einfach so passiert sein, es musste eine Bedeutung haben. Dass er genau an diesem Abend, dem ersten, ausgerechnet sie getroffen hatte, dass er gewagt hatte loszulassen. Das war der Anfang. Er wusste es!

Warum rief sie nicht an?

Er stand auf und ging zum Telefon, um zu kontrollieren, ob er ordentlich aufgelegt hatte. Er wollte den Hörer anheben, um sich zu vergewissern, ob das Gespräch mit der Monsterpsychologin wirklich unterbrochen worden war, traute sich aber nicht. Was, wenn sie in dieser Sekunde anrief?

Er sank auf die Bettkante.

Wenn er sie nie wieder sah. Der Gedanke war nicht auszuhalten.

Wenn sie nicht anrufen wollte, wenn sie ihn deswegen nicht geweckt hatte, als sie ging.

Wenn er sie enttäuscht hatte. Wenn er sie verloren hatte.

Es musste doch etwas wert, etwas Richtiges gewesen sein! Sonst würde Anna gewinnen. Indem sie ihn im Stich ließ, würde sie sich in einer Weise an ihm rächen, die er nicht verdient hatte.

Es musste etwas wert gewesen sein! Er war sich so sicher gewesen, hatte sich so stark gefühlt. Plötzlich wusste er überhaupt nichts mehr.

In der Wohnung konnte er nicht bleiben, er musste hinaus. All die Fragen würden ihn in den Wahnsinn treiben, er musste sie finden. Musste die Kontrolle über das Geschehen zurückerobern.

Er ging zum Schrank und holte eine beige Hose und einen Pulli heraus. Er hätte sich etwas Neues zum Anziehen kaufen sollen, aber wie sollte er sich das leisten? Er fragte sich, welchen Beruf sie hatte. Er musste es herausfinden. Er musste alles über sie erfahren. Musste bei ihr sein, an ihren Gedanken teilhaben, mit ihr schlafen. Alles. Er wollte alles.

Er nahm die U-Bahn bis Slussen und ging das letzte Stück bis zur Gamla Stan hinüber zu Fuß. Die Uhr am Katarinafahrstuhl zeigte 21:32 an. Er hielt sein Mobiltelefon in der Hand, um sicherzugehen, dass er es klingeln hörte, denn er hatte seine Festnetznummer weitergeleitet, bevor er die Wohnung verlassen hatte. Als er den Järntorget zur Hälfte überquert hatte, blieb er stehen und betrachtete die rote Markise. Dort hatte sie gesessen. Gestern hatte er an genau diesem Ort gestanden, hier hatte alles angefangen. Seitdem war nur ein Tag vergangen, doch alles hatte sich verändert. Alles war neu.

Auf dem Stuhl, auf dem sie gesessen hatte, saß ein ungefähr dreißigjähriger Mann im Anzug, und zu beiden Seiten von ihm saßen weitere gut gekleidete Männer. Was, wenn sie dort drinnen war? Wenn er in diesem Moment nur dreißig Meter von ihr entfernt war?

Er ging auf den Eingang zu. Die Möglichkeit, sie vielleicht bald zu sehen, ließ ihn seine Schritte beschleunigen.

Das Lokal war voller Menschen. Alle Sitzplätze belegt und Gedränge vor dem Tresen. Hastig ließ er seinen Blick über die Gesichter schweifen, aber sie war nicht unter ihnen. Sie dort drüben könnte es vielleicht sein, die mit dem Rücken zu ihm saß, in dem schwarzen Pullover. Er zwängte sich durch das Gedränge. In der Eile stieß er gegen einen abstehenden Ellbogen, und das Glas am anderen Ende des Armes schwappte über. Ein irritierter Blick. Er scherte sich nicht darum. Mit klopfendem Herzen bahnte er sich seinen Weg bis zur gegenüberliegenden Wand, um ihr Gesicht zu sehen. Und dann die Enttäuschung, als sein Blick auf die unbekannten Augen traf.

So viele Menschen waren ihm unangenehm. Ein rauschendes Gemurmel, in dem kein Wort zu hören war, nur Wogen von fremden Stimmen, die sich über die Musik legten.

Wo war die Toilette? Vielleicht war sie dort? Er ging am Tresen vorbei und fand im Gang hinter der Küche zwei Klotüren. Die eine zeigte an, dass sie frei war, aber zur Kontrolle öffnete er sie, um sicherzugehen, dass sie nicht dort drin war. Die andere Toilette war besetzt, und er blieb wartend davor stehen, hörte jemanden spülen. Er sah ihre Hand vor sich, spürte, wie sie ihm über die Hüfte strich und sich weiter bis zur Leiste vortastete. Wieder die Lust.

Er musste sie finden.

Das Schloss wurde herumgedreht und zeigte auf grün. Er hörte auf zu atmen, schloss kurz die Augen. Eine Frau um die fünfzig kam heraus, und er senkte den Blick. Wo war sie? Warum kam sie nicht? Noch einmal kontrollierte er den Display seines Handys. Kein verpasster Anruf. Vielleicht hätte er die Wohnung nicht verlassen sollen? Er begann es jetzt zu bereuen, fühlte, wie der Zwang ihn umzingelte, zupackte, bereit, ihn anzugreifen, sobald sein Schild den geringsten Sprung bekam. Er betrachtete die Türklinke, die er soeben berührt hatte. Verflucht nochmal. Er berührte sie noch einmal, um sie zu neutralisieren, aber es nützte nichts.

Luleå – Hudiksvall 612, Lund – Karlskrona 190.

Verfluchte riesige Scheiße. Wo war sie?

Er schaute zur Theke. Wie viele Schritte mochten es sein? Er brauchte ein Bier oder etwas anderes, um den Zwang zurückzudrängen. Es gab keine freien Barhocker und auch so gut wie keinen Platz, aber ein bisschen weiter weg saß ein angetrunkener Mann im fortgeschrittenen Alter und versuchte, den Barmann zu überreden, ihm noch mehr zu trinken zu servieren. Er stand wütend auf, als ihm das verweigert wurde. Der Metallhocker fiel um, und das Gepolter ließ alle Gespräche verstummen. Die Musik gewann die Oberhand.

Alle guckten herüber.

Der Barkeeper griff nach dem leeren Bierglas des Mannes.

«Für heute haben Sie genug getrunken. Hier gibt es nichts mehr.»

«Du verfluchtes kleines Arschloch, gib mir noch ein Bier, sage ich.»

«Ich bitte Sie, jetzt zu gehen.»

Der Barmann ging davon und stellte das Glas in ein Abwaschgestell.

«Verfluchter Mist, was für eine beschissene Kneipe!»

Der Mann sah sich um und suchte Beifall in einem der Blicke, die auf ihn gerichtet waren. Alle Augen schwenkten schnell in eine andere Richtung, auf verächtliche Weise nachsichtig. Er existierte nicht. Nur Jonas sah nicht weg, er spürte den Hass auf den Mann, der dort in all seiner Jämmerlichkeit stand und sich erniedrigte. Sah für einen kurzen Moment einen anderen Mann an einer anderen Theke.

Wie auf ein stummes Kommando wurden alle Gespräche wieder aufgenommen. Das Gemurmel schwoll an, und das anonyme Gerede kehrte zurück. Der Mann zögerte einige Sekunden, hielt sich beim Versuch, nüchterner zu wirken, am Tresen fest. Und schließlich verschwand er, so würdevoll er konnte, wankend in Richtung Tür und in der Dunkelheit.

Der Barhocker lag noch immer am Boden. Jonas stellte ihn wieder auf. Durch die Erinnerung, die der Mann geweckt hatte, war der Zwang aus irgendeinem wundersamen Grund gestoppt worden. Er war nicht wie der.

Er setzte sich auf den Stuhl. Der Barkeeper wischte den Tresen vor ihm ab und warf ihm einen kurzen Blick zu.

«Verfluchtes Pack. Hallo.»

Es war dieselbe Bedienung wie am Abend zuvor. Derselbe Barmann, der ihn und Linda bedient hatte. Eine kleine Möglichkeit eröffnete sich.

«Ein Bier. Ein starkes.»

«Lager?»

«Was auch immer.»

«Dann kriegen Sie ein irisches.»

«Okay.»

Der Mann reckte sich nach einem Glas in dem Gestell über ihren Köpfen und verschwand dann hinterm Tresen, um mit einer Flasche wieder aufzutauchen. Er füllte das Glas zur Hälfte und stellte es vor ihn hin.

«Zweiundvierzig.»

Jonas zog seine Brieftasche heraus und legte einen Fünfziger auf den Tresen. Der Barkeeper ging zu einigen anderen Gästen, und Jonas nahm schnell ein paar Schlucke, bevor er das Glas mit dem restlichen Inhalt der Flasche füllte. Der Schaum quoll über den Rand und bildete eine kleine Pfütze. Er tauchte seinen Zeigefinger in die Flüssigkeit und schrieb ein L auf die kürzlich abgewischte Theke.

Er musste fragen. Das war seine einzige Möglichkeit. Vorher wollte er nur noch ein bisschen trinken, einen leichten Rausch spüren, damit der Zwang ihm nichts anhaben konnte, falls es schief ging.

Eine halbe Stunde später ergriff er die Gelegenheit. Der Barkeeper blieb direkt vor ihm stehen, um ein paar frische Gläser aufzuhängen. Er war bei seinem dritten Bier und wild entschlossen.

«Entschuldigung. Ich dachte, Sie könnten mir bei einer Sache behilflich sein.»

«Klar.»

Glas für Glas wurde vom Kasten in den Hängeständer über ihren Köpfen transportiert.

«Ich habe hier nämlich gestern eine Frau kennen gelernt. Erinnern Sie sich an mich?»

«Ja, ich weiß. Sie saßen dort drüben.»

Er deutete mit dem Kinn zum kurzen Ende.

Jonas nickte.

«Also diese Frau …»

Er unterbrach sich und blickte auf den Tresen hinunter, dann schaute er wieder auf und lächelte.

«Sie wissen schon. Sie ist mit zu mir gekommen und so. Und dann hat sie mir ihre Telefonnummer gegeben, und ich habe versprochen anzurufen, aber dann habe ich den Zettel verloren. Verdammt peinlich.»

Der Barmann grinste.

«So ein Mist. Tja, nicht schön so was.»

«Können Sie sich auch an sie erinnern?»

Eigentlich eine alberne Frage. Natürlich würde er sich erinnern. Niemand, der sie je gesehen hatte, konnte sie vergessen.

«Sie meinen diejenige, die Sie zum Cidre eingeladen haben?»

Jonas nickte.

«Sie heißt Linda. Ist sie oft hier?»

«So viel ich weiß, nicht, ich habe sie jedenfalls noch nie gesehen.»

Jonas fühlte seinen Mut sinken. Dieser Mann und diese Kneipe waren seine einzigen Verbindungen.

«Sie wissen also nicht, wie sie mit Nachnamen heißt?»

Der Barkeeper schüttelte den Kopf.

«Keine Ahnung. Tut mir Leid.»

Jonas schluckte.

Der Barmann betrachtete ihn kurz, dann hängte er sein letztes Glas auf, nahm den Kasten und ging. Jonas zog sein Handy heraus, der Display war noch immer leer. Sie wusste, wie er hieß und wo er wohnte, aber sie hatte trotzdem noch nicht angerufen. Er schaute sich um. Sah all die fremden Münder, die redeten und lachten, alle Augen, die einander suchten, alle Hände. Wo war sie jetzt? Saß sie jetzt in einer anderen Kneipe, einer Kneipe wie dieser, wo er nicht war? Der Gedanke, dass sie sich genau in diesem Augenblick unter anderen Menschen befand, dass die Augen eines anderen in diesem Moment auf ihr ruhen durften, dass ihre Gestalt sich vielleicht auf der Netzhaut eines anderen abbildete.

«Hören Sie, vielleicht kann ich Ihnen trotzdem helfen.»

Er drehte sich wieder zur Theke um. Der Barmann stand mit einer Quittung in der Hand vor ihm.

«Die ersten Gläser hat sie mit Karte bezahlt. Bevor Sie kamen.»

Das Herz machte einen Sprung in seiner Brust. Er streckte die Hand aus und ergriff die Quittung.

«Immer mit der Ruhe. Die brauche ich zurück.»

Er las den weißen Zettel. Handelsbank.

Zehn Kronen Trinkgeld hatte sie hinzugefügt, und dann hatte sie mit ihrem Namenszug unterschrieben. Der Barkeeper beobachtete ihn.

«Sagten Sie nicht, sie hieße Linda?»

Er las den Namenszug noch einmal. Wollte nicht verstehen.

«Das muss dic falsche Quittung sein.»

«Nein, ich weiß noch, dass sie das war. Der Stift hat mittendrin seinen Geist aufgegeben, und wir mussten einen neuen nehmen, wie Sie sehen.»

Er deutete auf die Quittung. Die letzten Buchstaben waren mit einem anderen Kugelschreiber geschrieben.

«Das ist diejenige, die Sie zum Cidre eingeladen haben. Hören Sie, so gesehen ist es vielleicht doch nicht so angebracht, dass Sie sich melden, oder?»

Der Barkeeper grinste schief, während er das sagte, als handele es sich um einen unbedeutenden Rückschlag.

Jonas konnte den Blick nicht von den vollkommen unbegreiflichen Buchstaben wenden. Die Frau, die ihn dazu gebracht hatte, Anna im Stich zu lassen, die ihr geholfen hatte, ihre ungerechtfertigte Rache zu verwirklichen, hatte ihn angelogen. Der Name, den er in den vergangenen vierundzwanzig Stunden lieben gelernt hatte, war eine Lüge, eine Lüge, die genau in sein Innerstes traf.

Ihr Name war Eva.

Eva Wirenström-Berg.

ÜBERBACKENES SCHWEINEFILET mit Hasselbackkartoffeln. Und dazu ein Rioja von neunundachtzig. Für den hatte sie hundertzweiundsiebzig Kronen hingeblättert.

Sie hätte ebenso gut die Flüssigkeit aus dem Klobürstenständer servieren können. Tatsächlich hatte sie sich das auch eine Weile überlegt.

Während des Essens redeten sie kein Wort miteinander, die notwendige Kommunikation verlief über Axel. Er hatte seine brennenden Kerzen auf dem Tisch bekommen, und nun saß er da auf seinem Tripptrappstuhl und dachte, sie verbrächten einen gemütlichen Abend miteinander. Wie immer freitags. Er hatte nicht die geringste Ahnung davon, dass die gemütlichen Abende in diesem Hause für immer der Vergangenheit angehörten und dass der Mann, der sie ihm genommen hatte, zu seiner Rechten saß und das Essen in sich hineinschlang, um so schnell wie möglich wieder in sein Arbeitszimmer zu entfliehen.

Henrik warf ihr einen hastigen Blick zu, stand auf und griff nach seinem Teller.

«Fertig?»

Sie nickte.

Mit der anderen Hand packte er die ofenfeste Form mit dem Schweinefilet und ging zur Spüle. Sie blieb sitzen. Wunderte sich ein paar Sekunden, dass er sich nicht verbrannte, denn die Form hatte kaum Zeit zum Abkühlen gehabt.

Tatkräftig und schweigend deckte er den Tisch ab, hielt das Geschirr unter fließendes Wasser und räumte es in die Spülmaschine.

Das Familienessen war vorbei.

Sieben Minuten hatte es gedauert.

«Axel, Disneytime fängt gleich an. Komm her, dann schalte ich den Fernseher ein.»

Axel rutschte von seinem Stuhl, und die beiden verschwanden im Wohnzimmer.

Sie blieb mit ihrem Weinglas sitzen, beim Abräumen hatte er versäumt, es ihr zu entreißen. Die Weinflasche war mehr als halb voll, er hatte kaum probiert.

Es war halb zwölf, als das Telefon zum ersten Mal klingelte. Axel war bereits gegen acht vor dem Fernseher eingeschlafen, und Eva hatte ihn ins Ehebett getragen. Den Rest des Abends hatte sie allein auf dem Sofa verbracht, hatte dagesessen und die bewegten Bilder auf der Mattscheibe angestarrt. Als das Klingeln hereinbrach, hatte Henrik seine Verschanzung im Arbeitszimmer vorübergehend verlassen und befand sich auf der Toilette. Sie war zuerst am Hörer.

«Eva.»

Kein Laut war zu hören.

«Hallo?»

Am anderen Ende legte jemand auf.

Sie blieb mit dem Hörer am Ohr stehen und spürte ihren Zorn wachsen. Diese verfluchte Schlampe! Nicht einmal an einem Freitagabend, wenn er mit seiner Familie zu Hause war, konnte sie ihn in Ruhe lassen.

Sie hörte ihn gleichzeitig die Klospülung ziehen und die

Toilettentür öffnen. Im nächsten Augenblick schaute er zu ihr herein.

«Wer war das?»

Sie legte auf und tat ihr Bestes, um unberührt zu wirken, blätterte ein wenig in einer Reklame vom Grünen Konsum, die auf der Küchenbank lag.

«Weiß ich nicht, hat aufgelegt.»

Ein sorgenvoller Schatten flog über sein Gesicht.

Und dann verschwand er wieder im Arbeitszimmer. Er hatte kaum die Tür hinter sich geschlossen, als die Stille von einem neuen Klingeln durchschnitten wurde.

Sie war auch diesmal schneller.

«Ja?»

Wieder das Klicken. Und ein neues Klingeln, sobald der Hörer auf der Gabel lag. Diesmal sagte sie nichts, stand nur stumm da und hörte jemanden atmen.

Und dann kamen da plötzlich Worte.

«Hallo?»

«Ja, hier ist Eva.»

«Hallo, hier ist Annika Ekberg.»

Jakobs Mutter.

«Also die Mutter von Jakob aus dem Kindergarten. Tut mir Leid, dass ich so spät noch anrufe, ihr habt euch doch noch nicht hingelegt?»

«Nein, kein Problem.»

«Ich musste mich einfach mit euch kurzschließen. Es ist total verrückt. Åsa, du weißt, die Mutter von Simon, hat eben angerufen und erzählt, dass Lasse eine merkwürdige E-Mail von Linda Persson aus dem Kindergarten bekommen hat.»

«Eine merkwürdige E-Mail?»

«Das kann man wohl sagen. Eine Liebeserklärung.»

«Was?»

«Ja.»

«An den Vater von Simon?»

«Ja, und damit nicht genug. Wir haben auch eine bekommen.»

«Eine Liebeserklärung?»

«Genau dieselbe wie sie, Wort für Wort. Ich vermute, sie ist für Kjelle und nicht für mich, aber das war nicht zu erkennen. Kjelle hat eine Scheißwut. Die Mail klingt, als hätten sie eine Affäre miteinander.»

«Aber das ist doch verrückt.»

«Ja. Ich weiß nicht, was wir tun sollen.»

«Könnte es nicht ein Irrtum sein?»

«Ich weiß nicht. Die Mail ist von ihrer Adresse bei der Arbeit abgeschickt worden. Möglicherweise sollte sie an jemand anderes gehen, aber das kommt mir ein bisschen zu dämlich vor. Wenn sich jemand einen Scherz erlaubt hat, finde ich ihn jedenfalls nicht sehr witzig.»

Na ja.

«Nein, wirklich nicht.»

«Ich wollte mich nur erkundigen, ob Henrik auch eine bekommen hat.»

Plötzlich war sie putzmunter.

«Warte, ich sehe mal nach. Ich lege kurz auf, damit ich ins Netz komme, und rufe gleich zurück.»

«Okay.»

Sie legte den Hörer auf. Das hier wollte sie in aller Ruhe tun, ohne Jakobs Mutter in der Leitung. Ein kleines Lächeln breitete sich dort in ihrem Inneren aus, als sie zur Tür ging und, ohne anzuklopfen, eintrat. Der Stein war ins Rollen gekommen. Wo er liegen bleiben sollte, wusste sie nicht, aus irgendeinem Grund war ihr das vollkommen gleichgültig. Es war sowieso alles zerstört. Zurückschlagen war ihr Ziel. Bestrafen.

Er saß mit den Händen im Schoß am Schreibtisch und starrte vor sich hin. Der Computer war in die Ruhestellung heruntergefahren, und über den Bildschirm ringelte sich eine Schlange aus farbenfrohen Kreisen. Er drehte leicht den Kopf, als er sie kommen hörte. Aber er sah sie nicht an.

«Wer war das?»

«Annika Ekberg. Die Mutter von Jakob aus dem Kindergarten. Hast du in letzter Zeit deine E-Mails abgerufen?»

«Wieso?»

«Tja, es ist ganz unglaublich. Die Väter von Jakob und Simon haben beide Liebesbriefe von Linda aus dem Kindergarten erhalten.»

Sogar an seinem Rücken war seine Reaktion abzulesen. Einige Sekunden zu lang, bevor er den Kopf in ihre Richtung drehte und sie anschaute. Nur kurz, sein Blick traf kurz auf ihre Augen und ging dann zurück zum Bildschirm. Vielleicht hatte er sich angesteckt.

«Aha. Und was stand drin?»

Ein guter Lügner war er nie gewesen. Hörte er nicht selbst, wie er klang? Wie seine angestrengte Gleichgültigkeit ihre ganze Intelligenz verhöhnte?

«Ich weiß nicht. Sie wollten, dass du nachguckst, ob du auch etwas bekommen hast.»

Sie stellte sich neben ihn und zwang ihn auf diese Weise, die Absender seiner letzten E-Mails zu offenbaren.

Er fing sich schnell wieder.

«Ich habe gerade nachgesehen. Da war nichts.»

«Schau nochmal nach.»

«Warum denn?»

«Falls jetzt etwas gekommen ist.»

«Aber ich war vor fünf Minuten im Netz und habe nachgeguckt.»

Er war jetzt verärgert. Verärgert und verängstigt.

Ein wahrer Genuss.

«Aber vor fünf Minuten habe ich doch telefoniert. Da kannst du nicht nachgesehen haben.»

Er seufzte tief. Signalisierte mit seiner ganzen Körperhaltung, wie nervtötend er sie fand.

«Vielleicht ist es acht Minuten her. Ich habe die Zeit leider nicht gestoppt.»

«Warum willst du nicht nachschauen?»

«Aber ich sage doch, dass ich nachgesehen habe, Himmel Herrgott!»

Er klang bedauernswert. So verängstigt und so leicht aus der Fassung zu bringen. Stell dir vor, wie viel besser es dir ginge, wenn du dich zusammenreißen und die Wahrheit sagen würdest, du feiges kleines Arschloch.

«Gib mir das Telefon.»

«Wo willst du anrufen?»

«Bei Annika.»

Er reichte ihr das schnurlose Telefon, und sie warf einen Blick auf die Telefonliste an der Pinnwand.

«Hallo, hier ist Eva.»

«Und, wie war es?»

«Nein, er hat nichts bekommen, sagt er.»

Am anderen Ende wurde es still.

Henrik saß da wie gelähmt und glotzte die sich ringelnde Schlange an.

Sie selbst dachte über ihren nächsten Zug nach. Dann schmunzelte sie in sich hinein, betrachtete seinen Nacken und fing an zu sprechen. Ließ jede Silbe eindringen wie ein Geschoss.

«Ich finde trotzdem, dass wir von Linda eine Erklärung verlangen sollten. Es fällt mir schwer zu glauben, dass sie die

E-Mails mit Absicht verschickt hat, aber das Gerücht wird sich schließlich verbreiten wie ein Lauffeuer. Ich finde, wir sollten eine Telefonkette starten und für Sonntagabend ein Treffen im Kindergarten anberaumen. Wenn du möchtest, kümmere ich mich darum.»

Sie hörte Jakobs Mutter am anderen Ende seufzen.

«Bei dem Treffen möchte ich nicht in ihrer Haut stecken.»

Dann solltest du es vielleicht mal bei anderen Gelegenheiten tun.

«Nein, ich auch nicht. Wirklich nicht. Aber was sollen wir sonst machen? Auf diese Weise bekommt sie wenigstens die Chance, sich zu erklären.»

Henrik saß immer noch da wie gelähmt, als sie das Gespräch beendete.

Sein Nacken hatte rote Flecken von all den Treffern.

An diesem Abend schlief sie sofort ein. Die Müdigkeit forderte ihr Recht, aber sie fühlte sich auch wieder sicher. Alles unter Kontrolle. Nichts konnte ihr etwas anhaben. Es war schon alles zerstört.

Plan A war trotz aller Bemühungen in den vergangenen Jahren schief gegangen. Nun galt Plan B. Sie brauchte nur ein wenig umzudenken. Ob es ihm gelang, sie zu zerbrechen oder nicht, lag an ihr, sie hatte die Wahl. Diese Genugtuung würde sie ihm niemals verschaffen. Stattdessen würde er dafür bezahlen, dass er sie im Stich gelassen hatte, finanziell und emotional. Sie würde *ihn* zerbrechen, und er würde erst begreifen, was vor sich ging, wenn alles zu spät wäre. Und dann würde er dumm dastehen.

Allein.

Sie wachte auf, weil das Telefon klingelte. Automatisch suchten ihre Augen den Radiowecker. Wer, zum Teufel, rief um 6:07 an einem Samstagmorgen an? Konnte sie sich nicht einmal vernünftig benehmen? Sie streckte ihre Hand nach dem schnurlosen Telefon aus und antwortete vor dem zweiten Klingeln.

«Hallo.»

Henrik wälzte sich auf die andere Seite und schlief weiter.

Jemand atmete in ihr Ohr.

«Hallo?»

Keine Antwort.

Sie stieß die Bettdecke von sich, stand auf und verließ das Schlafzimmer. Im Arbeitszimmer schloss sie hinter sich die Tür.

«Was willst du? Es wäre doch praktisch, es auch zu sagen, nachdem du uns sowieso geweckt hast.»

Es wurde vollkommen still. Trotzdem hörte sie, dass sie immer noch am anderen Ende der Leitung war.

Es gab so viel, was sie gern gesagt hätte. So viele Worte, die tief in ihr schrien und herauswollten. Aber sie musste sich beherrschen, durfte nicht verraten, dass sie Bescheid wusste, sonst würde sie die Oberhand verlieren. Plan B wäre zunichte.

«Fahr zur Hölle.»

Sie legte auf.

Es war unmöglich, wieder einzuschlafen. Sie kroch unter die Decke, lag eine Weile da und starrte nach oben. Axel schmiegte sich an sie. Sein warmer Körper ganz nah. Sie legte sich auf die Seite und betrachtete sein schönes friedliches Gesicht. Der plötzliche Druck auf dem Brustkorb überrumpelte sie. Sie atmete einige Male tief ein, um den Schmerz zu lindern, aber die Luft wollte nicht in ihr bleiben. Sie presste sich wieder hinaus, als könnte sie es dort drinnen nicht aushalten.

Sie drehte sich wieder auf den Rücken, aber der Schmerz nahm zu, strahlte in den linken Arm aus und zwang sie zu einer Grimasse. Nicht weinen, jetzt reiß dich zusammen, verdammt nochmal! Denk an irgendwas, versuch, dich auf irgendetwas zu konzentrieren.

Daheim. Meter für Meter bewegte sie sich durch ihr Elternhaus, erinnerte sich an jede Treppenstufe, das Knacken jeder Diele. Erinnerte sich, wie sich der gewölbte Handgriff der Haustür anfühlte; hörte Mamas und Papas vertraute Stimmen, die durch den Holzfußboden in ihr Zimmer drangen, wenn sie schlafen sollte; wusste wieder, wie der Lichtschalter aus Bakelit in der ehemaligen Mädchenkammer immer zurückglitt, wenn man ihn nicht zweimal herumdrehte.

Und dann das vernichtende Wissen, dass ihr eigener Sohn sich als Erwachsener nie an sein geborgenes Elternhaus würde erinnern können, um seine Angst zu betäuben. Wie viel Energie hatte sie darauf verwendet, das für ihn aufzubauen, was sie selbst gehabt hatte.

Er würde sich kaum daran erinnern können, dass sie jemals eine heile Familie gewesen waren.

Ihr Scheitern war unverzeihlich.

Die Strafe ewig.

Aber sie hatte nicht vor, sie allein zu erdulden.

EVA.

Sie hieß Eva.

Warum hatte sie gelogen?

Wieso war sie mit zu ihm nach Hause gegangen, hatte ihm

Einlass in ihren Körper gewährt und ihn dazu gebracht, sie vollständig und ohne Vorbehalt in sein Leben hereinzulassen, warum hatte sie ihm gestattet, sich vor ihr zu entblößen? Er lag auf dem Rücken im Bett und starrte an die Decke, lag in dem Bett, in dem sie sich geliebt hatten. Dort hatte er sie geliebt und sie ihn benutzt, hatte ihn verwendet wie einen Gegenstand. Vollkommen rücksichtslos hatte sie sich in seine Welt hineingedrängt, hatte alles umgeworfen und all die Lust gestohlen, die er unter solchen Mühen eine lange Zeit aufbewahrt hatte.

Sie war eine von denen.

Eine von den Frauen, die seine Familie zerstört und ihm seine Mutter weggenommen hatten.

Die Stärke, die er von ihr zu empfangen geglaubt hatte, verwandelte sich mit den drei Buchstaben in einen offenen Angriffspunkt, ein unbewachtes Loch, das direkt hineinführte in seine tiefste Angst. Die Angst, deren einziger ebenbürtiger Gegenspieler die Kontrolle war. Seine einzige Streitmacht.

Er fühlte den Zwang eindringen wie einen physischen Angriff. Niemand war mehr da, der noch dagegen anzukämpfen bereit war.

Vor wenigen Stunden noch so stark.

Wer war sie, die es wagte, ihm das anzutun?

Die Nummer hatte er bereits im Telefonbuch nachgeschlagen.

Nacka.

Zehn Minuten mit dem Auto.

Aber es gab keine Möglichkeit, die Wohnung zu verlassen.

Als er zum ersten Mal die Nummer wählte, war es 23:44. Er saß nackt auf dem Bett, und das Telefon stand rechtwinklig zur rechten Ecke des Teppichs. Es klingelte zweimal. Und dann ihre Stimme, die der Lüge einen Klang verlieh.

«Eva.»

Sie gab es also zu.

Er legte auf und spürte seinen Zorn wachsen. Und dann ein kurzer Druck auf die Wahlwiederholung.

«Ja.»

Wieder legte er auf. Warum antwortete sie mit Ja, wenn er anrief? Ihre Stimme schnitt durch ihn hindurch, erweckte die vernichtende Begierde zum Leben. Die Erinnerung an ihre Nacktheit zwang sein ganzes Blut in sein Geschlecht hinunter, wo seine Lust anschwoll. Er legte sich auf das Bett, unfähig, sich zu rühren. Wieder war der Trieb ein Feind, der sich höhnisch erhob und ihn angriente.

Du bist nichts wert. Niemand will dich.

Vielleicht schlief er ein paar Stunden, vielleicht nicht.

Als er das nächste Mal anrief, war es sieben Minuten nach sechs.

Er musste ihre Stimme hören.

«Hallo.»

Er musste.

«Hallo?»

Das durfte ihm niemand wegnehmen.

«Was willst du? Es wäre doch praktisch, es auch zu sagen, nachdem du uns sowieso geweckt hast.»

Er hörte auf zu atmen.

Uns geweckt hast.

Nachdem du *uns* sowieso geweckt hast.

«Fahr zur Hölle.»

Am anderen Ende legte sie auf. Sie, die in der Nacht auf gestern mit der nackten Haut an seiner geschlafen hatte, die seine Welt in eine Möglichkeit verwandelt und ihn in Erwartung versetzt hatte.

Heute Nacht hatte sie bei einem anderen geschlafen, der mit uns bezeichnet wurde.

Bei wem?

Wer war dieser Mann, der ihrer würdig war?

SIE BLIEB DEN ganzen Vormittag im Bett. Als Axel aufwachte, ging Henrik mit ihm ins Wohnzimmer und schaltete das Kinderprogramm ein, aber er schlüpfte nicht zurück unter die Bettdecke, um sich wie sonst eine halbe Stunde zusätzlichen Schlaf zu stehlen. Stattdessen hörte sie, wie die Tür zum Arbeitszimmer geschlossen und der Computer eingeschaltet wurde.

Der Schmerz in der Brust hatte sich zurückgezogen, nur ein leichtes Ziehen war geblieben.

Als die digitalen Ziffern am Radiowecker sich bis Viertel vor zwölf geschleppt hatten, stand er plötzlich in der Tür.

«Ich gehe heute Abend aus. Micke wollte, dass wir zusammen ein Bier trinken gehen.»

Sie antwortete nicht. Stellte nur fest, dass seine Unfähigkeit zu lügen verblüffend war, die reinste Beleidigung.

«Tu das.»

Schon war er wieder weg.

Sie stand auf, streckte sich nach ihrem Morgenmantel und ging in die Küche. Axel saß auf dem Fußboden und rollte seine Gummibälle über eine unsichtbare Bahn, und Henrik saß am Esstisch und las die *Dagens Nyheter*.

«Ich habe Annika versprochen herumzutelefonieren, damit wir morgen Abend ein Treffen im Kindergarten veranstalten können.»

Er sah zu ihr auf.

«Warum das?»

«Tja, was ist die Alternative?»

Er ignorierte die Frage und wandte sich wieder der Zeitung zu.

Sie fuhr fort.

«Ich an Lindas Stelle hätte gern die Gelegenheit, mich zu erklären. Du nicht?»

Ich an Lindas Stelle.

Genau das war das Problem.

Er blätterte um, obwohl er kein Wort las.

«Ich verstehe nur nicht, was du damit zu tun hast. Warum willst du ein Treffen anberaumen? Du hast doch gar keine E-Mail bekommen?»

Nein. Aber in meinem Keller steht ein Waffenschrank voller widerlicher Liebesbriefe an dich.

«Weil wir über die Kindergärtnerin von Axel sprechen. Dir ist doch wohl klar, dass diese Geschichte Einfluss auf die Situation im Kindergarten haben wird, wenn sie herauskommt. Wenn sie wirklich diese Mails verschickt hat, kannst du ihr dann noch vertrauen?»

«Das ist doch ihre Sache.»

«Ihre Sache? Unerwünschte Liebesbriefe an die Väter der Kinder zu verschicken?»

«Hat meine Kindergärtnerin das gemacht?», fragte Axel. Er saß auf dem Boden und wog einen hellgrünen Gummiball in der Hand.

Henrik schenkte ihr einen Blick voller Verachtung. Oder war es sogar Hass, was sie da sah?

«Clever gemacht. Richtig clever.»

Er stand auf und durchquerte mit zornigen Schritten den Raum. Inzwischen hatte sie gelernt, wie viele es waren. Elf von seinem Platz am Küchentisch bis ins Arbeitszimmer, zwölf, wenn er auch die Tür hinter sich schloss.

Es wurden zwölf.

«Was ist mit meiner Kindergärtnerin?»

Sie setzte sich zu ihm. Nahm unbemerkt einen roten Gummiball in die Hand und zauberte ihn hinter seinem Ohr hervor.

«Ui! Und ich dachte, du hättest nur grüne Bälle in den Ohren.»

Er lachte.

«Ist in dem anderen auch einer?»

Eilig warf sie einen Blick zur Seite, um einen neuen Ball zu orten.

«Nein. Der da drinnen muss bestimmt noch wachsen. Die grünen brauchen länger, bis sie groß sind.»

Sie nahm das schnurlose Telefon und die Kindergartenliste mit hinaus auf die Terrasse und erledigte sitzend die Anrufe. Über die Schultern hatte sie sich eine Strickjacke gelegt. Für März war es zu warm, und als sie eine Weile dagesessen hatte, legte sie sie neben sich auf die Bank. Sie betrachtete die Masten von Nacka, die sich einige hundert Meter entfernt wie futuristische Stahlungeheuer aus dem Naturschutzgebiet erhoben. Nicke und Nocke. So hatte Axel sie getauft, kaum dass er sprechen gelernt hatte. Obwohl sie in einem auffälligen Kontrast zur Umgebung standen, hatten sie ihr immer gefallen, immer ein Richtpunkt für ihr Zuhause. Sie erinnerte sich an eine Geschäftsreise mit dem Flugzeug von Örebro. Das Treffen, das der Anlass der Reise gewesen war, hatte unlösbare Probleme verursacht, und sie war gestresst und sorgenvoll ins Flugzeug gestiegen. Es war nach zehn Uhr am Abend, und kurz nach dem Start konnte sie sie in der Ferne erkennen. Sie erinnerte sich an das Gefühl, so weit weg zu sein und trotzdem bis nach Hause sehen zu können, zu Henrik und Axel und allem, was sicher war. Ein Augenblick der Klarheit, der Einsicht, was eigentlich wichtig war im Leben. Aber dann waren die Jahre vergangen.

Sechzehnmal erklärte sie, dass die Kindergärtnerin Linda unerwünschte Liebesbriefe an einige der Väter aus der Gruppe verschickt hatte und am Sonntagabend ein Treffen veranstaltet werden musste. Nach dem siebenten Gespräch klingelte das Telefon, bevor sie die nächste Nummer wählen konnte.

«Hallo, Eva. Hier ist Kerstin aus dem Kindergarten.»

Sie klang bedrückt. Bedrückt und müde.

«Ich habe gerade mit Annika Ekberg gesprochen. Sie hat mir erzählt, dass ihr gestern telefoniert habt.»

«Ja, sie hat spätabends angerufen.»

Es ergab sich eine kurze Pause, in der nur ein tiefes Seufzen zu hören war.

«Linda ist ganz verzweifelt. Sie hat diese E-Mails nicht verschickt. Wir wissen nicht, wie es zugegangen ist.»

«Nein, ich gebe zu, auch ich war sehr verwundert, es fällt mir ebenfalls schwer zu glauben, dass es wahr sein soll. Ich meine, dass sie eine Beziehung mit einem der Väter aus dem Kindergarten eingegangen ist. Das wäre in der Tat ziemlich unverschämt.»

Sie sah in den Garten und versuchte, Worte zu finden für das, was sie empfand. Die Ruhe, nachdem sie alles wieder unter Kontrolle hatte. Wie eine unsichtbare Spinne in einem Netz, von dem außer ihr niemand wusste. Gleichzeitig die Frage, was sie mit der Kontrolle anfangen, wohin sie ihr Weg führen sollte. Ein totales Gefühl von Gegenwärtigkeit. Das Hier und Jetzt war alles. Der nächste Atemzug, die nächste Minute. Das Danach konnte sie sich unmöglich vorstellen. Ein dicker roter Strich war mit einem dicken Marker in einem imaginären Kalender gezogen worden, und dieser Strich würde nie wieder auszulöschen sein. Niemals. Vergangenheit und Zukunft waren auseinander gerissen worden und würden einander nie wieder begegnen. Und sie selbst befand sich in dem Nichts dazwischen.

Ein Geräusch ließ sie den Kopf wenden. Im Augenwinkel hatte sie eine Bewegung am Rande ihres Gesichtsfeldes gesehen. Etwas Großes, das schnell hinter dem Schuppen in der Ecke des Gartens verschwand. In ihrem Leben vor dem Strich im Kalender hätte es sie daran gemahnt, an strategischen Stellen Blutmehl zu verstreuen, aber nun konnte sie sich das schenken. Ihretwegen durften die Rehe jegliche Andeutung von Wachstum auffressen, jede sorgsam kultivierte Pflanze. Nichts sollte in diesem Garten jemals wieder blühen dürfen.

«Ich habe gehört, dass du vorgeschlagen hast, morgen Abend eine Elternversammlung zu veranstalten, und war zunächst skeptisch, aber … es gibt wohl keine andere Lösung. Ich weiß nur nicht, wie Linda das schaffen soll. Durch diese Geschichte kommen bei ihr viele Dinge wieder hoch, sie hat schon einmal viel zu kämpfen gehabt, deswegen ist sie ja auch nach Stockholm gezogen. In diesem Fall müssen wir nicht daran rühren, ich möchte nur, dass du es weißt.»

Es kam noch ein tiefes Seufzen.

«Ich habe eigentlich nur angerufen, um dich zu bitten, dass du wirklich betonst, wie sehr Linda die ganze Sache bedauert und dass sie diese E-Mails nicht verschickt hat.»

«Natürlich.»

Linda hat schon einmal viel zu kämpfen gehabt, deswegen ist sie nach Stockholm gezogen. Sehr interessant. Doch womit sie auch zu kämpfen gehabt hatte, es hatte sie offenbar nicht gelehrt, das Leben anderer Menschen zu respektieren. Nein, Zwietracht säen, rein in die Dusche und runter mit den Ohrringen. Sich nehmen, was man haben will. Dass dabei eine Familie draufgeht, darauf kann man keine Rücksicht nehmen.

Nein, kleine Linda. Du kannst ruhig dort sitzen mit deiner traurigen Geschichte. Dein Kampf hat gerade erst begonnen. Allerdings wäre es vielleicht nützlich zu wissen, wovor du geflohen bist, als du nach Stockholm kamst.

Henrik ging schon um vier Uhr. Herausgeputzt und glatt rasiert und in einer Wolke von Aftershave zog er los, um mit Micke ein Bier zu trinken. Den Nachmittag hatte er größtenteils im Arbeitszimmer verbracht, war aber in regelmäßigen Abständen herausgekommen und rastlos zwischen den Räumen des Hauses hin und her gewandert. Wie ein Tier in einem Käfig. Und sie selbst war die verhasste Tierpflegerin, von der er zwar abhing, die aber auch dafür sorgte, dass seine Gefangenschaft aufrechterhalten wurde.

Sie brachte Axel gegen acht ins Bett, und er schlief zum Glück sofort ein. Das Wissen, wo Henrik sich befand, kribbelte in ihrem Körper, und keines der Fernsehprogramme vermochte ihre Phantasien zu zerstreuen. Sie überlegte, wo sie waren, was sie taten, ob sie genau in diesem Moment dicht nebeneinander lagen und er sie liebevoll tröstete. Ihr all die Zärtlichkeit und Liebe schenkte, die einmal ihnen gehört hatten. Henrik und Eva.

So lange her.

Wie war es so weit gekommen? Wann war plötzlich alles zu spät gewesen?

Sie stand allein da, er hatte sich bereits eine neue Reisegefährtin zum Anlehnen gesucht, mit der er in aller Ruhe eine Alternative für die Zukunft abstecken konnte. Es war ein unerträgliches Gefühl, plötzlich ausgetauscht worden zu sein, verstoßen, ersetzt durch eine andere, von der angenommen wurde, dass sie seine Erwartungen ans Leben besser erfüllte, als es ihr gelungen war. Und kein einziges klares Wort über seine Enttäuschung hatte er ausgesprochen, nein, er gedachte ihr noch nicht einmal so viel Respekt zu erweisen, es ihr zu erklären und ihr eine faire Chance zu geben zu verstehen, was passiert war.

Sie schaltete den Fernseher aus, und das Zimmer wurde schwarz. Sie hatte sich noch nicht einmal dazu aufraffen können, das Licht einzuschalten, als die Dunkelheit angebrochen war.

Sie setzte sich in den Sessel vor dem großen Fenster zur Terrasse. Draußen war es stockdunkel. Nicht einmal der Mond schien auf den für tot erklärten Garten. Sie knipste die Leselampe an und griff nach dem Buch, das sie vor dem roten Strich im Kalender zu lesen begonnen hatte. Es blieb ungeöffnet auf ihrem Schoß liegen.

Es interessierte sie nicht mehr.

Hatte Linda die E-Mails gelesen, die sie verschickt hatte? Sie hatte den Text ja trotz allem selbst verfasst. Sie fragte sich, wie die beiden reagieren würden, wenn sie die vertrauten Worte sahen, was Henrik glauben würde, wenn er Lindas Liebeserklärung wieder erkannte, die er hinter Schloss und Riegel in seinem Waffenschrank aufbewahrte. Vielleicht hätte er eine Vermutung, aber wie sollte er es wagen zu fragen?

Sie lachte über das Dilemma, das sie für ihn geschaffen hatte. Tja, Henrik, was willst du jetzt machen? Wenn deine angetraute, verständnisvolle Ehefrau und Mutter deines Sohnes möglicherweise dein größter Feind wäre?

Sie betrachtete ihr Spiegelbild in der schwarzen Scheibe. Lindas Worte hatten sich unaufgefordert in ihrem Gedächtnis eingenistet, wie eine verunstaltende Tätowierung hatten sie sich hineingefressen. Sie wusste, dass sie sie für den Rest ihres Leben begleiten würden.

Dann wird mir klar, dass ich bereit bin, alles zu verlieren, nur um mit dir zusammen zu sein. Ich liebe dich. Deine L.

So geliebt zu werden.

So geliebt zu werden wie Henrik.

Sie überlegte, wie er auf den Brief geantwortet hatte. Hatte er plötzlich Worte gefunden, die er noch nie benutzt hatte, weil es gar keinen Anlass dazu gegeben hatte? Worte, die während ihrer gesamtem Ehe ausharrten und warteten, bis ihre Zeit kommen würde, weil sie in diesem Zusammenhang nicht benötigt wurden. Weil sie zu groß waren, zu stark und kraftvoll, übertrieben, doch jetzt endlich Gelegenheit bekamen, sich zu befreien und gebraucht zu werden. Um ihm zu helfen, das aufrechtzuerhalten und zu bewahren, was er gefunden hatte.

So geliebt zu werden.

Und den Mut haben, sich so lieben zu lassen.

Sie schloss die Augen, als sie zugeben musste, dass er das erlebte, wovon sie immer geträumt hatte. Wirkliche Leidenschaft. Die durch sie hindurchgehen und sie zwingen würde, sich vollkommen hinzugeben. Die sie noch nie erlebt hatte. Vorbehaltlos lieben zu dürfen und geliebt zu werden, ohne sich jede Sekunde anstrengen zu müssen, tüchtig zu sein, die Beste. Diejenige sein zu dürfen, die sie eigentlich war hinter der Fassade, die sie sich so erfolgreich aufgebaut hatte, um ihre Angst vor dem Scheitern zu verbergen. Nicht gut genug zu sein. Verlassen zu werden. Du bist doch so stark. Wie oft hatte sie dieses Wort gehört? Sie spielte ihre Rolle so gut, dass niemand sie durchschaute, niemand konnte sehen, was sich dahinter versteckte. Eine Sehnsucht, es einmal zu wagen, all ihre Schwächen zu zeigen und trotzdem zu genügen, nicht mehr kämpfen müssen, um sich etwas zu verdienen, es wagen, jemanden ganz nah an sich heranzulassen, ohne Angst zu haben.

Dass eines Tages jemand zu ihr sagen würde: «Ich liebe dich», und jede Silbe ernst meinen und dennoch bedauern würde, dass es nicht noch größere Worte gab, weil nicht einmal «Ich liebe dich» ausreichte.

Sie atmete tief durch und öffnete die Augen. Das Eingeständnis hatte bei ihr Herzklopfen verursacht. Sie betrachtete wieder ihr Gesicht in der schwarzen Scheibe und schämte sich ihrer Schwäche. Sie war stark und selbständig, und alles andere waren nur romantische Grillen.

Und trotzdem.

War es möglich, dass jemand sie so lieben könnte?

Aus Pflichtgefühl hatte sie es sich nicht einmal im Stillen erlaubt, ihren heimlichen Wunsch zuzugeben. Gebunden an Versprechen und Verpflichtungen, hatte sie ihre Sehnsucht in einen schändlichen Winkel verdrängt und die Tür abgesperrt.

Aus Loyalität gegenüber Henrik.

Ihn hatte sie gewählt, um mit ihm das Leben zu verbringen, mit ihm hatte sie am meisten erlebt, ihm würde sie nie so wehtun können. Sie hatte versucht, ihre Zeit mit Arbeit und Gesprächen mit Freunden anzufüllen, die ihr das gaben, was sie von Henrik nicht bekommen konnte.

Alles, um die Familie aufrechtzuerhalten.

Nun saß sie hier, allein.

Er hatte alles gefunden, wovon sie geträumt hatte.

Und er belog sie, als hätte ihre Freundschaft nie existiert, als hätte es sie und ihr gemeinsames Leben nie gegeben. Als wäre es nie etwas wert gewesen.

Sie blieb lange sitzen und starrte in ihre eigenen Augen, bis sich das Gesicht ringsherum verzerrte und sich in das einer Fremden verwandelte.

Und dann plötzlich eine Bewegung da draußen. Etwas ganz nah da draußen zog wie ein Schatten hinter ihrem Spiegelbild vorbei. Die Angst kam wie ein Stromstoß, es stand jemand auf der Terrasse und sah sie an. Hastig schaltete sie das Licht aus, stand auf und wich zurück. Der Druck auf der Brust. Es war rabenschwarz da draußen, nur diffuse Schatten von den Ästen der Bäume zeichneten sich vor dem dunklen Himmel ab. Sie blieb mit dem Rücken zur Wand stehen und wagte nicht, sich zu rühren. Jemand war ums Haus geschlichen, vorsichtig auf die Terrasse gestiegen und hatte im Schutz der Dunkelheit dagestanden und sie heimlich angeschaut, hatte nur einen Meter entfernt von ihr gestanden und direkt hinein in ihre heimlichsten Gedanken geblickt.

Eine plötzliche Sehnsucht nach Henrik. Dass er wieder nach Hause käme.

Langsam bewegte sie sich auf die Küche zu, den Blick immer noch fest auf die schwarze Scheibe gerichtet. Rückwärts ging sie hinaus, hastete zum Telefon auf der Küchenbank und drückte eilig die Kurzwahl zu seinem Handy. Es klingelte zweimal, dreimal, viermal. Und dann die Stille, als er ihren Anruf wegdrückte.

Nicht einmal sein Anrufbeantworter meldete sich.

Sie war allein.

Und da draußen auf der Terrasse, ganz nah in der pechschwarzen Dunkelheit, stand jemand, der das wusste.

DIE FRAU, die ihn angelogen hatte, wohnte zweifelsohne in einem schönen Haus. Es war bestimmt hundert Jahre alt, hatte gelbe Holzpaneele und weiße Schnitzereien und war von knotigen, kahlen Obstbäumen umringt, die auf den Frühling warteten. Zwei Autos in der Garageneinfahrt, ein Saab Kombi und ein weißer Golf. Beide waren beträchtlich jüngere Modelle als sein eigener alter Mazda. In dieser wohlhabenden Vorortsidylle wohnte also die Frau, die seinen Körper missbraucht und seine Seele getäuscht hatte. Sie und der andere, der unter die Bezeichnung «uns» fiel.

Er hatte seinen Wagen ein paar Straßen entfernt abgestellt und war das letzte Stück zu Fuß gegangen. Es hatte ihn den ganzen Vormittag davor gegraut, die Wohnung zu verlassen, aber als er es endlich wagte, war es erstaunlich einfach gewesen. Vielleicht half ihm das neue Gefühl, das ihn erfüllte, das Gefühl, dass ein Unrecht geschehen und er das Opfer war, ein Bedürfnis, sich gegen einen äußeren Feind zu verteidigen und einmal nicht gegen den inneren.

Er ging am Briefkasten des Hauses vorbei, ein kobaltblaues Ding aus Metall, das zum Leeren einen Schlüssel erforderte und dessen minimale Öffnung immer beide Hände erforderte. Das Hassobjekt aller Briefträger und Zeitungsboten. Und darauf standen die Namen der zwei so hübsch zusammen, die das Heim miteinander teilten, das er vor sich sah. Eva & Henrik Wirenström-Berg.

Eva und Henrik.

Links vom Haus setzte sich das Grundstück in einen Wald fort, nur eine niedrige Hecke trennte das private und das öffentliche Gelände. Er sah sich um und hatte, da keine Menschenseele in Sichtweite war, keine Eile, als er das Gemeindeland betrat und zwischen den Bäumen verschwand. Mit den Händen an der rauen Rinde blieb er hinter einem Baumstamm stehen und betrachtete die Rückseite des Hauses. Eine Terrasse, ein Rasen, noch mehr Obstbäume, Rabatten, in der Ecke des Grundstücks ein gelb angestrichener Schuppen. Alles sehr ordentlich, ein gehegtes und gepflegtes Zuhause. Den Blick immer noch aufs Haus gerichtet, legte er die Wange an den Baum und fühlte dessen Rauheit an seiner Haut, ein Schauer durchfuhr ihn. Er überlegte, ob sie sich dort drinnen hinter den Fensterscheiben befand. Und ob er dort war, dieser Henrik, der ihrer würdig war und den sie trotzdem betrogen hatte. Eine Hure, das war sie.

Vielleicht hatte er eine halbe Stunde hinter dem Baumstamm gestanden, als die Terrassentür geöffnet wurde. Zuerst konnte er nicht sehen, von wem, aber eine Sekunde später stand sie plötzlich wieder vor ihm. Seine Reaktion überrumpelte ihn. Er hasste sie, aber als sie leibhaftig in seiner Nähe war, spürte er ein Verlangen, das er nie zuvor erlebt hatte. Während all dieser Jahre der Sehnsucht, all den Nächten im Krankenhaus mit Annas stummem Körper dicht neben ihm, hatte er niemals etwas so sehr begehrt wie die Frau, die vor ihm stand. Aber er hasste sie, sie hatte ihn hereingelegt, ihn benutzt. Sein Zorn focht einen Kampf in ihm aus, der ihn fast zerriss, und er musste den Baumstamm fester umfassen, um sich überhaupt aufrecht zu halten.

Auf einmal so nah und doch so fern.

Dort drüben auf der Terrasse setzte sie sich hin, in der einen Hand hielt sie ein Telefon und in der anderen ein weißes

DIN-A4-Papier. Über ihren Schultern hing eine hellblaue Strickjacke.

Zuerst saß sie ganz still da und schaute über den Rasen. Dann streckte sie sich, betrachtete das Telefon in ihrer Hand und wählte eine Nummer. Er konnte nicht hören, was sie sagte, nur einzelne Wörter drangen bis zu ihm hinter dem Baumstamm.

Das Gespräch dauerte vielleicht fünf Minuten, und sobald sie aufgelegt hatte, guckte sie auf den Zettel, den sie mitgebracht hatte, und machte einen weiteren Anruf.

Das Gefühl, sie anschauen zu können, ohne dass sie es wusste, erregte ihn. Sie war seinen Augen ausgeliefert, vollkommen wehrlos, er hatte die Macht über sie. Wieder und wieder wählte sie eine neue Telefonnummer, und er überlegte, wen sie anrief und was sie sagte, er wollte es wissen. Sie sah ernst aus, während sie sprach, lächelte kein einziges Mal, sondern wählte immer neue Nummern, sobald ein Gespräch beendet war. Dann streifte sie die hellblaue Strickjacke ab und legte sie neben sich auf die Bank. Er konnte die Konturen ihrer Brüste unter dem Pulli erkennen, der Brüste, die seine Hände vor wenigen Tagen liebkosen durften. Er wollte diese Jacke haben, die gerade auf ihrem Körper geruht hatte, wollte ihren Duft spüren und sie anziehen.

Das Telefon in ihrer Hand klingelte. Sie drückte den Knopf und sagte ihren Namen. Den Namen, den sie ihn nicht wissen lassen wollte. Er musste unbedingt hören, was sie sagte. Vorsichtig und unendlich langsam, damit seine Bewegungen nicht ihren Blick auf sich zogen, pirschte er sich zwischen den Bäumen heran. Dann erreichte er den letzten Baumstamm, der an das Grundstück grenzte. Einige Meter vor ihm der gelb angestrichene Schuppen.

Sie sah hinunter auf den Terrassenboden.

Er zögerte nicht, sondern ergriff die Gelegenheit beim Schopf und rannte das kurze Stück bis zu der schützenden Wand. Schnell versteckte er sich dahinter. Durch eine Ritze zwischen den Latten und dem Regenrohr konnte er sie mit dem einen Auge sehen, aber ihre Stimme war noch immer nicht zu hören. Er war viel zu weit weg. Sie erledigte noch einige Anrufe und stand dann plötzlich auf und verschwand wieder hinter der Terrassentür. Die hellblaue Strickjacke ließ sie auf der Bank liegen.

Er blieb noch eine Weile stehen, unsicher, was er tun sollte. Die Sonne war hinter den Baumwipfeln des Gemeindewaldes verschwunden, und ihm fiel plötzlich auf, dass er fror. Solange sie in seiner Nähe gewesen war, hatten keine physischen Empfindungen an ihn herankommen können. Er fragte sich, ob es etwas mit ihrer Ausstrahlung zu tun hatte. Was es mit ihrer Gestalt auf sich hatte, dass sie ihn schützen konnte.

Das kurze Stück zurück zu den Bäumen rannte er, dann ging er, ohne sich zu beeilen, wieder zur Straße an der Vorderseite des Hauses und blieb dort stehen. Nun wollte er einen Blick auf den anderen werfen. Der offensichtlich Henrik hieß, mit «uns» bezeichnet wurde und von dem noch immer keine Spur zu sehen war. Gemächlich ging er noch einmal an dem Briefkasten mit ihren Namen vorbei. Er sah ein, dass er nicht stehen bleiben konnte, ohne womöglich Aufmerksamkeit zu erregen, und spazierte deshalb zurück zu der Straße, in der er seinen Wagen abgestellt hatte. Jetzt fror er wirklich, und als er beim Auto angekommen war, drehte er die Heizung voll auf.

Es war wenig verführerisch, zurück zur Wohnung zu fahren, ein Magnet schien ihn zu dem gelben Haus mit den weißen Schnitzereien zu ziehen. Er legte den ersten Gang ein und erlaubte dem Kräftefeld, ihn anzuziehen, fuhr im Schritttempo die kurze Strecke um das Viertel und war wieder da. Dort drinnen befand sie sich. Und der andere, der gut genug war.

In dem Moment, als er am Briefkasten vorbeifuhr, wurde die Haustür geöffnet.

Und da stand er.

Der Fuß bremste, ohne dass das Gehirn ihn darum gebeten hätte, der Mann vor der Haustür schloss hinter sich ab und guckte neugierig in seine Richtung. Jonas wandte das Gesicht ab, er hätte gern genauer hingeschaut, aber er wollte nicht gesehen werden. Nicht jetzt. Noch nicht.

Hundert Meter weiter war ein Wendeplatz. Als er auf dem Rückweg wieder am Haus vorbeikam, hatte sein Intimfeind sich in den Golf gesetzt und wollte gerade rückwärts aus der Einfahrt herausfahren. Jonas verlangsamte die Fahrt und ließ ihn vor. Eine Hand im Gegenlicht der Windschutzscheibe dankte ihm, Jonas nickte kurz zurück.

Bitte sehr, gern geschehen. Deine Frau habe ich auch gefickt.

Er folgte ihm in angemessenem Abstand. Von den unregelmäßigen Sträßchen der Einfamilienhausgegend bis zur Autobahn in die Innenstadt. Immer einige Wagen zwischen ihnen in der Spur, niemand sollte wissen, dass er da war, überwachte, kontrollierte und herrschte. Ruhe erfüllte ihn. Der Zwang war weit weg. Nach Danvikstull bogen sie links ab zu dem Neubaugebiet in Norra Hammarbyhamnen, die Erste rechts und dann wieder rechts. Diesen Teil von Södermalm kannte er, dort hatte er vor ein paar Jahren eine Woche Vertretung gemacht, als die ganze Stadt von einer Grippewelle erfasst worden war. Der Wagen vor ihm bog rechts ab in die Duvnäsgatan und verschwand für einen Augenblick aus seiner Sichtweite. Jonas bremste, als er ihn zwanzig Meter weiter einparken sah, fuhr aber weiter, stellte das Auto ab und stieg aus. Zu Fuß bog er um die Ecke zur Duvnäsgatan, und im selben Moment öffnete sich die Fahrertür des anderen. Ein blonde Frau in seinem eigenen Alter, vielleicht einige Jahre älter, kam aus einem Hauseingang zehn Meter entfernt. Jonas zog sich die Kapuze über den Kopf, ging auf der anderen Straßenseite bergauf und blieb bei einem Schaufenster auf der Höhe des geparkten Golfs stehen. Im Spiegelbild in der Scheibe konnte er sie sehen, und seine Verblüffung hätte nicht größer sein können. Die Teile passten nicht mehr zueinander. Für die Dauer einer Sekunde fokussierten seine Augen plötzlich ein Schild hinter dem Schaufenster. «Zu vermieten.» Etwas anderes gab es in dem leeren Fenster nicht zu sehen. Aber das Spiegelbild war dafür umso aufschlussreicher. Die Frau, die soeben aus dem Hauseingang getreten war, und der Mann, der Henrik hieß und sein schönes Vortzuhause verlassen hatte, standen nun eng zusammen auf der anderen Straßenseite. Vollkommen still und beinahe krampfhaft klammerten sie sich aneinander, ineinander, er hatte den Eindruck, sie liefen Gefahr umzufallen, falls einer von beiden losließe.

Lange standen sie so. So lange, dass er vor dem leeren Schaufenster bald Aufmerksamkeit geweckt hätte, wenn sie überhaupt in der Lage waren, etwas außerhalb ihrer eigenen Glocke zu bemerken.

Wer war dieser Mann? In dem Haus, das er gerade hinter sich gelassen hatte, wartete eine Frau, die alles darstellte, was ein Mann sich wünschen konnte. Trotzdem stand er auf der gegenüberliegenden Straßenseite und umarmte eine andere.

Ohne sich umzudrehen, ging Jonas den Hügel hinab auf sein Auto zu. Er war jetzt verwirrt, fragte sich, was er gesehen hatte, ob alles so war, wie es schien. Mann und Frau, die ihre Lust woanders befriedigten, nicht miteinander.

Pfui Teufel.

Niemals.

Wenn er jemals heiraten und ihn jemand wirklich lieben würde, weil er so war, wie er war, wenn ihn jemals jemand richtig ansähe, würde er nie wieder in eine andere Richtung schauen. Er würde all die Leidenschaft herauslassen, die in ihm steckte, und seine Frau zur Königin machen. Er würde sie anbeten, alles tun, worum sie ihn bat, immer da sein, liebevoll, jede Sekunde. Nie würde er sie im Stich lassen. Seine Liebe wäre imstande, Wunderwerke zu vollbringen, wenn nur jemand sie befreite. Wenn nur jemand sie annähme. Warum konnte keine Frau seine Fähigkeiten sehen, die Kraft, die in ihm steckte? Warum gab es niemanden, der haben wollte, was er zu geben hatte?

Anna hatte es gewusst. Und trotzdem war er ihr nicht gut genug gewesen.

Wieder überkam ihn die große Sehnsucht, die Sehnsucht nach einem Weg aus der Einsamkeit. Und dann der Gedanke an den Mann, der Henrik hieß und den er gerade eben in der Umarmung der anderen Frau gesehen hatte. Der alles hatte, was ein Mann sich jemals wünschen konnte, und trotzdem nicht zufrieden war.

Und Lind… Eva.

Eva.

Was hatte sie von ihm gewollt, als sie mit zu ihm nach Hause ging?

Im Augenwinkel sah er ein Auto, merkte aber erst, nachdem es vorbeigefahren war, dass es sich um den Golf handelte. Die Frau saß auf dem Beifahrersitz.

Er drehte den Zündschlüssel herum und fuhr hinterher, ohne einem bewussten Entschluss zu folgen, sondern als wäre es eine Selbstverständlichkeit. Links in die Renstiernasgatan und dann auf dem Ringvägen bis zur Ausfahrt zum

Nynäsvägen. Er kümmerte sich nicht darum, Abstand zu halten, schließlich durfte er fahren, wo er wollte.

Wenn er wollte, durfte er auch zu einer abgelegenen kleinen Pizzeria auf halbem Weg nach Nynäshamn fahren, und genau das tat er. Hundert Meter vor sich sah er den Golf auf dem kleinen eingezäunten Parkplatz neben dem Haus anhalten. Es sah weder edel noch gemütlich aus, und er nahm an, dass das Restaurant vielmehr aufgrund der beträchtlichen Entfernung zum Haus in Nacka gewählt worden war. Untreue verlangte natürlich gewisse Vorsichtsmaßnahmen, das wusste kaum einer besser als er. Er spürte seine Verachtung wachsen, als er sie hinter der Glastür verschwinden sah. Sein Arm um ihre Schultern, beschützend, aufmerksam. Wie konnte eine Frau so dämlich sein, einem Mann zu vertrauen, der im selben Augenblick eine andere Frau betrog?

Alles war so unbegreiflich.

Er wartete eine Weile, bevor er das Auto verließ, hatte keine Eile, sondern besah sich gründlich die eingeschweißte Speisekarte neben der Eingangstür. Sie saßen einander gegenüber an einem Tisch ganz hinten in der Ecke, und ein Mann mit ausländischem Aussehen notierte gerade ihre Bestellung. Es schien nicht viel Betrieb zu sein, denn nur zwei Tische waren belegt, einer von männlichen Teenagern, deren Alter sie vermutlich kaum zu den Biergläsern legitimierte, die sie in den Händen hielten, und der andere von einer Familie, die schon beim Dessert war. Es würde trotzdem keinen allzu merkwürdigen Eindruck machen, wenn er sich an den Nebentisch setzte. Er ging die wenigen Schritte, und als er gerade den Stuhl herauszog, sah er im Augenwinkel, wie der Mann, der Henrik hieß und untreu war, die Speisekarte zurückgab. Jonas setzte sich und hielt einige Sekunden später dieselbe Speisekarte in den Händen.

Den Händen, die dieselbe Frau gestreichelt hatten wie die des anderen.

Seine eigenen aus bedingungsloser Liebe, die anderen erbarmungslos betrügerisch.

Trotzdem hatte der andere das Recht auf sie.

Er legte die Speisekarte auf den Tisch, wollte sie nicht länger anfassen, versuchte sich an einen Pizzanamen zu erinnern, den er auf der Tafel neben der Eingangstür gelesen hatte.

Dann ging der Mann mit dem ausländischen Aussehen zurück in die Küche, und die anderen begannen sich zu unterhalten. Obwohl sie die Stimmen senkten, konnte er jedes Wort hören, ohne sich anzustrengen. Und dann war plötzlich alles so offensichtlich. Warum alles passiert war. Warum es vorherbestimmt war, dass er sie dort unter der Markise entdeckte, wo sie zwei Abende zuvor gesessen hatte, warum gerade sie sich begegneten.

Ihm war eine Aufgabe zuteil geworden.

Und er hatte geglaubt, sie wäre ihm geschickt worden, um ihn zu retten. Es war genau umgekehrt! Er war geschickt worden, um sie zu retten. Diese hinterhältige, unbarmherzige Verurteilung über zwei mittelmäßigen Quattro Stagionis. Und sie war nicht einmal anwesend, um sich zu verteidigen. Er bekam die Pizza nicht hinunter, die er bestellt hatte. Fast unberührt ließ er sie stehen und bat um die Rechnung. Während der Fahrt zurück nach Nacka hallten ihre Stimmen in seinem Kopf wieder.

«Wann wirst du ihr erzählen, was wirklich los ist? Ich kann das langsam nicht mehr ertragen.»

«Ich weiß. Aber da ist ja noch Axel. Zuerst brauche ich eine Wohnung, damit er auch bei mir wohnen kann.»

Und da begriff er, dass es mitten in all dieser Ichbezogenheit einen Sohn gab.

Es gab einen Sohn.

Und dort in der Vorortpizzeria saß sein Vater, versteckt aus Angst, dass ihn jemand entdecken könnte, und aß Pizza mit einer Hure.

Es war dunkel geworden, als er in die Straße einbog, wo sie zu finden war. Er blieb neben dem Auto stehen und betrachtete fasziniert das Leuchten der Nackamasten einige hundert Meter entfernt. Das schwebende Licht erhellte die Wolkendecke. Natürlich wohnte sie unter einem Scheinwerfer, man musste nur dem hellen Strahl folgen.

Diesmal kletterte er gleich aufs Grundstück, blieb bei jedem Fenster stehen und spähte auf seinem Weg ums Haus vorsichtig durch die dunklen Scheiben. Nirgendwo eine Spur von ihr. Dann gelangte er zur Rückseite und sah den Schein einer Lampe durch das große Fenster neben der Terrassentür. Er trat zurück auf den Rasen, um nicht zu nahe zu kommen, wollte nicht riskieren, dass sie ihn entdeckte. Noch nicht. Nicht, bevor sie bereit war.

Dann durfte er sie endlich wieder sehen. Nur mit einer Leselampe saß sie in einem Sessel direkt am Fenster. Eine Sekunde lang glaubte er, sie starre ihm direkt ins Gesicht, aber dann begriff er, dass ihre Augen blind in die Dunkelheit schauten, die ihn umgab. Er konnte nicht widerstehen und trat näher. Schritt für Schritt, unendlich langsam näherte er sich der Terrasse. Drei Schritte die Treppe hinauf, und dann war er ganz dicht neben ihr. Ganz nah. Nur eine Glasscheibe hinderte ihn daran, sie zu berühren. Ein Buch lag geschlossen auf ihrem Schoß, und er betrachtete ihre Hände, die gefaltet darauf ruhten. Dieselben Hände, die ihn liebkost und zum Leben erweckt hatten. Ein einziger Wunsch, diese Hände noch einmal auf seiner Haut spüren zu dürfen. Er musste seine Sehnsucht stillen, ihre eine Chance geben, ihn zu verstehen. Er hob den Blick zu ihrem Gesicht. Es war vollkommen ausdruckslos, aber dann sah er, dass Tränen aus ihren Augen rannen und ihr wie weiße Spuren auf der Haut über die Wangen liefen.

O Geliebte, wenn ich dich nur umarmen dürfte. Hab keine Angst, ich bin bei dir, ich werde über dich wachen. Ich werde dir meine Liebe beweisen. Und wenn du begreifst, was ich bereit bin zu tun, um deine Liebe zu gewinnen, wirst du mich auch lieben. Für immer. Und ich werde dich nie verlassen. Nie. Er spürte plötzlich, wie seine eigenen Augen vor Dankbarkeit überflossen. Sie und er unter Tränen vereint, nur einen Meter voneinander entfernt.

Nicht einmal der Gedanke an eine einsame Nacht in der Wohnung konnte ihn schrecken.

Sicher in seiner Überzeugung, wich er zurück, umrundete das Haus und ging zurück zu seinem Auto. Wer wusste besser als er, was ein Betrug aus einer Frau machen konnte und was nötig war, um sie zu retten.

Diesmal würde es ihm gelingen.

Er hatte eine zweite Chance bekommen.

KEIN AUGE HATTE sie zugetan, als sie endlich seinen Schlüssel in der Tür hörte. Unruhig war sie im Dunkeln durchs Haus geirrt und hatte hinaus in den Garten geschaut. Nicht eine Bewegung hatte sie ausmachen können, keinen Laut, nur schwache Schatten von den Bäumen, wenn der Mond hin und wieder zwischen den Wolkenbänken auftauchte. Und dazu der verschleierte, schwebende Schein vom Licht der Nackamasten.

Sobald sie ihn kommen hörte, huschte sie ins Schlafzimmer und kroch zu Axel ins Bett. Es war nach vier.

Im Badezimmer hatte er keine Eile. Es verging eine gute halbe Stunde, bis sie ihn die Treppe hinaufkommen und sich ans andere Ende des Doppelbettes legen hörte. Erst da drehte sie sich um und tat, als wachte sie auf.

«Hallo.»

«Hallo.»

Er drehte sich um und wandte ihr den Rücken zu.

«Hattest du einen netten Abend?»

«Hm.»

«Wie war es denn mit Micke?»

«Ganz okay. Gute Nacht.»

Schon am Sonntagvormittag merkte sie, dass er ihr etwas sagen wollte. Sein rastloses Wandern durch die Zimmer dauerte an, und die Phasen wurden immer länger, die er außerhalb des Arbeitszimmers und sogar im selben Raum verbrachte, in dem sie sich befand. Sie hatte nicht vor, ihm zu helfen, das Gespräch zu beginnen, sie beobachtete genüsslich, wie er mit sich kämpfte. Doch schließlich, am Küchentisch über einem eilig zusammengeschusterten Omelett, fasste er sich ein Herz. Axel in seinem Tripptrappstuhl am anderen Ende des Tisches als Schild bei einem eventuellen Streit.

«Ich habe über das nachgedacht, was du gesagt hast, dass ich vielleicht für ein paar Tage verreisen könnte.»

Sie beschloss, schweigend dazusitzen. Nahm Axels Messer und half ihm, das wabbelige Rührei zu einem leicht angreifbaren Hügel zusammenzuschieben.

«Wenn du einverstanden bist, fahre ich Montag früh weg. Nur für ein paar Tage.»

«Klar. Wohin willst du denn?»

«Ich weiß nicht genau. Ich nehme das Auto und fahre einfach los.»

«Allein?»

«Ja.»

Grundkurs A: Um erfolgreich zu lügen, beantworte eine Frage nicht zu schnell. Du Idiot. Sie stand auf und räumte die Teller ab.

«Du weißt, dass heute Abend die Elternversammlung im Kindergarten ist? Ich wollte meine Eltern fragen, ob ich Axel zu ihnen bringen darf, damit wir beide hingehen können.»

Sie sah, dass er schluckte.

«Ich habe mit Kerstin geredet. Linda ist offenbar völlig außer sich, die Ärmste. Sie beteuert, dass sie diese E-Mails nicht verschickt hat.»

Er nahm sein Wasserglas und trank, während sie weitersprach.

«Weißt du, wie so etwas funktioniert? Kann denn wirklich jemand anders ihre E-Mail-Adresse benutzen?»

Er stand auf und räumte sein Glas in die Spülmaschine.

«Offensichtlich.»

Damit hatte er anscheinend alles ausgesprochen, was er hatte sagen wollen. Ihr wurde klar, dass sie jetzt sofort einhaken musste. Bevor er die zwölf Schritte hinter sich brachte.

«Aber wieso sollte ihr jemand das antun? Das erscheint mir ganz unglaublich, wegen so etwas kann sie doch ihren Job verlieren. Wenn sich jemand einen Scherz erlaubt hat, muss ich wirklich sagen, dass sie seltsame Freunde hat.»

Er wollte das Thema nicht länger diskutieren, das war deutlich zu erkennen. Die ersten sieben Schritte bis zur Freistatt waren bereits bewältigt.

Ihre Eltern boten an, Axel abzuholen, und der Gedanke, dass Henrik gezwungen sein würde, mit seinen Schwiegereltern eine Tasse Kaffee zu trinken, gefiel ihr. Sie backte einen Butterkuchen und deckte den Tisch im Wohnzimmer, um das Treffen besonders feierlich zu gestalten.

Es dauerte eine Weile, bis Henrik sich zu ihnen gesellte. Solange es ging, blieb er hinter seiner geschlossenen Tür sitzen, und als er endlich kam, war sein Kaffee bereits kalt. Er verschwand in der Küche, um seine Tasse auszukippen, und setzte sich dann zu ihnen.

«Da kann man wohl gratulieren.»

Ihr Vater hatte Axel auf dem Schoß.

«Eva hat mir erzählt, dass du eine große Artikelserie für irgendeine Zeitung schreiben sollst.»

Ausdruckslos sah Henrik seinen Schwiegervater an.

«Na, was ihr kürzlich gefeiert habt», fuhr ihr Vater erläuternd fort.

Henrik warf Eva einen Blick zu. Sie hatte nicht vor, ihm zu helfen.

«Ach ja, das. Hm.»

«Um welche Zeitung geht es denn?»

«Äh, irgendeine neue Zeitung. Ich weiß gar nicht, wie sie heißt.»

Und damit war das Thema beendet. Henrik trank schweigend seinen Kaffee, und ihre Eltern gaben ihr Bestes, um die Unterhaltung in Gang zu halten. Sie selbst stierte vor sich hin und dachte über die Situation nach. Vielleicht war es das letzte Mal, dass sie hier alle zusammensaßen.

Das letzte Mal.

Bald musste sie es ihnen erzählen, mit ihnen über Geld sprechen. Sie brauchte ihre Hilfe, wenn sie ihn aus dem Haus werfen wollte.

Aber noch war es nicht an der Zeit.

«Na, dann fahren wir vielleicht wieder nach Hause?»

Das war keine Frage, sondern eine Feststellung. Sie merkte, dass es eine ganze Weile vollkommen still am Tisch gewesen war, und als sie aufschaute, bemerkte sie den prüfenden Blick ihrer Mutter. Der Stuhl ihres Vaters schabte über den Boden, als er sich erhob.

«Was meinst du, Axel, kommst du mit zu uns, während Mama und Papa zur Elternversammlung gehen?»

Eva sammelte die Kaffeetassen ein.

«Axel, wenn du etwas mitnehmen möchtest zu Oma und Opa, dann geh es jetzt holen. Nimm den Rucksack, wenn du willst.»

Sie nahm den Teller mit dem Butterkuchen, außer Axel hatte niemand davon gegessen, und trug ihn in die Küche.

Sie hörte, wie Henrik die Gelegenheit wieder zur Flucht nutzte.

«Dann geh ich wohl noch ein bisschen arbeiten. Tschüss, Axel.»

Er passierte die Küche, ohne sie eines Blickes zu würdigen.

Bis zu dem abendlichen Treffen blieben ihr noch ein paar Stunden. Sie setzte sich mit einem der Papierstöße von der Küchenbank an den Esstisch. Unsortierte Post, vor allem Fensterkuverts, das meiste für Henrik. Er hatte vor langer Zeit aufgehört, seine Post selbst zu öffnen. Aus Angst, die Briefe könnten zu lange liegen bleiben, sodass ihnen womöglich eine Rechnung entging, hatte sie angefangen, es für ihn zu tun. Keiner von ihnen hatte es jemals kommentiert. Wie so viele andere Dinge. Sie hätte es nie gewagt, die Kontrolle über die Rechnungen aus der Hand zu geben, weil sie fest davon überzeugt war, dass er keine einzige pünktlich bezahlen würde. Wie sollte er, wenn er nicht einmal seine eigene Post öffnete? Trotzdem wünschte sie heimlich, er übernähme mehr Verantwortung dafür, dass sie bezahlt wurden. Hätte mehr Verantwortung übernommen.

Das Problem wäre wie so viele andere bald aus der Welt.

Sie sah sich um. So viel Mühe hatte sie sich gemacht, so viel Energie investiert. Der alte Klapptisch, in wie vielen Antiquitätengeschäften hatte sie herumgestöbert, bevor sie genau den gefunden hatte, den sie haben wollte? Der Krug auf dem Fußboden, den sie aus einem Urlaub in Marokko mitgeschleppt hatte, der ihr plötzlich so wahnsinnig viel bedeutete, dass sie sogar eine zusätzliche Gebühr zahlte, weil das Gepäck zu schwer geworden war. Das Bild aus ihrem Elternhaus, die Stühle, die ein Vermögen gekostet hatten, die Dosen im Küchenregal, die nie benutzt wurden und nur dort standen, weil sie es gemütlicher machten. Alles plötzlich entstellt. Als hätten sich die vertrauten Gegenstände verwandelt, und sie sähe sie zum ersten Mal. Nichts von dem, was sie umgab, berührte sie mehr. Sie konnte sich nicht einmal mehr an das Gefühl erinnern, als sie ihr noch etwas bedeutet hatten. Alles, was selbstverständlich für sie gewesen war, ihre Ansichten, alles, was sie berührt hatte, ihr wichtig gewesen war, nichts stimmte mehr. Als ließe eine optische Linse, durch die nur sie sah, alles plötzlich anders erscheinen. Nur damit sie begriff, wie sinnlos alles war. Sie war vollkommen allein in einer eigenen Welt gleich neben der gewohnten. Und trotzdem saß sie dort und zahlte Rechnungen an die Welt da draußen.

Die Tür zum Arbeitszimmer öffnete sich. Er ging ins Wohnzimmer, kehrte aber bald zurück, hob ein Spielzeug vom Boden auf, legte es auf die Küchenbank und verschwand wieder im Arbeitszimmer.

Sie blätterte eine Broschüre von der Kommune durch, legte sie auf den Stapel für die Altpapiersammlung und öffnete den nächsten Umschlag.

Dann kam er wieder heraus, drehte scheinbar ohne Grund noch eine Runde, und als es nur wenige Minuten später zum dritten Mal passierte, konnte sie nicht länger an sich halten.

«Was treibt dich denn um?»

Sie riss die Folie von dem Umschlag und legte den Rest auf den Altpapierhaufen. Vielleicht hatte er verstanden: *Geh sofort in dein Arbeitszimmer, und lass dich nicht mehr blicken, bis wir zu dem Treffen gehen!* Denn genau das tat er.

Aber vielleicht wäre es auch zu viel verlangt gewesen, dass er ihre Frage beantwortete.

Dann war es endlich so weit. Sie war in ungewöhnlich heiterer Stimmung, als wären sie zu einem lang ersehnten Fest unterwegs.

Er fuhr, und sie saß neben ihm auf dem Beifahrersitz des Golfs, denn der war günstiger geparkt, als sie sich auf den Weg machten. Er sollte ihn in Gottes Namen mitnehmen, der Saab gehörte ihr und wurde von der Firma finanziert.

«Tut mir übrigens Leid, dass du meinetwegen Vater anlügen musstest. Wegen des Auftrags. Das war keine Absicht.»

Er antwortete nicht. Den Blick stur geradeaus, und die Finger trommelten aufs Lenkrad.

Sie fuhr fort.

«Ich hatte einfach keine Lust zu erzählen, was am Donnerstag los war, als Axel bei ihnen übernachtet hat. Dass wir beide, du und ich, ein bisschen Zeit für uns brauchten.»

Diesmal brachte er eine Art von Laut hervor, kein Wort

oder dergleichen, eher ein Grunzen. Sie lächelte ein bisschen ins Dunkel hinein und legte vertraulich die Hand über seine auf dem Schaltknüppel.

«Ich wusste gar nicht, dass du so gut lügen kannst.»

Im Spielzimmer drängten sich die Eltern, die sich hellblaue Plastikpantoffeln über die Schuhe gezogen hatten. Stühle waren in unregelmäßiger Ordnung auf dem grünen Boden verteilt worden, aber die meisten Mütter und Väter standen in Grüppchen zusammen und redeten leise. Weder Kerstin noch Linda waren zu sehen. Henrik setzte sich auf einen Stuhl nahe der Tür. Seine Finger trommelten nervös auf die Sitzfläche.

Eva ging zu Jakobs Mutter und sah sich um.

«Scheint, als fänden die meisten die Idee mit dem Treffen gut.»

Annika Ekberg nickte.

«Ja. Danke für die Hilfe.»

«Das war doch eine Kleinigkeit.»

Das Gemurmel verstummte, als Kerstin in der Tür erschien. Niemand im Raum konnte behaupten, dass sie besonders froh aussah.

«Hallo alle miteinander und herzlich willkommen, darf ich wohl sagen, auch wenn es mir heute Abend keine besondere Freude ist, euch alle hier zu haben. Na, dann könnt ihr euch schon mal hinsetzen.»

Wie brave Kindergartenkinder taten sie, worum sie gebeten worden waren. Zweiunddreißig Väter und Mütter schlurften in ihren Plastikpantoffeln zu ihren Plätzen, Eva zu dem neben ihrem angetrauten Ehemann.

«Wie ihr sicher alle versteht, ist das Ganze für Linda ungeheuer belastend. Ich möchte euch noch einmal versichern, dass sie diese E-Mails nicht verschickt hat, wir haben beide keine Ahnung, wie es zugegangen sein könnte. Die kommunale EDV-Abteilung wird morgen früh beginnen, den Fall zu untersuchen, jetzt am Wochenende war dort niemand zu erreichen.»

«Ist Linda selbst nicht hier?»

Simons Mutter hatte die Frage gestellt. Der Ton war voller Argwohn, es war für alle im Raum klar erkennbar, dass ihr der Liebesbrief an ihren Ehemann äußerst missfiel.

Willkommen im Club.

«Ja, sie kommt jetzt hierher. Ich wollte das nur zuerst sagen.»

Sie trat zur Seite und machte Platz für Linda, die mit gesenktem Kopf im Türrahmen auftauchte. Kerstin legte einen beschützenden Arm um ihre Schultern, und die Berührung ließ Linda aufschluchzen. Eva sah aus den Augenwinkeln, wie Henrik seine Hände zu Fäusten ballte.

Linda räusperte sich, wandte den Blick aber nicht von dem stoßdämpfenden Teppichboden.

Guck nur. Der wird dir nicht helfen.

Dann öffnete sie den Mund zu ihrer Verteidigungsrede.

«Ich weiß nicht, was ich sagen soll.»

Es war vollkommen still im Zimmer. Es war lange still, so lange, bis sie richtig anfing zu weinen. Sie verbarg das Gesicht in ihren Händen, und Henrik rutschte unruhig auf seinem Stuhl hin und her.

«Hat jemand außer dir Zugang zu deinem E-Mail-Programm?»

Eva erkannte die Stimme nicht wieder, die hinter ihrem Rücken fragte.

«Nein, soviel ich weiß, nicht, und inzwischen kann ich auch selbst nicht mehr hineinkommen. Anscheinend ist das Kennwort ausgetauscht worden.»

Probier mal Schwanzlutscher.

Wieder wurde es still, aber diesmal nicht so lange.

«Was stand denn nun in den Mails?»

Eine Frauenstimme diesmal, auch sie unbekannt.

«Ich weiß nicht. Ich habe sie, wie gesagt, weder geschrieben noch gelesen.»

«Ich kann sie vorlesen, wenn ihr wollt.»

Simons Vater nahm ein zusammengefaltetes DIN-A4-Blatt aus der Jackentasche und räusperte sich, bevor er zu lesen begann, trocken und sachlich wie das Protokoll einer Aufsichtsratssitzung.

«Geliebter. Jede Minute, jeden Augenblick bin ich, wo du bist. Zu wissen, dass es dich gibt, macht mich glücklich. Ich lebe für die kurzen Momente, die wir zusammen haben. Ich weiß wohl, dass es falsch ist, dass wir nicht so fühlen dürften, aber wie soll ich nein sagen können? Ich weiß nicht, wie oft ich beschlossen habe, dich zu vergessen, aber dann stehst du vor mir, und ich schaffe es nicht. Wenn alles herauskäme, würde ich wahrscheinlich meinen Job und du deine Familie verlieren, alles würde im Chaos enden. Und doch kann ich nicht aufhören, dich zu lieben. Und immer wenn ich bete, dass dies alles nie passiert sein möge, habe ich gleichzeitig eine Todesangst, dass mein Gebet erhört werden könnte. Dann wird mir klar, dass ich bereit bin, alles zu verlieren, nur um mit dir zusammen zu sein. Ich liebe dich, deine L.»

Es war, als verwandelte sich die Luft im Raum, während er vorlas. Mit jeder Silbe, die er aussprach, hob Linda den Blick Zentimeter für Zentimeter, um schließlich dem von Henrik zu begegnen. Eva drehte sich ein wenig, um ihn besser sehen zu können. Sein Gesichtsausdruck verriet nichts. Entsetzen war das erste Wort, das ihr durch den Kopf ging. Dann wandte er sich zu ihr, und zum ersten Mal seit langer Zeit schauten die beiden einander an. Und sie sah, dass er Angst hatte. Angst, der Verdacht, der ihm gekommen war, könnte sich bewahrheiten. Dass sie alles wusste. Dann lächelte sie ihn kurz an und stand auf.

«Hört mal, ich würde gerne eines sagen, wenn ihr erlaubt. Da Linda die E-Mails offensichtlich nicht selbst verschickt hat, müssen wir ihr glauben. Ich meine, stellt euch vor, ihr wärt einer solchen Geschichte ausgesetzt und müsstet hier vor uns allen stehen und euch verteidigen.»

Sie wandte sich an Linda.

«Ich kann wirklich verstehen, dass das ein scheußliches Gefühl sein muss. Ich finde, es war sehr mutig von dir, dich uns allen hier heute zu stellen.»

Aber mach den Mund zu, du alte Schlampe, sonst fängst du noch an zu sabbern.

Sie drehte sich wieder zum Publikum.

«Was meint ihr? Überlassen wir es doch einfach der EDV-Abteilung, der Sache nachzugehen, und vergessen wir, dass es überhaupt passiert ist. Schließlich müssen wir in erster Linie an unsere Kinder denken, nicht wahr?»

Ein schwaches Gemurmel, und dann nickte jemand. Henrik hatte den gleichen Gesichtsausdruck angenommen wie Linda und saß mit offenem Mund da und starrte sie an.

Noch eine Gemeinsamkeit, auf der sie ihre Zukunft aufbauen konnten.

Simons Mutter schien als Einzige anderer Ansicht zu sein. Die Sache könne ganz und gar nicht vergessen werden, als wäre sie nie passiert.

Eva wandte sich an Kerstin und Linda und lächelte. Kerstin erwiderte ihr Lächeln dankbar, und vielleicht versuchte Linda, das ebenfalls zu tun, es war schwer zu erkennen.

Kerstin machte einen Schritt nach vorn und legte ihr die Hand auf den Arm.

«Danke, Eva, wirklich vielen Dank.»

Den Blick über die ganze Elternschar gerichtet, ging sie weiter.

«Linda hat darum gebeten, Anfang der Woche ein paar Tage freizubekommen, und ich halte das für eine gute Idee. Sie kann nach dieser ganzen Geschichte ein bisschen Ruhe gebrauchen.»

Eva warf Henrik einen Blick zu, der nun zu Boden starrte. Sie wusste, dass er es niemals wagen würde, offen die Frage zu stellen, ob sein Verdacht begründet war. Denn das hätte bedeutet, er hätte zugeben müssen, was für ein feiger und verlogener Wurm er war.

Sie hatte noch immer die Oberhand.

Und am nächsten Morgen würde sie lächelnd in der Einfahrt stehen, ihm zuwinken und ihm mitteilen, wie sehr sie hoffte, dass er schöne Ferien haben würde. Und ihn natürlich bitten, vorsichtig zu fahren.

Sie selbst würde während seiner Abwesenheit alle Hände voll zu tun haben.

ER STAND ZWISCHEN den Bäumen im Gemeindewald, als der Golf die Garageneinfahrt hinauffuhr. Ein leichtes Unlustgefühl hatte ihn überkommen, als er gemerkt hatte, dass das Haus leer war und er nicht wusste, wo sie sich befand. Sobald das Auto hielt, wurde die Tür an der Fahrerseite aufgestoßen, und der Mann, der Henrik hieß, stieg aus und ging mit eiligen Schritten auf das Haus zu. Sie blieb auf dem Beifahrersitz sitzen, und als sie die Tür öffnete und die

Innenbeleuchtung wieder eingeschaltet wurde, hätte er schwören können, dass sie lächelte. Dann stieg sie aus, blieb einen Moment neben dem Auto stehen und hatte es nicht eilig auf dem Weg zum Hauseingang. In selben Moment, als sie die Hand auf die Klinke legte, drückte er die einprogrammierte Kurzwahl auf seinem Mobiltelefon, und als sie gerade im Haus verschwand, hörte er die Stimme dicht an seinem Ohr.

«Henrik.»

«Ist da Henrik Wirenström-Berg?»

«Ja.»

Er pulte ein Stück Rinde vom dem Baumstamm, der vor ihm stand. Er hatte keine Eile.

«Sind Sie allein?»

«Was?»

«Ja, ich meine, können wir ungestört reden?»

«Mit wem spreche ich?»

«Verzeihung, ich heiße Anders und …»

Er machte eine kleine Kunstpause, bevor er fortfuhr.

«Ich müsste etwas mit Ihnen besprechen.»

«Aha. Was denn?»

«Es wäre am besten, wir könnten uns irgendwo treffen. Ich möchte das lieber nicht am Telefon behandeln.»

Im Hörer wurde es still. Er hörte im Hintergrund klapperndes Geschirr und dann das Schließen einer Tür. In einem der Fenster an der ihm zugewandten Seite des Hauses wurde das Licht angemacht.

«Worum geht es?»

«Ich stehe Ihnen morgen den ganzen Tag zur Verfügung. Sagen Sie mir einfach Ort und Zeit, dann treffen wir uns.»

«Morgen passt es mir nicht.»

Das weiß ich, du Idiot. Aber du schaffst es, bevor die Fähre ablegt.

«Und am Dienstag?»

«Da kann ich auch nicht. Ich fahre ein paar Tage weg.»

So lange wollte er nicht warten, konnte er es nicht aushalten. Irgendwie musste ein Treffen zustande kommen, aber wie viel sollte er sagen? Das Schwein am anderen Ende war ihm zuwider, aber der Gedanke, dass er es für sie tat, ließ ihn seinen Widerwillen überwinden.

«Henrik, es ist das Beste für uns, wenn wir beide uns so bald wie möglich sehen.»

Und als er keine Antwort bekam, schickte er eine kleine Andeutung als letztes Druckmittel hinterher.

«Ich ertrage es einfach nicht mehr, Sie zu hintergehen.»

Die darauf folgende Stille bekräftigte, dass seine Worte gesessen hatten. Es war eine ungefährliche Formulierung gewesen. Wie sollte der Mann, der untreu war, wissen, wie oder mit wem ihn jemand hinterging? Aber dass ihn jemand hinterging, während er sich selbst hinter dem Rücken einer anderen befand, würde mit Sicherheit genügend Interesse bei ihm wecken, dass er in eine Verabredung einwilligte.

Dann ein Räuspern.

«Wir können uns morgen früh um neun treffen. Vor dem Haupteingang des Viking Line-Terminals am Stadsgården. Wie sehen Sie aus?»

«Kein Problem, ich weiß, wie Sie aussehen. Dann bis um neun.»

Er legte auf, schaute lächelnd in das erleuchtete Fenster und ging zurück zu seinem Wagen.

Selten hatte er eine so ruhige Nacht erlebt, und zum ersten Mal seit sehr langer Zeit erwachte er vollkommen ausgeruht. Er stand lange vor seinem Kleiderschrank. Es war wichtig, dass er richtig gekleidet war, dieser Henrik sollte begreifen, dass er von einem Mann ausgestochen wurde, der ihm weit überlegen war. Es widerstrebte ihm, die hellblaue Strickjacke auszuziehen, in der er geschlafen hatte, denn er war sich im Klaren darüber, woher seine Ruhe gekommen war. Sie duftete noch immer schwach nach ihr, aber ihm war bewusst, dass sie nur eine vorübergehende Sicherheit bot.

Das Telefon klingelte.

Er sah auf seine Armbanduhr. Es war erst sieben. Wer rief um diese Zeit an einem Montagmorgen an? Erst als er den Hörer schon in der Hand hatte, merkte er, dass er noch nicht einmal die Klingeltöne gezählt hatte.

«Jonas.»

«Hallo, Jonas. Hier ist Yvonne Palmgren aus dem Karolinska.»

Er brachte kein Wort heraus, schnappte nur zornig nach Luft. Diesmal gedachte sie sich offensichtlich nicht unterbrechen zu lassen.

«Ich möchte, dass wir uns treffen, Jonas. Annas Beerdigung findet am Freitag statt, und es ist wichtig, dass Sie an dem Prozess teilnehmen.»

«Welcher Prozess? Wollen Sie, dass ich die Grube grabe?»

Er hörte sie tief durchatmen.

«Hier in der Krankenhauskapelle wird eine Begräbniszeremonie stattfinden, und ich hätte gern, dass Sie sich an der Gestaltung beteiligen. Wie sie gekleidet wird, welche Musik wir spielen sollen, die Blumen, den Sargschmuck, niemand weiß besser als Sie, was sie mochte.»

«Fragen Sie Dr. Sahlstedt. Seiner Ansicht nach konnte sie nicht einmal vor ihrem Tod etwas empfinden, es fällt mir also schwer zu glauben, dass sie sich plötzlich darum scheren sollte. Im Übrigen bin ich diese Woche vollauf beschäftigt.»

Er legte auf und stellte verärgert fest, dass ihn das Gespräch angegriffen hatte. Ihn gestört hatte. Die einzige Art, dagegen anzugehen, bestand darin, zurückzuschlagen. Er ging in den Flur, holte sein Notizbuch und zog den gelben Post-it-Zettel mit ihrer Telefonnummer heraus, den Dr. Sahlstedt ihm gegeben hatte. Sie ging nach dem ersten Klingeln an den Apparat.

«Hier ist Jonas. Ich wollte nur sagen, falls Sie oder jemand anders sich noch einmal meldet, um mir etwas über Anna mitzuteilen, dann werde ich ... Ich habe nicht die geringste Verpflichtung, was sie betrifft, ich habe verdammt nochmal mehr für diese verdammte Hure getan, als man verlangen kann. Begreifen Sie, was ich sage?»

Es dauerte, bis sie antwortete. Als sie endlich anfing, sprach sie ruhig, aber nachdrücklich, als wäre jedes Wort mit dem Rotstift unterstrichen. Ein verächtlicher Ton, als sei er ihr unterlegen.

«Jetzt begehen Sie einen großen Irrtum, Jonas.»

Die Abscheu, die er empfand, überwältigte ihn.

«Noch ein Wort, verflucht nochmal, und ich werde dafür sorgen, dass Sie ...»

Er unterbrach sich und bereute seine Worte im selben Augenblick, in dem er sie aussprach. Er durfte nicht dummdreist werden, durfte sich vor Leuten, die es nicht zu wissen brauchten, nicht anmerken lassen, dass er jetzt die Macht hatte. Sonst hätte es gegen ihn verwendet werden können.

Er legte den Hörer auf und stand eine Weile ganz still, um seine Ruhe zurückzugewinnen. Erst als er die hellblaue Strickjacke wieder angezogen und sich eine Weile aufs Bett gelegt hatte, gelang es ihm, sich so weit zu sammeln, dass er sich wieder seiner Garderobe zuwenden konnte. Trotzdem brauchte er eine gewisse Zeit, um die Gedanken an das unerwünschte Gespräch zu verdrängen.

Er kam eine halbe Stunde früher als verabredet zum Treffpunkt. Er wollte die Übersicht behalten, vorbereitet sein, ihn sehen und selbst bestimmen, wie und wann er den ersten Schritt unternahm. Er überlegte, ob er allein kommen oder die Hure mitbringen würde, im Grunde war es gleichgültig, aber er zog es vor, ihn allein zu treffen. Ihre Fähre würde erst um Viertel nach zehn abfahren, er hatte sie während des Gesprächs in der Pizzeria mit eigenen Ohren die Abfahrtszeit erwähnen hören.

In der Menschenmenge im Innenbereich des Terminals zu verschwinden war nicht schwer. Er setzte sich auf eine Bank neben eine Gruppe von verkaterten Finnen mittleren Alters in Trainingsanzügen. Von dort konnte er den Haupteingang beobachten. Und dann tauchte er auf, um fünf vor neun. Allein. Direkt hinter der Tür blieb er stehen, stellte eine voll gepackte Reisetasche auf den Boden und schaute sich prüfend um. Jonas wartete ab, wollte ihn eine Weile schmoren lassen. Sah, wie er immer wieder auf seine Armbanduhr guckte, sich in alle Richtungen drehte und wendete und sorgfältig alle Männer taxierte, die vorbeikamen. Jonas schloss die Augen und machte im Dunkeln einen tiefen Atemzug, verweilte für einen Moment in der Ruhe, die ihn erfüllte. Zum ersten Mal zu wissen, was ihn erwartete. Dass die Zukunft eine Belohnung für alle seine bisherigen Kämpfe war. Dass die Angst ihm nichts mehr anhaben konnte. Das Gefühl war ebenso ungewohnt wie willkommen, so vollkommen befreiend, eine umfassende Gnade.

Dann stand er auf und bewegte sich auf den Feind zu.

Einen Meter vor ihm blieb er stehen, sagte aber nichts, ließ ihn weitergrübeln. Schließlich brach der andere das Schweigen.

«Sind Sie Anders?»

Er nickte, blieb aber stumm. Der Genuss, den das offensichtliche Unbehagen des anderen ihm bereitete, war unwiderstehlich.

«Was wollen Sie von mir? Ich habe wenig Zeit.»

Diesmal klang er verärgert.

«Danke, dass Sie sich die Zeit genommen haben, zu kommen.»

Jonas hatte nicht vor, sich aus der Ruhe bringen zu lassen. Stattdessen lächelte er ein wenig, was vielleicht als arrogant ausgelegt werden konnte, aber das war nicht seine Absicht. Schüchtern sah er hinunter auf den melierten Kunststoffboden, er musste seine Rolle gut spielen. Er wollte sich einen Verbündeten schaffen, zumindest sollte der andere glauben, es zu sein, er durfte nicht seinen Unwillen erregen und somit den Nutzen verspielen, den er aus ihm ziehen konnte. Der Mann, der Henrik hieß und untreu war, hatte die Spielregeln selbst aufgestellt, dass er inzwischen nur noch eine hilflose Spielfigur in der großen Aufgabe war, die Jonas erteilt worden war, brauchte er nicht zu erfahren.

Jonas hob den Blick und betrachtete den Mann, der Eva gehörte.

«Ich weiß nicht genau, wie ich beginnen soll, aber vielleicht sage ich es am besten geradeheraus. Ich liebe Ihre Frau, und sie liebt mich.»

Die Augen des anderen wurden leer. Reine Löcher. Was immer der Mann, der Henrik hieß, erwartet hatte, es waren offensichtlich nicht die Worte, die er soeben vernommen hatte. Seine Unterlippe fiel nach unten und vervollständigte den leeren Blick zu dem Bild eines Menschen, dessen Leben aus den Fugen geraten ist. Lange stand er so da, ohne dass ein Laut über seine Lippen kam, und nichts auf der Welt hätte das Gefühl von Kontrolle ersetzen können, das Jonas empfand. Doch. Eines. Aber Eva würde er erst besitzen, wenn er es sich verdient hatte.

«Ich verstehe, dass es ein Schock für Sie sein muss, und bedauere über alle Maßen, Ihnen das anzutun, aber irgendwie wird es auch für Sie besser sein zu wissen, wie die Dinge liegen. Ich bin selbst einmal betrogen worden und weiß, wie verdammt weh das tut, und damals habe ich mir geschworen, niemals jemand anderen diesen Qualen auszusetzen, die ich erleiden musste. Ich weiß, was ein Betrug bei einem Menschen anrichten kann.»

Der Mann, der Henrik hieß und untreu war, hatte den Mund nun geschlossen, aber die Bedeutung des soeben Gesagten brachte ihn zweifellos aus dem Gleichgewicht. Er sah sich um, als wäre er auf der Suche nach etwas Passendem, das er erwidern könnte.

Jonas blieb mit dem Blick an seinen Lippen hängen. Den Lippen, die ihre berührt und denselben Geschmack geschmeckt hatten.

Er verbarg seine geballte Faust in der Jackentasche.

«Sollte nicht Eva diejenige sein, die mir von der Sache erzählt?»

«Doch, ich weiß. Ich habe versucht, sie zu überreden, aber sie traut sich nicht. Sie hat so eine ungeheure Angst vor Ihrer Reaktion. Ich meine, es will Ihnen ja keiner von uns etwas Böses, wirklich nicht, aber wir können nichts gegen unsere Gefühle tun. Dass wir einander lieben. Und außerdem müssen wir ja auch an Axel denken.»

Die Augen des anderen wurden schwarz, als er den Namen seines Sohnes hörte.

«Seinetwegen haben wir mehrfach versucht, die Geschichte zu beenden, aber … wir können einfach nicht ohne einander leben.»

Das zog, er konnte es deutlich sehen. Selbst entscheiden zu können war eine Sache, verstoßen zu werden eine andere.

«Hat Eva Sie gebeten, mir das alles zu erzählen?»

«Nein, bestimmt nicht.»

Es wurde einen Moment lang still.

«Aber ich tue es für Eva, weil ich sie liebe. Sie ist die phantastischste Frau, die mir je begegnet ist. Vollendet, in jeder Hinsicht. Tja, Sie wissen ja, was ich meine.»

Er schmunzelte vertraulich, von Mann zu Mann.

Der andere musste schlucken. Nun war deutlicher Widerwille in seinem Blick zu erkennen.

«Wie lange kennen Sie sie schon?»

Jonas tat, als würde er nachdenken.

«Seit ungefähr einem Jahr.»

«Ein Jahr! Sie sagen, Sie und Eva haben seit einem Jahr ein Verhältnis?»

Jonas ließ sein Schweigen für sich sprechen und stellte fest, dass er einen Treffer gelandet hatte. Ihre Ehre war wiederhergestellt. Nun wusste der Mistkerl, dass er eine Frau betrog, die von einem anderen Mann geliebt wurde, von jemandem, der sie verdiente. Dass er sowieso überflüssig war in ihrem Leben. Bereits aussortiert.

So. Jetzt kannst du gehen. Je früher, desto besser.

«Ich weiß. Es ist ein beschissenes Gefühl, so hintergangen zu werden wie Sie. Ich wünschte, Sie hätten das alles früher erfahren, damit Sie selbst hätten entscheiden können, was zu tun ist. Es wäre für uns alle besser gewesen, wenn Eva und ich es von Anfang an gewagt hätten, ehrlich zu sein, aber nun ist es so, wie es ist. Es ist vielleicht ein schwacher Trost, aber Sie haben ja keine Ahnung, wie anstrengend es ist, andere Leute zu hintergehen. Ich möchte wirklich um Verzeihung bitten.»

Die Türen hinter ihnen schoben sich zur Seite, und die hellblonde Frau kam mit einer Reisetasche auf Rollen im Schlepptau herein. Als sie die beiden erblickte, blieb sie unvermittelt stehen und sah unentschlossen in eine andere Richtung. Die Blicke, die Jonas ihr zuwarf, ließen den anderen folgen, sich ihr zuwenden. Der Mann, der Henrik hieß und soeben begriffen hatte, dass nichts so war, wie er geglaubt hatte, packte seine Tasche.

Jonas konnte der Frage nicht widerstehen.

«Ist das jemand, den Sie kennen?»

«Nein, ich muss jetzt gehen.»

Er schickte sich an, seinen Weg in das Terminal fortzusetzen, hatte ganz offensichtlich Angst, seine Reisebegleitung zu offenbaren. Jonas hielt ihn fest.

«Noch etwas, Henrik, sowohl Ihretwegen als auch um meinetwillen. Verraten Sie Eva bitte nicht, dass Sie Bescheid wissen. Sie hat mir gesagt, dass Sie bis Mittwoch verreisen, und ich möchte sie in den folgenden Tagen dazu überreden, es Ihnen selbst zu sagen, wenn Sie zurückkommen. Was soll ich noch tun? Ich hoffe, dass Sie trotz allem eine vergnügliche Reise haben. Bis dann.»

Mit den Worten drehte er sich um und überließ ihn seinem Schicksal.

Sein eigenes Schicksal kannte er bereits, und die Sehnsucht wurde mit jedem Schritt stärker, mit dem er sich ihm näherte.

Um das Warten zu ertragen, würde er sofort hinfahren und sich einen Blick auf sie gestatten.

ALS DIE TÜREN in der Götgatan 76 zur Seite glitten und sie hereinließen, war es Viertel nach neun. Durch das Glas im Windfang sah sie, dass das Foyer der Steuerbehörde bereits voller Menschen war, aber sie hatte es nicht eilig. Sie hatte drei Tage Zeit, um herauszufinden, was sie wissen musste, vor Mittwochabend würden sie nicht zurückkommen.

Sie war noch nie dort gewesen, aber wo sollte man die Personennummern von anderen Leuten erfahren, wenn nicht bei der Steuerbehörde? Sie bildete sich ein, dass es leichter wäre, wenn sie nur die Nummer hätte. Kerstins Enthüllung einer belastenden Erfahrung in Lindas Vergangenheit. Eine Information, die ebenso interessant wie nützlich sein könnte.

Ein weißer Anschlag klebte an der Glastür: «Bitte ziehen Sie eine Wartenummer entsprechend Ihrem Anliegen.»

Ihr Anliegen? Davon erzählte sie lieber nichts.

Es gab vier Möglichkeiten: Steuerfragen, Ausland, Meldewesen, Personenstandsurkunden.

Meldewesen klang gut, sie druckte eine Wartenummer aus und setzte sich auf einen der vielen Stühle. Es waren noch fünfzehn Personen vor ihr an der Reihe. Sie schaute sich um. Links von ihr standen vier Computer, und sie erhob sich, um sie näher in Augenschein zu nehmen. Vielleicht gab es hier eine Art von Selbstbedienung. Am besten wäre es gewesen, sie hätte mit gar niemandem sprechen müssen. Einer der Computer war frei, und sie zog den Stuhl heraus und setzte sich. Zu ihrer Linken saß ein Mann mittleren Alters in einem karierten Anzug mit offenem Hemd. Papiere lagen neben ihm auf der Tischplatte verstreut. Er schien mit den Abläufen vertraut zu sein.

«Entschuldigen Sie.»

Er hielt inne und sah sie an.

«Wenn ich einen Namen und eine Adresse habe, kann ich dann die Personennummer von jemandem herausfinden?»

Er nickte.

«Gehen Sie ins Basisregister. Über das Startmenü.»

«Danke.»

Sie befolgte seine Instruktionen, und ein Dialogfenster erschien.

Physische Frau. Physischer Mann. Rechtsperson.

Auch wenn physische Frau ihr widerstrebte, sah sie ein, dass sie unter dieser Kategorie würde suchen müssen. Sie trug Linda Persson und die Adresse ein, die sie von der Kindergartenliste abgeschrieben hatte: Duvnäsgatan 14, 116 34 Stockholm.

Der Computer suchte und fand einen Treffer.

740317-2402.

Juchhe! Während ihrer Liebesreise würden sie auch Geburtstag feiern.

Na, dann viel Vergnügen.

Sie notierte die Ziffern, klickte sich zurück ins Startmenü und setzte sich wieder auf ihren Stuhl, um zu warten.

«Ich möchte gern wissen, wo diese Person geboren ist. Vierundsiebzig, null drei, siebzehn, vierundzwanzig, null, zwei.»

Die Frau hinter der Scheibe klapperte auf ihrer Tastatur.

«Eine Linda Persson?»

«Ja.»

«Jönköping.»

Der Bildschirm war so aufgestellt, dass sie ihn nicht einsehen konnte.

«Was steht da noch?»

«Was möchten Sie wissen?»

«Kann man keinen Ausdruck bekommen?»

«Doch, natürlich.»

Ein Drucker, der neben der Frau stand, spuckte ein Blatt Papier aus. Eva nahm es durch die geöffnete Luke entgegen. Sie bedankte sich und erhob sich im Lesen.

740317-2402, W, Personenbild (6401 v3.34), Linda Ingrid Persson.

Eine Menge unbegreiflicher Abkürzungen und dann weitere Personennummern und Namen. Die biologische Mutter und der biologische Vater mit vollständigem Namen und Personennummer und dann noch jemand. 670724-3556, Hellström, Stefan Richard. Typ E.

Die Frau hinter der Scheibe hielt nach ihrem nächsten Besucher Ausschau, aber Eva kam ihm zuvor.

«Entschuldigen Sie, dass ich frage, was bedeutet Typ E?»

«Ehefrau oder Ehemann.»

Eine unergründliche Pause verstrich.

«Sie meinen also, dass diese Person hier verheiratet ist?»

Die Frau streckte auffordernd die Hand nach dem Bogen aus, den sie kurz zuvor ausgehändigt hatte, und las.

«Nein. Zivilstand G, geschieden seit 2001.»

Sie nahm die Information auf, versuchte zu entscheiden, was sie bedeutete, ob sie irgendeine nützliche Möglichkeit in sich barg. Wie eine einzige große Familie waren sie miteinander verbunden, ob die Beteiligten es sich nun ausgesucht hatten oder nicht, einige geschieden, einige noch immer verheiratet.

«Kann ich von dieser Personennummer auch einen Ausdruck bekommen? Siebenundsechzig, null sieben, vierundzwanzig, fünfunddreißig, sechsundfünfzig?»

Die Frau drückte eine Taste, und ein neues Papier wurde überreicht. Ohne zu lesen, ging sie auf den Ausgang zu.

Auf dem Weg durch die automatischen Türen befand sie, dass sie mit der investierten Zeit eine gute Ausbeute erzielt hatte.

Sie machte sich eine Tasse Kaffee und schäumte sogar warme Milch auf, bevor sie sich an den Schreibtisch in seinem Arbeitszimmer setzte. Er hatte ordentlich hinter sich aufgeräumt, kein Blatt Papier lag mehr da. Sie fand ein paar Zettel mit niedergekritzelten Telefonnummern, aber da er sie ihr so großzügig überließ, waren sie nutzlos.

Im Übrigen brauchte sie seine Hilfe nicht mehr.

Sie faltete den Bogen mit den Angaben zu Lindas Exmann auseinander. Wohnadresse in Varberg. Die Namen und Personennummern der biologischen Eltern, der Vater hatte ein V und ein neues Datum hinter seiner Personennummer. Sie zog das beiliegende Blatt mit den Abkürzungserläuterungen heraus, und begriff, dass das «verstorben» bedeutete. Unter den Eltern stand Lindas Name, E für Ehefrau und dasselbe Scheidungsdatum wie auf ihrem Ausdruck. Und unter ihr Hellström, Johanna Rebecca. 930428-0318. V 010715.

Ein verstorbenes Kind. Die Scheidung nur wenige Monate später. Kurz bevor sie sich scheiden ließen, hatte Lindas Exmann ein Kind verloren.

Sie stand auf, ihr war nicht wohl. Wieder der Druck in der Brust. Wie immer hatten die Schuldgefühle gegenüber Axel ihn herbeigeführt. Die Gedanken an ihre Unfähigkeit, ihm einen guten Start ins Leben zu bereiten. Wenn Axel jemals etwas passierte? Wie war es dann noch möglich zu überleben? Sie hatte sich hin und wieder gefragt, ob überhaupt jemand es wagen würde, ein Kind in die Welt zu setzen, wenn er vorher vollständig begriffen hätte, was das wirklich bedeutete. Das Aller-, Allerbeste zu wollen und immer das Gefühl zu haben, zu wenig zu tun.

Dass neben der bedingungslosen Liebe Sorgen und ein schlechtes Gewissen zu ständigen Begleitern werden würden. Sie war dankbar, dass sie es nicht gewusst hatte. Axel war das Größte in ihrem Leben, seine Geburt hatte alles verändert, hatte dem Leben neue Prioritäten verliehen. Nie mehr sich selbst an die erste Stelle setzen zu wollen, immer bereit zu sein, sich unterzuordnen. Genau das hatte er sie gelehrt. Und trotzdem verbrachte sie die meisten Stunden des Tages nicht in seiner Nähe, sondern woanders, und das, obwohl sie bereits in diesen sechs Jahren begriffen hatte, wie schnell die Zeit verging. Und nun gedachte Henrik ihr auch noch die Hälfte von dem zu nehmen, was ihr geblieben war. Wollte sie zwingen, eine Jede-zweite-Woche-Mama zu werden, ohne dass sie die Möglichkeit hatte, sich zu entscheiden.

Sie ging in die Küche, trank einen Schluck Wasser und setzte sich dann wieder vor den Computer. Sie wählte sich ins Internet ein und klickte Google an. Gab Lindas Namen ein und bekam 130 Treffer, übersprang alle Doktoranden des geodätischen Instituts und andere Homepages, die definitiv nichts mit der Linda zu tun hatten, auf die sie aus war, musste aber schließlich aufgeben. Sie fügte +Varberg hinzu, was ihr Informationen über die Ergebnisse der 2. Liga im Damenfußball und ein komplettes Personalverzeichnis von Svenska Kommunförbund einbrachte, nichts davon erschien ihr besonders weltbewegend. +Jonköping ergab ähnlich uninteressante Angaben. Der Name ihres Exmannes führte zu ein paar Treffern von Orientierungslauftabellen und einem Treffer bei einer Autoverleihfirma in Skellefteå, was sie ebenfalls nicht gerade enthusiastisch stimmte.

Sie nahm ihre Kaffeetasse und ging ins Wohnzimmer,

schaute durch das große Fenster in den Garten. Wie würde es sein, hier mit Axel zurückzubleiben? Würde sie es schaffen, sich allein um alles zu kümmern? Und dann die nächste Frage, eher wie eine Erkenntnis. Würde es überhaupt einen Unterschied machen?

Aus den Augenwinkeln sah sie, wie sich in der Ecke des Grundstücks etwas bewegte, dort, wo der Gemeindewald begann. Die Rehe wurden tatsächlich immer dreister. Bald würde sie wahrscheinlich die Tür abschließen müssen, damit sie nicht auch noch ins Haus kamen.

Auf dem Rückweg ging sie am Geschirrspüler vorbei und stellte ihre leere Tasse hinein, dann setzte sie sich wieder an den Computer. Las noch einmal die Namen auf den beiden Ausdrucken von der Steuerbehörde.

Hellström, Johanna Rebecca.

Acht Jahre und drei Monate alt war sie geworden.

Sie hatte eine Idee und gab den Namen und +Varberg bei Google ein.

Ein Treffer.

Aftonbladet-Nachrichten – Vater klagt Exfrau wegen Tod der Tochter an.

Sie hob den Blick und starrte aus dem Fenster.

Dann wandte sie sich wieder dem Bildschirm zu und klickte den Artikel an.

Ein Bild von einem Grabstein und davor der Rücken eines Mannes.

Unsere geliebte Tochter Rebecca Hellström * 1993 † 2001.

Und die Bildunterschrift: «Sie lügt.» Der Vater der ertrunkenen Rebecca Hellström ist unendlich traurig und verbittert. «Ich weiß, dass das Unglück hätte verhindert werden können.»

VARBERG – Der Gerichtssaal im Amtsgericht Varberg ist bis zum letzten Platz besetzt. Viele Anwesende kennen die 27-Jährige, die auf der Anklagebank sitzt, weil sie vor sieben Monaten den Tod ihrer 8-jährigen Stieftochter verschuldet haben soll. Sie überlegt lange, bevor sie mit leiser Stimme die Fragen des Oberstaatsanwalts beantwortet, und wird mehrfach gebeten, ihre schwer verständlichen Antworten zu wiederholen. Während der gesamten Verhandlung hält sie den Kopf gesenkt und vermeidet es, den Mann an der Seite des Staatsanwalts anzusehen, der bis vor fünf Monaten ihr Ehemann war, sie nun aber beschuldigt, den Tod seiner Tochter Rebecca verursacht zu haben. Neben ihm sitzt die Mutter des Mädchens, und mehrmals an diesem Tag fassen die beiden sich an den Händen, um einander Trost zu spenden.

Das Unglück geschah im Juli. Die Angeklagte und Rebecca, die abwechselnd bei ihrem Vater und ihrer Mutter wohnte, hatten sich zu einem Badeausflug an den kleineren Strand von Apelvikens Meeresbad aufgemacht. Die Frau blieb am Ufer, während die 8-Jährige, die laut ihren Eltern 5 bis 15 Meter schwimmen kann, baden wollte. Die Angeklagte gibt an, das Mädchen wie immer aufgefordert zu haben, nicht «weiter als bis zum Bauch» ins Wasser zu gehen, und nachdem sie die Badestelle bereits des Öfteren besucht hatten, habe das Mädchen gewusst, wie es sich zu verhalten habe. Sie versichert immer wieder, das Mädchen die ganze Zeit beaufsichtigt zu haben, was ihr geschiedener Ehemann bestreitet. «Sie lügt. Ich habe mehrfach ihr Mobiltelefon angerufen, aber es war immer besetzt. Außerdem ist sie laut Aussagen von Zeugen einmal zum Auto gegangen, um etwas zu holen.»

Der Staatsanwalt liest einen Auszug aus der Anrufliste des Mobilfunkanbieters der Angeklagten vor, der die Richtigkeit der Aussage des Mannes beweist. Die Anwältin der Frau, Julia Bäckström, bringt vor, die Angeklagte hätte das Kind beaufsichtigen können, obwohl sie telefonierte, und die ungewöhnlich starken Unterströmungen, die am Unglückstag vorkamen, seien für sie nicht vorhersehbar gewesen. Außerdem sei das Auto so geparkt gewesen, dass die Frau das Kind auch von dort im Blick habe behalten können. Die Angeklagte beschreibt, wie das Mädchen plötzlich unter der Wasseroberfläche verschwand und sie selbst durch die von ihr als solche erlebte starke Strömung abwechselnd rannte und schwamm. Alle Wiederbelebungsversuche waren vergeblich.

«Es war ein reines Unglück», versichert die Frau mit leiser Stimme.

Auch Staatsanwalt Torsten Vikner glaubt nicht, dass die 27-jährige Frau die Absicht hatte, das Kind in Gefahr zu bringen. Aber für den Tatbestand fahrlässige Tötung ist keine Tötungsabsicht nötig.

«Das Mädchen starb aufgrund der Unachtsamkeit der Angeklagten», meint der Staatsanwalt und kommt immer wieder auf die Telefonate der Frau zurück.

«Das Kind war weit draußen im Wasser, und die Frau saß am Ufer und unterhielt sich.»

Die Anklage gegen die 27-Jährige hat Varberg im vergangenen halben Jahr in zwei Lager gespalten. Die eine Seite, bestehend aus Kollegen und Eltern der Kindertagesstätte, in der die Frau beschäftigt ist, beteuert das Pflichtgefühl der Frau und ihr gutes Händchen mit Kindern, während die andere eine Schmutzkampagne betrieben hat, die am ehesten mit einer Hetzjagd zu vergleichen ist. Vor allem die Gerüchte, die die Telefonate der Frau betreffen, waren ihrer Anwältin zufolge schmerzhaft. Die Urteilsverkündung findet am Donnerstag statt.

Sie hob den Blick und sah wieder aus dem Fenster. Blieb so sitzen und versuchte, das Gefühl zu identifizieren, das sie empfand. Sie hatte gefunden, wonach sie suchte, nein, sogar mehr als das, aber anstatt zu jubeln, war sie für einen kurzen Augenblick in der Lage, einen Schritt aus dem ganzen Dunkel in ihr hinauszutreten und sich selbst dort vor dem Computer sitzen zu sehen. Als ob eine Überlebende aus dem tiefsten Innern der alten Eva sich Gehör verschaffen wollte, sie zu warnen versuchte.

Überleg genau, was du tust.

Wie man sich bettet, so liegt man.

Sie stand auf und ging in die Küche hinaus, öffnete den Kühlschrank und schloss ihn wieder, ohne sich daran erinnern zu können, was sie gesucht hatte.

Dann griff sie nach dem schnurlosen Telefon, das auf der Küchenbank lag, und rief die Auskunft an.

«Ich suche die Nummer des Amtsgerichts Varberg. Bitte verbinden Sie mich.»

Das Geräusch einer klickenden Tastatur und dann das Klingeln.

«Amtsgericht Varberg. Marie-Louise Johannesson.»

«Hallo, ich heiße Eva. Ich würde gern wissen, welches Urteil bei einem Ihrer Prozesse im November 2001 gesprochen wurde.»

«Welches Aktenzeichen?»

«Das weiß ich nicht.»

«Ich brauche es, um das Urteil zu finden.»

«Wie kann ich es herausfinden?»

«Was für ein Prozess war es denn?»

«Ein Unglücksfall. Ein achtjähriges Mädchen ist ertrunken, und die Angeklagte war mit dem Vater verheiratet.»

«Ach so. Ein Freispruch, das Urteil kann ich ohne Aktenzeichen heraussuchen.»

«Nicht nötig. Sie wurde also freigesprochen?»

«Ja.»

«Vielen Dank.»

Sie legte das Telefon auf die Bank und öffnete noch einmal den Kühlschrank, ohne zu wissen, warum, schloss ihn wieder und begegnete Axels Blick auf dem Foto, das mit einem seiner Salzteigmagneten an der Kühlschranktür befestigt war. Sie erinnerte sich, dass er gesagt hatte, er solle einen Dinosaurier darstellen, und dann tat er das wohl.

Blaue, unschuldige Augen, die alles glaubten, was sie sahen.

Überzeugt davon, dass alle Menschen gut waren, im ungebrochenen Vertrauen, dass sie meinten, was sie sagten. Wie seine geliebte Kindergärtnerin zum Beispiel. Auf die er blind vertraut hatte, die so um sein tägliches Wohl und Weh besorgt war und dennoch gerade seine Welt zum Einstürzen brachte.

Die Wahrscheinlichkeit, dass Henrik in diesem Moment den Plan schmiedete, sie zu Axels neuer Teilzeitmama zu machen, setzte der kritischen Selbstbetrachtung, die sie in den letzten Minuten überkommen hatte, ein jähes Ende. Nie im Leben! Nicht genug damit, dass er sie, ohne sie zu fragen, um Axels halbe Kindheit berauben wollte, zu allem Überfluss sollte sie auch noch dazu gezwungen werden, Axel jede zweite Woche mit einer wie der unter einem Dach wohnen zu lassen. Niemals! Falls Henrik beabsichtigte, mit ihr zusammenzuleben, wollte sie bei Gott dafür sorgen, dass sie das alleinige Sorgerecht erhielt.

Gab es überhaupt Eltern, die ihr Kind in die Obhut eines solchen Menschen geben wollten? Wie angemessen fanden die anderen Eltern eine Kindergärtnerin, die angeklagt worden war, den Tod einer Achtjährigen verschuldet zu haben, weil sie lieber telefonierte? Sie merkte, dass dies ein Gedanke war, den zu verfolgen sich lohnte.

Den Blick fest auf Axels Augen gerichtet, fasste sie ihren Entschluss.

Traf ihre Wahl.

Sie musste nur Lindas Namen ganz oben auf das Blatt Papier schreiben, nachdem sie den Artikel ausgedruckt hatte. Dann steckte sie ihn in einen anonymen Umschlag, sah auf die Kindergartenliste und adressierte ihn an Simons ohnehin aufgebrachte Mutter.

EIN JAHR.

Allein der Gedanke war ein Faustschlag in die Magengrube. Mit jeder Wiederholung drang seine Konsequenz tiefer ein. Während des Sommerurlaubs, als sie nach Italien gefahren waren. Während all der gemeinsamen Abendessen mit ihren Freunden. Als er sie auf die Geschäftsreise nach London begleitete und sie miteinander schliefen. Dieser verfluchte Kerl war vorher und nachher dabei gewesen. Ließ ihn wie einen Stümper dastehen, der seine Sache nicht gut genug machte. Mittelmaß, das problemlos ausgetauscht und durch irgendeinen dahergelaufenen Typen ersetzt werden konnte.

Er saß auf der an der Wand befestigten Sitzbank und schaute durch die Luke der Luxuskabine. Der Landungssteg von Nyckelviken, und am Horizont türmten sich Nicke und Nocke auf wie zwei unumstößliche Ausrufezeichen über allem, was sein Zuhause war.

Seine Reisetasche stand ungeöffnet auf dem Fußboden. Aus dem Bad konnte er ihre Bewegungen hören, wie ihre Hand in regelmäßigen Abständen zwischen all den Dingen wühlte, die sich in einem Necessaire befinden können.

Ein Jahr.

Ich liebe Ihre Frau, und sie liebt mich.

Die Badezimmertür wurde geöffnet, und sie blieb erwartungsvoll auf der Schwelle stehen. Er registrierte, dass sie einen dünnen, hellgelben Morgenmantel trug und ihre Haare zu einer Frisur aufgesteckt waren, die er noch nie an ihr gesehen hatte.

Er wandte sich wieder der Aussicht zu.

Wir haben mehrfach versucht, die Geschichte zu beenden, aber wir können einfach nicht ohne einander leben.

Aus den Augenwinkeln sah er, dass sie zu ihrer geöffneten Reisetasche auf dem Bett ging.

«Hast du angerufen und gefragt, ob wir mehr Handtücher bekommen können?»

Ihr Ton war kurz und verärgert.

Er drehte den Kopf und sah sie an.

«Nein.»

Es war keine bewusste Entscheidung gewesen. Klar, als sie hereingekommen waren, hatten sie beide festgestellt, dass es nicht genug Handtücher gab, aber aus tief verwurzelter Gewohnheit hatte er auf ihre Initiative gewartet. Sie würde schon anrufen und sich darum kümmern.

So wie immer.

Zum ersten Mal wurde ihm mit unmissverständlicher Schärfe bewusst, wie sehr ihn die vielen Jahre mit Eva geprägt hatten. Wie geruhsam es gewesen war, sich hinter ihrer Betriebsamkeit zu verstecken. Und mit einem Mal ging ihm auf, wie lähmend und bedrohlich der Gedanke war, loslassen und alles Gewohnte hinter sich lassen zu müssen. Wer war er denn ohne all das?

«Und hast du es vor?»

Die Bissigkeit ihrer Stimme holte ihn in die Wirklichkeit zurück.

«Was?»

«Nach Handtüchern fragen. Oder soll ich es selbst machen?»

«Nein, wenn du willst, kann ich da anrufen.»

Er stützte seine Hände auf die Oberschenkel, als er aufstand, ging zu dem kleinen Schreibtisch und begann, achtlos in einer der Broschüren der Reederei zu blättern.

Vollendet, in jeder Hinsicht. Sie wissen ja, was ich meine.

Dieses Schwein.

Er legte die Broschüre wieder weg, wusste nicht mehr, wonach er gesucht hatte, und wandte sich erneut der Kabinenluke zu. Nicke und Nocke waren aus dem Ausschnitt verschwunden, den das Panzerglas gewährte. Er schloss die Augen und versuchte, das Bedürfnis zu überwinden, hinaus an Deck zu gehen und unter freiem Himmel nachzuschauen, ob sie immer noch in Sichtweite waren.

Als er sich umdrehte, hatte sie ihre Tasche auf den Boden gestellt und saß zusammengekauert auf dem Bett und lehnte sich gegen das Holzfurnier des Bettgestells. Unter dem dünnen Seidenmantel zeichneten sich deutlich ihre Brustwarzen ab und offenbarten, dass sie ihre Unterwäsche ausgezogen hatte. Sie hielt ein Faltblatt des Tax-Free-Shops in der Hand, aber er sah, dass sie nicht las, sondern nur den Blick darauf gerichtet hatte, um zu unterstreichen, wie enttäuscht sie über seine mangelnde Aufmerksamkeit war.

Auf einmal begriff er, was von ihm erwartet wurde, aber auch, dass es vollkommen unmöglich war. All die Lust, die ihn vor wenigen Stunden beinahe in den Wahnsinn getrieben hätte, rann aus ihm hinaus wie Petroleum aus einer lecken-den Kanne. Was noch entzündet werden konnte, lag hinter den Türen des Viking Line-Terminals am Stadsgården auf dem Fußboden. Wie, zum Teufel, sollte er es ertragen, einen Tag lang auf offener See eingesperrt zu sein? Ganz zu schweigen von dem Hotelbesuch im pittoresken Nådendal, der zu ihrer romantischen Kreuzfahrt gehörte. Scherzhaft hatte sie bereits beim Betreten der Kabine zwei frische Päck-chen Kondome hochgehalten. Schlimmer ging's nicht.

Sie war darauf eingestellt, dass sie beide alle wichtigen Entscheidungen treffen, Zukunftspläne, ja, endlich Nägel mit Köpfen machen würden.

Und er hatte plötzlich erfahren, dass er gar nichts wusste. Nicht einmal, zwischen welchen Alternativen er wählen konnte.

Mit einer hastigen Bewegung legte sie das Faltblatt beisei-te und verschränkte die Arme vor ihrer Brust.

«Fühlst du dich nicht wohl?»

Der Tonfall bewies klar und deutlich, dass es sich nicht um eine umsichtige Frage, sondern um einen Vorwurf handelte.

«Doch, mir geht es gut.»

«Gut?»

Wie ein Hieb, die Säure war nicht verflogen.

«Was ist dann los? Ich dachte, wir wollten es uns während der Abfahrt ein bisschen nett machen.»

Gereizt strich sie sich die blonde Strähne hinters Ohr, die

nicht hochgesteckt worden war, und verschränkte wieder die Arme. Ihre Bewegungen verschoben den seidenen Stoff und machten den Spalt zwischen ihren Brüsten sichtbar. Er stellte fest, dass selbst das nichts half. Aber plötzlich nicht mehr mit ihr über seine Gefühle sprechen zu können war noch unerträglicher. Mit ihr hatte er all seine Gedanken geteilt. Sie war seine Freistatt von der Traurigkeit gewesen. Das Wohlbehagen. Die Erregung. Nur sie beide, entlang an endlosen Gesprächen mit ständig neuen unerforschten Abzweigungen. Immer gelang es ihr, ihn froh und das Leben lebenswert zu machen. Das Lachen, das so leicht zu finden gewesen war, ihre Hand, die ihn sanft und unerwartet dort berührte, wo er es am wenigsten erwartete, die ihn hatte berühren *wollen*.

So wie Eva es nie gewollt hatte.

So viele abgestorbene Triebe und Bedürfnisse hatte sie befriedigt, als sie in sein Leben gestürmt war. Wie ein ausgetrockneter Schwamm hatte er ihre Aufmerksamkeit aufgesaugt.

Wo und wann hatten er und Eva begonnen zu vergessen? Hatten sie aufgehört, sich Mühe zu geben, und das vernachlässigt, was sie verband? Irgendwann musste Eva alles gewesen sein, was er nun in Linda zu finden glaubte. Oder nicht? Hatte er jemals das Gleiche für sie empfunden? Und wann war in dem Fall der Augenblick verstrichen, als sie den Wendepunkt passierten, die Umkehr unmöglich wurde und der Weg in die Gleichgültigkeit begann? War er denn da schon angekommen? Und wenn ja, wieso war es so unerträglich, sie sich mit einem anderen Mann vorzustellen? War er im Grunde nur geflohen? Vor der Enttäuschung, dass sie ihn vielleicht nie ganz und gar geliebt hatte, nie von Entsetzen gepackt worden war bei dem Gedanken, ihn zu verlieren?

Dass sie nur aus Pflicht und Rücksichtnahme mit ihm weitergelebt hatte? Der Gedanke zerriss ihn. Verzweifelt versuchte er, Zorn aufzubieten, hinter dem er sich verschanzen konnte, aber er fand in seinem Innern nichts als Panik darüber, dass alles in Aufruhr war und über ihm zusammenzubrechen drohte. Er sah Linda an und wünschte plötzlich, sie würde ihn in den Arm nehmen, verstehen, wie weh es tat, betrogen worden zu sein, wie viel Angst er hatte. Mehr als alles andere brauchte er in diesem Augenblick ihr Mitleid.

Mit einem tiefen Seufzen sank er wieder auf die Sitzbank.

«Eva hat einen anderen.»

Ihre Arme, die so verkrampft über der Brust gekreuzt gewesen waren, fielen in ihren Schoß, als wären sie plötzlich aus einer quälenden Zwangsjacke befreit worden. Der missgelaunte Gesichtsausdruck löste sich mit einem einzigen Atemzug.

«Das ist doch perfekt, Henrik, das löst alle unsere Probleme!»

Zuerst hörte er nicht, was sie sagte, doch, die Worte hörte er, aber ihr Sinn war ihm vollkommen unverständlich.

Ihr Gesicht strahlte aufrichtige Freude aus. Als hätte sie gerade ein Paket geöffnet und das gefunden, was sie sich immer gewünscht, aber nie zu bekommen gehofft hatte.

«Na, dann ist ja endlich Schluss mit der Heimlichtuerei. Wenn sie bereits einen anderen hat, kriegt ja jeder, was er will.»

«Offenbar geht das schon seit einem Jahr.»

Es war augenscheinlich fast zu schön, um wahr zu sein. Sie strahlte reines Glück aus, als sie die ganze Situation mit wenigen Sätzen klärte.

«Unglaublich. Und du hattest solche Schuldgefühle wegen Axel und weil du die Familie kaputtmachst. Begreifst du nicht, was das bedeutet? Sie ist diejenige, und nicht du, die für die Scheidung verantwortlich ist. Sie war dir ja schon untreu, bevor wir uns kennen gelernt haben.»

Zum Abschluss ein Lobgesang auf die ganze Herrlichkeit des Lebens: «Du bist endlich frei!»

Plötzlich wurde ihm klar, dass sie niemals verstehen würde.

Und dass er es ihr niemals würde erklären können.

Es gab einen anderen Mann, der ihn von seinem Platz gestoßen hatte. Einen Mann, den Eva ihm vorzog, den sie attraktiver, spannender, intelligenter, würdiger fand.

Besser.

Ein Mann, der ein ganzes Jahr lang gewusst hatte, dass er ihm überlegen war, der Dinge über ihn gehört hatte, die ihm allesamt zum Nachteil gereichten, der arme Henrik, der nicht gut genug war, der nicht mehr zu bieten hatte. Er war hinters Licht geführt worden. Das feige Schwein war in den Kulissen seines Lebens umhergeschlichen, ohne sich zu zeigen, hatte aber die gesamte Zeit den Überblick und die Kontrolle über sein Leben besessen. Hatte hin und wieder ein wenig an den Fäden gezogen, während er selbst wie ein Idiot herumgerannt war und sich vor aller Welt erniedrigt hatte.

Die plötzliche Wut zwang ihn aufzustehen.

«Begreifst du denn nicht, was ich sage? Hier geht es doch nicht um Schuldgefühle, verdammt nochmal. Sie hat mich ein ganzes beschissenes Jahr lang hintergangen. Ein ganzes Jahr! Hat mit irgendeinem dämlichen Fünfundzwanzigjährigen gefickt und sich nichts anmerken lassen.»

Sein unerwarteter Gefühlsausbruch ließ sie vor Erstaunen verstummen, und die Pause bot ihm genug Zeit, seine Worte zu bereuen. Ein Konflikt war das Letzte, wozu er jetzt die Nerven hatte.

Wozu er jetzt den Mut hatte.

Mit einer wütenden Bewegung raffte sie ihren Mantel am Hals zusammen.

«Und du? Was hast du in den letzten sieben Monaten gemacht?»

Ja. Wie sollte er antworten? Wenn er ganz ehrlich war, wusste er es nicht mehr.

«Einen kleinen Unterschied gibt es natürlich. Zumindest bin ich eine dämliche Neunundzwanzigjährige.»

Er sank wieder zurück auf die Bank.

«Hör auf.»

«Was soll ich denn deiner Meinung nach sagen?»

Er hatte keine Ahnung. Darum schwieg er. Ließ die mahlenden dumpfen Motorgeräusche aus dem Maschinenraum des Schiffes mit seiner Verwirrung verschmelzen.

«Willst du etwa, dass ich dich tröste?»

Ich liebe Ihre Frau, und sie liebt mich.

«Es tut mir sehr Leid, aber dazu habe ich nicht die geringste Lust. Ehrlich gesagt verstehe ich auch nicht, warum es einen Grund dazu geben sollte, jedenfalls nicht, wenn du mich nicht die gesamte Zeit über angelogen hast.»

Sie stieg vom Bett und zog sich einen Pulli aus ihrer Reisetasche über. Hastige, affektierte Bewegungen, als wollte sie genauso schnell von dort verschwinden wie er. Als sie zum Bad ging, sah er, wie sie sich mit der Hand über die linke Wange strich. Sie hatte so sehr geglaubt und gehofft. Und er hatte so sehr gewollt und so viel versprochen. Eine Welle von Zärtlichkeit durchfuhr ihn. Er wollte nichts weniger als ihr wehtun, sie hatte mehr als jeder andere ein bisschen Glück verdient nach alldem, was sie durchgemacht hatte, aber zu seinem eigenen Erstaunen stellte er fest, dass er für ihre Träume noch nicht bereit war.

Vor der Tür zum Bad blieb sie stehen, sah ihn aber nicht an.

«Ich nehme heute Abend die Fähre zurück von Åbo.»

Dann trat sie über die Schwelle, zog die Tür hinter sich zu und schloss sorgfältig ab.

IM KINDERGARTEN war nichts von der sonntäglichen Versammlung zu spüren. Kerstin, die nach Kräften dafür gesorgt hatte, dass alles so war wie immer, hielt Eva auf ihrem Weg zur Tür auf, um sich noch einmal überschwänglich für ihr Engagement zu bedanken, es sei ihr gelungen, die aufgewühlten Gefühle zu dämpfen, und damit habe sie ein Ausarten des Treffens verhindert. Eva hatte verlegen gelächelt und versichert, sie habe nur getan, was ihr recht und billig erschienen wäre.

Axel saß auf dem Rücksitz. Sie hatte ihren Eltern nicht gesagt, warum sie vorbeikommen wollte. Dass es nicht nur darum ging, Kaffee zu trinken. Hatte nicht verraten, dass ihr eigentliches Anliegen darin bestand, sich Geld zu leihen. Viel Geld. Der Gedanke, erzählen zu müssen, wie die Dinge lagen, dass Henrik auf bestem Wege war, sie wegen einer anderen Frau zu verlassen, erfüllte sie mit tiefer Scham.

«Mama, schau mal, was ich heute gekriegt habe.»

Sie warf einen Blick in den Rückspiegel und sah etwas Rotes und Braunes in Axels Hand aufblitzen.

«Oh, wie schön. Von wem hast du das?»

«Ich weiß nicht, wie der heißt.»

Wie sollte sie ihren Eltern jemals gestehen, dass Henrik sie nicht mehr wollte, ohne all die Illusionen zu zerstören, die sie sich über sie machten. Sie wusste, dass es die beiden genauso kränken würde wie sie. Vielleicht noch mehr. Sie wollte nichts weniger als ihre Eltern enttäuschen. Nicht nach allem, was sie für sie getan, was sie ihr mitgegeben hatten.

Und was sie selbst ihrem Sohn nicht würde geben können.

«Du weißt nicht, wie er heißt? Ist er in einer der anderen Gruppen?»

«Nein, er ist schon groß. Genauso groß wie du.»

Seltsam, dass Lindas Vertreter den Kindern Geschenke gab.

«Hat er heute im Kindergarten gearbeitet?»

«Nein, er stand vorm Zaun da beim Wald und hat nach mir gerufen, als ich geschaukelt habe, und dann hat er gesagt, dass er was Schönes für mich hat.»

Das Auto bremste, ohne dass ihr bewusst war, den Fuß auf das Pedal gestemmt zu haben. Sie fuhr an den Straßenrand, zog die Handbremse an und drehte sich zu ihm um.

«Zeig mal her!»

Er hielt ihr einen kleinen braunen Teddy mit einem roten Herz auf dem Bauch hin.

«Was hat er noch gesagt?»

«Nichts Besonderes. Er hat gesagt, dass ich gut schaukeln kann und dass er einen Spielplatz kennt, wo es ganz viele Schaukeln und eine ganz lange Rutsche gibt, und dass wir da mal hinfahren können, wenn ich will und du es erlaubst.»

Etwas Hartes spannte sich um ihren Brustkorb. Sie versuchte sich zu beherrschen, um nicht die Stimme zu erheben und ihn zu erschrecken.

«Axel, ich habe dir doch gesagt, dass du nicht mit Erwachsenen reden darfst, die du nicht kennst. Und du darfst auf keinen Fall etwas annehmen, was dir ein Erwachsener geben möchte.»

«Aber er wusste, wie ich heiße. Dann zählt das doch nicht, oder?»

Sie musste schlucken, tief durchatmen.

«Wie alt war er? War er wie Papa oder eher wie Opa?»

«So wie Papa vielleicht, aber nicht so alt.»

«Wie alt denn?»

«Vielleicht fünfundsiebzig.»

«Hat eine von den Kindergärtnerinnen gesehen, wie du mit ihm gesprochen hast?»

«Das weiß ich nicht.»

«Wie sah er aus?»

«Ich weiß nicht genau. Wieso klingst du so böse?»

Wie sollte sie das jemals erklären? Dass der Gedanke, ihm könnte etwas passieren, ihr den Atem nahm.

«Ich bin nicht böse. Ich mache mir nur Sorgen.»

«Aber er war doch nett. Warum darf ich nicht mit ihm reden?»

«Hast du ihn wieder erkannt? Hast du ihn schon einmal gesehen?»

«Glaub ich nicht. Aber er hat gesagt, er würde vielleicht wieder vorbeikommen.»

«Jetzt musst du mir gut zuhören, Axel. Wenn er noch einmal kommt, sollst du eine von den Kindergärtnerinnen holen, damit sie mit ihm reden kann. Versprichst du mir das? Du darfst auf keinen Fall noch einmal allein mit ihm reden.»

Er saß stumm da und pulte das Herz vom Bauch des Bären.

«Versprich mir das, Axel.»

«Ja.»

Sie nahm einen tiefen Atemzug und streckte sich nach ihrem Handy. Alle anderen Gedanken waren beiseite geschoben, nur der Instinkt, Henrik anzurufen und ihm zu berichten, was geschehen war. Und im nächsten Augenblick traf sie die Wirklichkeit, dass er auf einer heimlichen Liebesreise mit der Kindergärtnerin ihres gemeinsamen Sohnes war und Wichtigeres zu tun zu haben meinte, als sich Sorgen um diesen Sohn zu machen. Von nun an stand sie allein da, daran musste sie sich gewöhnen. Sie legte das Mobiltelefon wieder weg und beschloss, am Abend, wenn Axel eingeschlafen war, Kerstin anzurufen und zu bitten, in Zukunft besser aufzupassen. Falls sie sich überhaupt dazu durchringen konnte, Axel dorthin zu bringen, bevor man nicht den fremden Mann gefunden hatte, der Axel mit Namen kannte.

Das Problem löste sich, sobald sie ihren Eltern von dem Ereignis erzählt hatte. Sie boten an, dass Axel ein paar Tage bei ihnen bleiben dürfte. Bis sie sicher waren, dass der Mann nicht wiederkommen würde.

Sie saßen in der Küche, jeder hielt eine Kaffeetasse in der Hand, vor ihnen stand ein selbst gebackener Butterkuchen, und alles hätte genauso zeitlos und heimelig sein können wie immer, wenn sie ihr Elternhaus besuchte. Stattdessen saß sie mit klopfendem Herzen da, voller Schuld und Scham über ihre eigene Unvollkommenheit. Axel hatte sich an das alte ungestimmte Klavier im Wohnzimmer gesetzt, und sie hörten, wie er klimperte, wie er hartnäckig nach den richtigen Tönen für das Lied «Der Kuckuck und der Esel» suchte, das sie ihm mit Beharrlichkeit beizubringen versucht hatte.

Jetzt musste sie es ihnen erzählen, denn Axel konnte nicht mithören, was auf ihn zukam. Dass sein Papa ausziehen und nicht mehr zu Hause wohnen würde. Sie nahm immer wieder Anlauf, doch wo waren die Worte, ihre Niederlage einzugestehen? Dass sie verschmäht worden war. Verstoßen.

Aussortiert. Unerwünscht. Dass sie ihrem Mann nicht mehr gut genug war.

Je vollständiger «Der Kuckuck und der Esel» wurde, desto wortkarger wurde sie und wusste, dass die Zeit langsam, aber sicher verrann.

«Wie steht es denn überhaupt?»

Sie begegnete dem Blick ihrer Mutter, die gespürt haben musste, dass etwas nicht stimmte.

«So einigermaßen.»

Es entstand eine kurze Pause, in der ihre Eltern sich ansahen, dieser Blick, der ein vollkommenes Einverständnis ausdrückte, der alle Worte überflüssig machte, ein Blick, den sie auch gern ihr Leben lang mit jemandem geteilt hätte.

«Wir wollen uns ja nicht einmischen, aber wenn du etwas mit uns besprechen möchtest …»

Ihr Vater vollendete den Satz nicht und überließ ihr damit die Initiative. Sie spürte, wie ihre Hände zitterten, und fragte sich, ob es zu sehen war. Niemals hätte sie geglaubt, dass es einmal so schwer sein würde, die beiden um Hilfe zu bitten. Die Wahrheit zu sagen.

Sie schluckte.

«Es läuft wohl nicht so gut.»

«Nein, das haben wir gemerkt.»

Wieder wurde es still. Bald würden der Kuckuck und der Esel sich versöhnt haben, jede Sekunde war kostbar.

Mit einer ungeheuren Kraftanstrengung sprach sie die Worte aus.

«Henrik und ich werden uns scheiden lassen.»

Ihre Mutter und ihr Vater saßen vollkommen ruhig da, keine Reaktion war in ihren Gesichtern abzulesen. Ihr selbst fiel es schwer, sich auf ihrem Stuhl zu halten. Zum ersten Mal hatte sie den Worten Klang verliehen und ihnen erlaubt, von außen in sie einzudringen. Hatte sie in Stein geritzt und wie eine unwiderrufliche Tatsache hinaus ins Universum geschickt. Zum ersten Mal wurde ihr Inhalt greifbar, sie war eine von den Gescheiterten, die ihre Kinder zu Scheidungskindern machten.

«Dann sieht es also schlimm aus.»

Ihr Vater hatte eine Sorgenfalte auf der Stirn.

Seine Worte verwirrten sie. Warum waren sie nicht erstaunt? Was hatten sie gesehen, das sie nicht sehen konnte?

Ihre Mutter deutete ihre Reaktion wie gewöhnlich richtig, sie begann mit bekümmerter Stimme zu erklären.

«Ja, wir können wohl ehrlich sein. Wir haben uns schon von Anfang an gedacht, dass du und Henrik, dass ihr ein bisschen zu, wie soll man sagen, vielleicht zu unterschiedlich seid. Aber du warst dir so sicher und wolltest so gerne, was sollten wir also sagen, und mit welchem Recht hätten wir uns in die Sache einmischen dürfen, wenn du heiraten wolltest? Du hast ja immer getan, was du dir vorgenommen hast.»

Liebevoll legte sie eine Hand auf Evas und lächelte ein wenig.

«Wir haben ja gesehen, wie es bei euch lief, und schon befürchtet, du könntest diese Ehe auf die Dauer leid werden. Er würde deinen Ansprüchen nicht genügen, und wir wussten ja genau, dass du hohe Erwartungen hattest. Damit möchte ich nicht gesagt haben, dass wir besonders froh sind, Recht behalten zu haben.»

Sie zog ihre Hand zurück, aus Angst, ihre Mutter könnte bemerken, wie sehr sie zitterte. Ein einziges Chaos. Sie sah sich in der Küche um, ließ den Blick auf dem alten Glastablett an der Wand verweilen, das aus dem Haus ihrer Großmutter stammte. Generationen von strebsamen Paaren hatten ihr durch ihre Anstrengungen eine Chance gegeben und sie hierher geführt. Aus gutem Hause. Seit Generationen. Bis sie kam und mit ihrem Scheitern die Kette zerriss. Die große Verliererin, die ihrem Mann nicht gut genug war und ihren Sohn und den Rest der Kette prägen und ihr neue Bedeutungen mitgeben würde, die Liebe und Ehe betrafen. Etwas Trügerisches und Unzuverlässiges. Nicht wert, dass man darum kämpfte. Oder überhaupt daran glaubte.

Ihr Vater stellte mit einem vertrauten Klirren seine Kaffeetasse ab.

«Wie nimmt Henrik es auf? Für ihn muss diese Zeit sehr belastend sein.»

Sie sah ihre verstummte Mutter an. Und dann ihren Vater, der noch immer so stolz auf seine Tochter war, die selbst das Kommando über ihr Leben übernahm, die sich nicht mit weniger als dem Besten zufrieden gab, die so viel mehr verdient hatte.

Und ein Eisengitter fiel vor die Wahrheit.

«Doch. Es geht ihm ganz passabel.»

«Was habt ihr mit dem Haus vor?»

Überleg genau, was du sagst.

Gedämpft und kraftlos versuchte die Stimme aus ihrem Inneren sich ein letztes Mal Gehör zu verschaffen.

Wie man sich bettet, so liegt man.

Dann drehte sie den Kopf, schaute ihrem Vater in die Augen, und die Stimme der Eva, die es einmal gegeben hatte, gab auf und verstummte, um sie von nun an nie wieder zu warnen.

Und tief im Innern betete sie darum, ein einziges Mal in ihrem Leben jemanden zu finden, der ihr zur Seite stehen und sie lieben würde, jemand, an den sie sich anlehnen durfte, wenn sie selbst nicht mehr in der Lage war zu kämpfen.

«Ich möchte Henrik gern ausbezahlen und das Haus behalten. Dafür müsste ich mir Geld leihen.»

«WIDERLICH» WAR DAS Wort, das nach seinem Empfinden den Rest der Kreuzfahrt am besten beschrieben hätte, obwohl es sich dabei um eine Untertreibung handelte. Die Ostsee hatte glatt wie ein Spiegel dagelegen, aber die äußere Ruhe wurde zur Genüge von dem Orkan wettgemacht, der in ihn gefahren war. Der jedes einzelne Gefühl mit sich fortriss, das er fest verankert in einem endgültig gefassten Beschluss geglaubt hatte. Alles, was er gefühlt, gewollt, sich erträumt hatte. Alles war plötzlich ein einziger Wirrwarr, in dem sich nichts mehr dort befand, wo es hingehörte.

Während der längsten halben Stunde seines Lebens hatte sie eingeschlossen im Bad gesessen, bevor sie herausstürzte, rasend vor Wut ihre Sachen packte und ohne ein Wort die Tür der Luxuskabine hinter sich zuknallte.

Er selbst war sitzen geblieben, wo er saß, und hatte durch die Luke auf die immer spärlicheren Schären geschaut und beobachtet, wie Stockholm und sein Zuhause außer Reichweite verschwanden. Nach einigen Stunden war er hinuntergegangen zur Rezeption und hatte die Rückfahrt auf diesen Abend verlegt. Sie hatte dasselbe getan, wie er erfuhr. Er hatte jedoch keine Ahnung, wo sie sich während der verbleibenden Fahrt aufhielt.

In Åbo war er auf eine andere Fähre umgestiegen, und als wäre es eine Strafe, wurde ihm eine fensterlose Kabine auf dem unteren Deck unter der Wasseroberfläche zugeteilt, und darin hatte er seine Isolation fortgesetzt. Kurz nach Mitternacht wurde fordernd an die Kabinentür geklopft. Sie war betrunken, beschimpfte ihn wie eine Furie, benutzte alle hässlichen Wörter, die er jemals gehört hatte, und als er sich nicht verteidigte, ging ihr die Luft aus. Weinend sank sie auf dem Kabinenboden zusammen. Er war nicht in der Lage, sie zu trösten, ihm wollte um keinen Preis etwas einfallen, das er ihr hätte sagen können. Und als sie seine vollkommene Unfähigkeit erkannte, mit den Ereignissen umzugehen, wurde ihre Wut wieder zum Leben erweckt, mit einem neuen Schwall von Schimpfwörtern verschwand sie türenschlagend aus der Kabine und ließ ihn allein zwischen den engen Wänden zurück, von denen ihre Worte widerhallten. Ihm wurde klar, dass er jedes von ihnen verdient hatte, er blieb in ihrer Mitte sitzen und verbrachte die folgenden Stunden mit Selbstkritik, bis er es nicht mehr aushielt. Denn auch er war betrogen worden. Ein Richter hätte sich auf seine Seite stellen und die Strafe, die ihm für sein Verhalten gegenüber Linda gebührte, und das Mitleid, das er verdient hatte, weil Eva ihm so etwas antat, miteinander verrechnen müssen.

Alles wäre so viel einfacher gewesen, wenn es nur Schwarz und Weiß gegeben hätte. Der Balanceakt, zu dem er gezwungen sein würde. Der irrsinnige Wunsch, sie ohne eigene Schuld einfach anzuklagen, sie stumm zu machen vor schlechtem Gewissen und ihr jede Möglichkeit zu rauben, sich zu verteidigen. Sie zwingen, ihre Niedertracht zuzugeben, und ihr dadurch endlich die Macht entreißen. Ihr überlegen sein.

Stattdessen würde er untertänigst versuchen müssen, ihre Liebe zurückzugewinnen, sie zu erweichen, sie schmeichlerisch dazu zu überreden, bei ihm zu bleiben. Er würde seine Worte mit Bedacht wählen müssen und durfte ihr nicht die geringste Chance geben, ihr eigenes Vergehen zu schmälern, indem sie die Schuld auf ihn lud. Weil er keinen Deut besser gewesen war.

Wie viel einfacher wäre es gewesen, wenn er von Anfang an die Wahrheit gesagt hätte. Wenn er seine heimliche Liebe oder Leidenschaft oder was immer das war, was er fühlte oder gefühlt hatte, gestanden hätte. Dann hätten sie an dem Punkt beginnen können, den sie jetzt erreichen mussten, alle Karten offen auf dem Tisch. Nun war es zu spät. Nun würde das Geständnis, dass er gelogen hatte, ihn tief in den Erdboden stampfen, und von dort aus würde er ihr nie wieder ebenbürtig werden. Auch wenn sie ihm das Gleiche angetan hatte, würde ihre Wortgewalt in Kürze alles, was wahr und richtig war, auf ihre Seite ziehen.

Eva hatte etwas an sich, das ihn sich überflüssig fühlen ließ. Sie war so wahnsinnig stark. Es war, als hätten Widerstände eine entgegengesetzte Wirkung auf sie, verglichen mit dem, was sie mit anderen Menschen anstellten. Sie reagierte nicht normal. Widerstände waren für sie Grund und Triebkraft, noch stärker zu werden. Auf irgendeine unergründliche Weise gelang es ihr immer, eine Krise in eine Möglichkeit zu verwandeln. Und er stand stumm daneben und spürte, dass sie ihn nicht brauchte, dass sie alle Probleme auf eigene Faust löste, ohne Anspruch auf seine Hilfe zu erheben und seine Unterstützung zu benötigen. Stück für Stück hatte sie ihm die Verantwortung abgenommen, und am Ende hatte er selbst nicht mehr gewusst, was er konnte. Mein Gott, er durfte noch nicht einmal seine eigenen Fensterkuverts öffnen!

Mit Linda war alles anders gewesen. Sie hatte offen zugegeben, dass sie ihn brauchte, es war einfach phantastisch, sich unentbehrlich vorzukommen. Endlich hatte er sich gefühlt wie ein Mann. Ohne Umschweife hatte sie zugegeben, dass es Dinge gab, die sie nicht konnte oder beherrschte, und im Unterschied zu Eva schämte sie sich nicht dafür. Im Gegenteil, sie bediente sich dieser Dinge, um ihm näher zu kommen, um sie abhängiger voneinander zu machen, sie dienten dazu, eine notwendige Zweisamkeit zu schaffen. Und er hatte ihre Zusammengehörigkeit genossen. In seinen Tagträumen hatte er sich vorgestellt, wie anders das Leben mit ihr sein würde. Wie anders *er* sein würde. Nun begriff er, wie naiv er gewesen, wie einfach ihm alles erschienen war, solange es sich nur um Phantasien handelte. Er hatte gedacht, er könnte Eva aus seinem Leben und seiner Zukunft herausschneiden, wie eine alte Warze, gegen die man endlich etwas unternahm. Alles würde aufgeräumt und sauber und voller Möglichkeiten sein. Ein unbefleckter Neuanfang, der unbeeinflusst war von allem Vorangegangenen, allen Entscheidungen, die er einmal getroffen hatte. Nun begriff er mit vernichtender Deutlichkeit, dass es niemals so werden konnte, dass sie für immer zusammengehörten, ob sie wollten oder nicht. Die Entscheidungen, die er einmal getroffen hatte, würden ihn durchs ganze Leben begleiten, Axel war eine der Konsequenzen. Er hatte nur die Vorteile gesehen, hatte vergessen, sich Axel und Eva mit einem anderen Mann vorzustellen, einem Mann, der im Übrigen genauso viel Zeit mit Axel verbringen würde wie er selbst. Der den heranwachsenden Axel mitprägen würde. Nachdem er den Idioten gesehen hatte, um den es ging, war der Gedanke umso unerträglicher.

Aber unerträglich war auch der Gedanke, Linda zu verlieren.

Oder von Eva verlassen zu werden.

Oder nie von ihr geliebt worden zu sein.

Verfluchte Scheiße.

Er brauchte Zeit. Zeit, zu verstehen, was eigentlich geschah.

Was er eigentlich wollte.

Er stand auf und griff nach dem Kabinenschlüssel. Er musste sie suchen. Ob es aus Rücksicht war oder weil die Wände ihn zu ersticken drohten, wusste er nicht. Er bekam ihre Kabinennummer in der Rezeption, aber keine Antwort, als er anklopfte. An ihr Handy ging sie auch nicht. Systematisch durchforstete er die Bars und Restaurants des Schiffs. Was wollte er von ihr? Er wusste es nicht. Wusste nur, dass er mit ihr reden musste. Dass er einen Versuch unternehmen musste, es ihr verständlich zu machen. Sie befand sich in keiner der blinkenden Diskotheken und auch nicht in den von Karaokegebrüll erfüllten Bars. Vor einem großen Panoramafenster blieb er stehen, er hatte die Orientierung verloren. In der pechschwarzen Dunkelheit hinter der Scheibe war nicht einmal die Fahrtrichtung zu erkennen, ob er in der Nähe des Bugs oder des Hecks war. Er fand einen Übersichtsplan und ging zurück zu ihrer Kabine. Diesmal öffnete sie, blinzelte ins scharfe Licht auf dem Gang. Sagte kein Wort. Ließ nur die Tür offen stehen und trat zurück in das dunkle Innere. Er atmete tief durch, bevor er ihr folgte, wusste noch immer nicht, was er sagen wollte. Dann schloss er die Tür hinter sich und blieb im Dunkeln stehen.

«Mach nicht das Licht an.»

Er hörte ihre Stimme einige Meter entfernt und zog die Hand zurück, die automatisch die Wand nach einem Lichtschalter abgesucht hatte.

«Ich sehe nichts.»

Sie antwortete nicht. Er hörte, wie ein Glas auf einen Tisch gestellt wurde. Ein schwacher Lichtschein von der Luke begann sich in der Dunkelheit abzuzeichnen, und kurz drauf erschienen die Konturen eines Stuhls. Er blieb stehen, um seine Augen noch ein wenig zu gewöhnen. Wollte nicht riskieren, über irgendetwas zu stolpern. Ihm musste unbedingt etwas zu sagen einfallen.

«Wie geht es dir?»

Auch diesmal antwortete sie nicht.

Lange stand er schweigend da. Er hatte die Initiative übernommen, aber er wusste nicht, mit welchen Worten er es ihr erklären sollte.

«Hast du etwas zu trinken?»

«Nein.»

Er hörte sie wieder nach dem Glas greifen und ein paar Schlucke trinken.

Das hier würde alles andere als einfach werden.

«Linda, ich ...»

Er hatte jetzt Herzklopfen. Er fühlte so viel, und nichts davon konnte er erklären. Sie war doch sein engster Freund gewesen. Sie hatte ihn so gut verstanden. Mit ihr ging es ihm so gut. Sie hatte ihm den Mut verliehen, mutig zu sein.

Er hörte, wie sie ihre Position änderte. Vielleicht setzte sie sich auf.

«Was willst du?»

Drei Worte.

Jedes für sich allein oder in einem anderen Zusammenhang vollkommen ungefährlich. Ganz ohne innewohnende Schwere. Bloß die Frage, was er wollte. Wie er leben wollte.

In diesem Augenblick stellten sie einen Angriff auf sein gesamtes Dasein dar. Nun musste er die Entscheidung treffen, mit der er bis ans Ende seiner Tage zu leben haben würde. Die ihn in die Zukunft führen würde, die er aus freiem Willen, hier und jetzt, wählen konnte. Jetzt war die Gelegenheit. Oder nicht? Genau das wusste er nicht mehr, hatte er überhaupt eine Wahl? Es machte das Ganze so schwierig. Dass er nichts mehr wusste. Vielleicht war dies hier seine einzige Alternative? Vielleicht war die Entscheidung schon gefällt worden, über seinen Kopf hinweg.

Von Eva.

Wieder einmal.

Scheiße.

Linda musste doch begreifen, dass sich alles verändert hatte. Dass das Ganze nicht mehr so einfach war. Sie konnte nicht von ihm verlangen, dass er eine so wichtige Entscheidung traf, ohne dass er darüber nachdenken oder herausfinden durfte, wie die Dinge lagen.

«Wenn du sowieso nichts zu sagen hast, gehst du besser.»

In ihrer Stimme war eine Kälte, die ihm Angst machte. Er war dabei, alles zu verlieren. Sowohl als auch. Das, was er besaß, und das, was er sich erträumt hatte. Was sollte er dann machen? Wenn er allein zurückblieb?

«Bitte, können wir nicht das Licht anmachen, damit ich dich sehe?»

«Warum willst du mich sehen? Du willst mich ja doch nicht haben.»

Er spürte seine Wut aufsteigen. Meine Güte, war sie bedauernswert! Da lag sie und konnte einem Leid tun und unternahm nicht die geringste Anstrengung, ihn zu verstehen, ihm entgegenzukommen.

«Ich will nur eine Antwort auf meine Frage. Das ist alles, was ich verlange, und es geht genauso gut im Dunkeln. Was willst du eigentlich?»

Jetzt sah er ihre Konturen. Sie saß auf dem Bett. Einzelkabine wie seine.

«Das ist nicht so einfach!»

«Was ist nicht einfach?»

«Es ist ja alles anders.»

«Was ist anders?»

Nun war auch der Boden zu erkennen, und er ging zu dem Stuhl, nahm ihre Jacke, die über der Rückenlehne hing, und legte sie sich auf den Schoß, während er sich setzte.

Er seufzte schwer.

«Ich weiß nicht, wie ich es erklären soll.»

«Versuch es.»

Scheiße.

Scheiße, Scheiße, Scheiße.

«Es ist ja nicht so, dass sich meine Gefühle für dich verändert haben, so ist es nicht.»

Sie saß stumm da. Aus dieser Perspektive war es schwieriger, ihre Konturen zu erkennen. Vielleicht war es ja leichter, das zu sagen, was er sagen musste, wenn er sie dabei nicht sah.

«Es ist so ein merkwürdiges Gefühl ..., ich weiß, es klingt seltsam, aber ... Eva und ich haben ja fast fünfzehn Jahre zusammengelebt. Auch wenn ich sie nicht liebe, so ... kann ich einfach nicht fassen, dass sie ein ganzes Jahr lang einen anderen gehabt hat. Ich fühle mich so verdammt verarscht.»

Die Dunkelheit war auf seiner Seite. Er brauchte sie nicht anzusehen, seine Scham nicht zu zeigen. Und er wollte ihre Fragen und Vorwürfe nicht hören. Er wollte ihre Unterstützung. Ihr Verständnis.

«Ich habe es dir nicht erzählt. Ich glaube, ich habe es niemandem erzählt, nicht einmal Eva. Es ist lange her, ich war erst zwanzig, daheim in Katrineholm, bevor ich nach Stockholm zog.»

Wie er geliebt hatte. Bedingungslos und bis zum Wahnsinn. Zumindest hatte er das geglaubt. Zwanzig Jahre alt und unbeschwert. Alles neu, alles zum ersten Mal. Ungestört. Grenzenlos.

«Da war ein Mädchen, sie hieß Maria. Sie war ein Jahr jünger als ich. Wir zogen gemeinsam in eine kleine Einzimmerwohnung mitten in der Stadt, nach dem Abitur. Ich war sehr verliebt in sie …»

Der Preis war hoch gewesen. Er hatte alles aufs Spiel gesetzt, ohne sich eine Sekunde lang sicher zu fühlen. Von Anfang an hatte ein Ungleichgewicht geherrscht, er hatte mehr geliebt als sie, in jedem wachen Augenblick hatte er darum gekämpft, seine Balance wieder zu finden. Jeden Tag die lähmende Angst, sie zu verlieren, eine Angst, die zuletzt sein gesamtes Dasein beherrschte. Und er hatte guten Grund gehabt. Nie war es ihm gelungen, Vertrauen zu ihr zu fassen, obwohl sie beteuerte, dass alles war, wie es sein sollte. Sie hatte ihn in einer falschen Sicherheit gewiegt, auf die er schließlich vertrauen musste, weil er keine andere Wahl hatte. Bis sein Verdacht von anderen bestätigt wurde.

«Sie hat mich hintergangen. Irgendwie hatte ich es die ganze Zeit geahnt, aber sie versicherte mir immer, dass es nicht so war. Doch am Ende gab sie zu, dass sie einen anderen kennen gelernt hatte.»

Nie mehr wieder soll mir jemand so wehtun. Mich so hinters Licht führen. Ich werde nie wieder jemanden so nah an mich heranlassen.

Zwanzig Jahre her, und die Wunde war noch immer nicht verheilt. Sein Versprechen hatte er gehalten. Bis er Linda traf. Sie hatte ihn gezwungen, es zu wagen.

Nun hatte Eva alles sabotiert, indem sie die Wunde wieder aufriss.

Er hörte sie trinken. Erahnte ihre Bewegungen im Dunkeln.

«Ich habe nur eine einzige Frage. Was willst du?»

Er schloss die Augen.

Antwortete ehrlich.

«Ich weiß es nicht.»

«Dann will ich, dass du gehst.»

«Linda, bitte.»

«Ich weiß, was ich will, das weiß ich schon lange und habe es dir gesagt. Du hast mir auch gesagt, was du willst, aber jetzt wird mir klar, dass du es überhaupt nicht ernst gemeint hast.»

«Habe ich doch.»

«Nein, hast du nicht!»

«Doch, das habe ich, es ist nur so, dass sich alles verändert hat.»

«Na dann. Dann war es eben nicht mehr als das. Du erfährst, dass deine Frau mit einem anderen zusammen ist, und schon sind wir beide nichts mehr wert. Pfui Teufel!»

Sie legte sich wieder auf das Bett.

«Linda, darum geht es nicht.»

«Was, zum Teufel, hat sich so verdammt verändert? Wenn es nicht deine Gefühle für mich sind. Vor wenigen Tagen haben wir uns gemeinsam eine Wohnung angesehen.»

Gib mir ein Jahr auf einer einsamen Insel.

Und alle Wahlmöglichkeiten.

«Kannst du nicht auf mich warten?»

«Worauf soll ich warten? Dass du herausfindest, ob du sie zurückbekommst oder nicht?»

«Nein!»

«Worauf soll ich dann warten? Dass du dich entscheidest, ob ich als Ersatz tauge oder nicht?»

«Hör auf, Linda. Ich habe bloß das Gefühl, dass alles viel zu schnell geht. Meine Reaktion beweist mir ja, dass ich …»

Diesmal unterbrach er sich selbst. Was hatte ihm seine Reaktion eigentlich bewiesen?

«Dass du im Grunde deine Frau liebst?»

«Nein, so ist es nicht. Das tue ich wirklich nicht.»

Oder?

«Das ist es nicht. Ich merke nur, dass ich … noch nicht bereit bin, es wäre dir gegenüber nicht fair …»

Wenn er sich nur in Luft hätte auflösen können!

«Ich bin einfach noch nicht so weit. Es wäre dir gegenüber nicht fair, wenn wir ein gemeinsames Leben anfangen würden, während ich so empfinde.»

«Und da meinst du also, ich sollte zu Hause sitzen und auf dich warten. Falls du jemals so weit bist.»

«Für dich ist alles so viel einfacher. Du gehst ja kein Risiko ein.»

Sie setzte sich wieder auf.

«Ich riskiere nichts? Ich bin eine Kindergärtnerin, die mit dem Vater von einem meiner Kinder zusammen ist! Was glaubst du, was mit mir passiert, wenn es herauskommt? Na? Und diese E-Mails, die jemand verschickt hat? Was meinst du, was es für ein Gefühl ist, wenn sich jemand Zugang zu deinem Computer verschafft, deine privaten Briefe durchsucht und einen davon mit deinem Absender verschickt? Begreifst du denn nicht, dass irgendwer Bescheid weiß? Der uns gesehen hat. Und mich zu bestrafen versucht.»

«Eva war es nicht. Ich weiß, dass du das glaubst, aber so ist sie nicht. Was, zum Teufel, hätte sie davon? Sie müsste doch zufrieden sein. Jetzt hat sie freie Hand.»

Linda blieb stumm, und er sah sie den Kopf schütteln. Wie sie vor Abscheu langsam den Kopf hin und her drehte.

Abscheu vor ihm.

«Du solltest dich hören. Hör dir an, was du sagst. Der arme kleine verlassene Henrik. Der kann einem aber Leid tun!»

Schweigend saß er da.

Er hatte sie verloren.

Sie stand auf und öffnete die Kabinentür. Das scharfe Licht der Neonröhren auf dem Gang blendete ihn. Von ihr war nur eine Silhouette übrig.

«Du wirst nie so weit sein, Henrik. An deiner Stelle würde ich meine Zukunft dazu nutzen herauszufinden, wer ich bin und was ich eigentlich mit meinem Leben anfangen will. Danach kannst du rausgehen und andere in deine Pläne verwickeln.»

Er schluckte. Der Kloß, der in seinem Hals steckte und schmerzte, wollte nicht verschwinden.

«Geh jetzt.»

Er konnte sich nicht erinnern, wann er zuletzt so nervös gewesen war. Der gigantische Strauß Rosen neben ihm auf dem Beifahrersitz sah plötzlich grotesk aus, wie eine alberne Requisite in einem noch alberneren Film. Es war kurz nach zehn am Vormittag, und er war dankbar, dass er einen Tag allein zu Hause vor sich hatte, um sich zu sammeln, bevor sie von der Arbeit kam. Er hatte nicht angerufen und mitgeteilt, dass er einen Tag früher zurückkommen würde.

Er war jetzt ganz in der Nähe. In der Nähe seines Zuhauses. Und er hatte sich nie so weit weg gefühlt. Er fluchte über einen schlecht geparkten alten Mazda, der halb in die Fahrbahn ragte und kurz vor der Rechtskurve stand, an der ihre Straße begann. Im nächsten Augenblick sah er sein Zuhause. Ihr Auto stand in der Einfahrt.

Warum war sie nicht in der Firma?

Und dann der nächste Gedanke.

Vielleicht war sie nicht allein da drin. Vielleicht hatte sie die Gelegenheit genutzt, ihren Liebhaber mit nach Hause zu bringen, während er endlich einige Tage aus dem Weg war, um ihm ihr schönes Haus zu zeigen, vorzuweisen, was sie an materiellen Gütern zu bieten hatte. Der Gedanke widerte ihn in ähnlich hohem Grade an, wie er ihn erschreckte. Jetzt war er allein, und die beiden waren zu zweit. Und er war derjenige, der das Haus würde verlassen müssen, sie hatte die Mittel, ihn auszubezahlen. Und dann würde dieses Schwein in sein Haus einziehen und die Früchte all der Arbeit und der Schinderei genießen, die er hineingesteckt hatte, bis es fertig war. Verdammter Mist. Sie war doch so verständnisvoll gewesen. Hatte gefunden, er solle ein paar Tage wegfahren und nachdenken. Ich kümmere mich hier so lange um alles, das ist vollkommen in Ordnung, die Hauptsache ist doch, dass es dir wieder besser geht. Ich bin hier, wenn du mich brauchst, das werde ich immer sein. Vielleicht konnte ich es manchmal nicht so gut zeigen, aber ich will versuchen, mich zu bessern.

Wie war es möglich, so kalt und berechnend zu sein, nur um ihn ein paar Tage loszuwerden, damit sie in Ruhe mit ihrem Liebhaber ficken konnte? Wer war sie eigentlich, die Frau, mit der er fast fünfzehn Jahre zusammengelebt hatte? Kannte er sie überhaupt?

Und die Reise, die sie gebucht hatte. Und der Champagner. Alles nur, um ihr schlechtes Gewissen zu beruhigen? Er öffnete die Fahrertür, nahm die Rosen und stieg aus. Falls sie ihn durch ein Fenster gesehen hatte, konnte er jetzt schlecht umkehren. Doch was sollte er machen, wenn der andere im Haus war?

Er beeilte sich nicht, als er den Schlüssel ins Schloss steckte. Machte so viel Lärm, wie er konnte, um den beiden Zeit zu geben, das zu unterbrechen, womit sie womöglich gerade beschäftigt waren, ein Schlafzimmerdrama war das Letzte, was er jetzt gebrauchen konnte. Er stellte seine Reisetasche im Flur ab und sah sich nach fremden Schuhen, Jacken und Mänteln um, ohne welche entdecken zu können.

Ihre Stimme aus dem oberen Stockwerk.

«Hallo?»

Instinktiv versteckte er den Strauß hinter seinem Rücken.

«Ich bin es nur.»

Ihre Schritte da oben, und dann waren ihre Füße, Beine und schließlich ihre ganze Person auf halber Treppe sichtbar, wo sie stehen blieb. Der Ausdruck in ihrem Gesicht war schwer zu deuten, vielleicht erstaunt, vielleicht verärgert.

«Ich dachte, du wolltest nicht vor morgen Abend kommen.»

«Ich weiß. Ich habe mich anders entschieden.»

Er schluckte den Impuls hinunter, sie zu fragen, ob sie allein war, dabei wollte er es unbedingt wissen.

Sie blieben stehen und betrachteten einander, keiner von beiden bereit zum nächsten Schritt. Der Blumenstrauß brannte in seiner Hand, plötzlich so peinlich, dass er am liebsten rückwärts wieder hinausgegangen wäre und ihn entsorgt hätte, bevor er entdeckt wurde.

Es war ihm unmöglich herauszufinden, was er fühlte, als er sie sah. Nur der Wunsch, in aller Ruhe die Treppe hinaufsteigen zu können, auf das Sofa zu sinken und alles sein zu lassen wie immer. Entscheiden, wer Axel vom Kindergarten abholen sollte, ohne Magenschmerzen dorthin fahren und dann wie an einem ganz gewöhnlichen Dienstag zu Abend essen. Fragen, wie es dem Kind ginge, sich erkundigen, ob jemand angerufen hätte und wo seine Post läge. Ob sie sich einen Film ausleihen wollten. Aber zwischen ihnen türmte sich ein Berg. Und er hatte keine Ahnung, wie er den überwinden sollte. Was ihn dahinter erwartete.

«Wieso bist du nicht bei der Arbeit?»

Es war nicht seine Absicht gewesen, die Frage wie eine Schnüffelei klingen zu lassen, aber er hörte selbst, wie vorwurfsvoll sein Ton war. Und es war mehr als deutlich, dass sie nach einer passenden Antwort suchte, weil es keine gab.

«Ich hatte ein wenig Halsweh.»

Als sie das sagte, war sie schon wieder auf dem Weg nach oben, ohne ihn anzusehen. Er wusste, dass sie log. Als sie außer Sichtweite war, legte er den Strauß ab und zog sich schnell die Jacke aus, betrachtete sich im Garderobenspiegel und fuhr mit den Fingern durch sein Haar. Er konnte sich nicht erinnern, wann er ihr zuletzt Blumen gekauft hatte. Falls er es jemals getan hatte. Aber wenn ihm gelingen sollte, was er sich vorgenommen hatte, musste er seine Schamgefühle überwinden. Er hatte nur ein Ziel, doch in seinem Innern fochten die Gefühle untereinander einen Kampf aus. Wut, Angst, Verwirrung, Entschlossenheit.

Er nahm die Rosen und ging die Treppe hinauf.

Sie stand am Küchentisch und sammelte Papier ein. Ein Taschenrechner und ein Stift. Der Ordner, den sie vom Makler bekommen hatten, in dem sie alle Rechnungen und Kreditunterlagen aufbewahrte, die das Haus betrafen.

Wieder die Angst. Stärker als die Wut.

«Was tust du?»

Bevor sie antworten konnte, entdeckte sie den blutroten Rosenstrauß. Stand schweigend da und starrte ihn an, als versuchte sie zu erkennen, worum es sich handelte. Schließlich, nach einer quälend langen Pause, in der er nur das Klopfen seines eigenen Herzens vernahm, gelang es ihr endlich, den Gegenstand zu identifizieren.

«Hast du Blumen bekommen?»

«Nein, die sind für dich.»

Er reichte ihr den Strauß, aber sie blieb stehen, wo sie stand. Nicht die Andeutung einer Reaktion. Alles leer. Kein Ansatz, auf ihn zuzukommen und die Blumen in Empfang zu nehmen. Durch ihre Gleichgültigkeit fühlte er sich plötzlich so lächerlich, dass er ihr am liebsten alle Vorwürfe direkt ins Gesicht geschleudert hätte. Er wollte diese falsche, kalte Maske zerbrechen, hinter der sie sich versteckte, und sie in die Knie zwingen. Damit sie gestand. Aber er musste sich klüger anstellen, wenn er mit dieser Sache fertig werden wollte.

Er schluckte.

«Soll ich sie ins Wasser stellen?»

Seine Worte brachten sie in Bewegung, sie ging zum Regal über dem Kühlschrank, in dem sie die Vasen aufbewahrte, zögerte kurz, als sie nicht hinaufreichte, kehrte zurück zum Küchentisch und holte einen Stuhl. Sie bedankte sich nicht, als er ihr den Strauß überreichte. Schaute ihn auch nicht an. Nahm ihm nur die Blumen aus den Händen, drehte sich um und ging zur Spüle. Er stand da und betrachtete ihren Rücken, als sie lange und umständlich die Rosenstiele abschnitt und in einer Vase arrangierte.

Vielleicht hatte sie bereits einen Entschluss gefasst und schöpfte jetzt lediglich Kraft. Vielleicht würde sie sich bald umdrehen und sagen, wie es stand, dass sie sich entschieden hatte, während er fort war. Würde zugeben, dass sie einen anderen kennen gelernt hatte und nun mit ihm leben wollte. Er musste ihr zuvorkommen, musste ihr begreiflich machen, dass er bereit war, um das zu kämpfen, was sie hatten, dass er sich ändern würde, wenn sie ihm nur eine Chance gäbe. Er musste ihr verständlich machen, dass sich ihre Entscheidung auf die falschen Voraussetzungen gründete.

Er spürte plötzlich, dass er hätte weinen mögen, dass er

am liebsten zu ihr gegangen wäre und ihr die Arme um den Hals gelegt hätte. Wollte sich ganz eng hinter sie stellen und ihr sagen, was los war. Ein für alle Mal die Lügen abwerfen und ihr wieder nah sein dürfen, ohne dass sie zwischen ihnen standen. Wann hatten sie aufgehört, miteinander zu reden? Hatten sie jemals solche Gespräche geführt, wie er und Linda es konnten? Warum war es mit ihr so leicht gewesen und mit Eva nicht, sie kannten sich doch seit fünfzehn Jahren? Sie wusste mehr über ihn als jeder andere. Er hielt es nicht länger aus, mit ihr entzweit zu sein. Sie teilten zu viele Erinnerungen. Und sie teilten Axel.

Bitte, Eva. Verzeih mir. Verzeih.

Es ging nicht. Übermenschliche Kräfte wären vonnöten gewesen, um diesem Wort Klang zu verleihen, um seine Untreue und seine Lügen zu gestehen, auch wenn Eva keinen Deut besser war. Es widerstrebte ihm, sich so zu entblößen, bevor er nicht wusste, wie sie reagieren würde, ob sie ihn abweisen würde oder nicht. Aber er musste versuchen, sich ihr anzunähern, die Zeit drängte, er musste an sie herankommen, bevor es zu spät war. Bevor sie sich umdrehte und ihren Entschluss aussprach.

«Ich hatte Sehnsucht nach dir.»

Sie drehte sich nicht um, aber ihre Hand verharrte auf halbem Weg zwischen Spülbecken und Vase. Er hörte, wie ungewohnt seine Worte klangen. Als ob sogar der Raum verblüfft wäre. Es war so lange her, dass etwas Ähnliches zwischen diesen Wänden gesagt worden war, und er überlegte selbst, ob es stimmte. War es Sehnsucht nach ihr, was er empfunden hatte? Im wahrsten Sinne des Wortes. Ja, das war es. Sehnsucht nach ihrer Loyalität.

«Während ich weg war, habe ich nachgedacht, wie du mir geraten hast, und ich würde dich gern um Entschuldigung bitten, weil ich in der letzten Zeit so mürrisch war. Und ich habe über die Islandreise nachgedacht, die du gebucht hast. Ich möchte wirklich gerne, dass wir beide dorthin fahren.»

Ihre Hand hatte den Weg vom Spülbecken bis zur Vase fortgesetzt.

«Die habe ich storniert.»

«Dann buchen wir eine neue. *Ich* kann das machen.»

Eifrig. An der Grenze zur Verzweiflung. Ein wilder Versuch, die feindlichen Linien zu durchbrechen, eine erste Antwort zu erringen, die ihm andeutete, wohin sie unterwegs waren. Und er verabscheute es, wieder einmal ihrem Willen, ihren Entscheidungen ausgeliefert zu sein. Innerhalb von einer Sekunde hatte er sich angepasst und war aller Tatkraft beraubt, die er im letzten halben Jahr an sich entdeckt hatte.

Das Telefon klingelte. Sie war schneller, obwohl er näher dran war. Er hatte gezögert, weil er fand, dass sie es klingeln lassen sollten.

«Eva.»

Sie warf ihm einen kurzen Blick zu, als sie hörte, wer es war. Als wäre sie beinahe ertappt worden.

«Ich bin noch nicht dazu gekommen, kann ich dich später zurückrufen?»

Wozu nicht gekommen?

«Gut, das mache ich. Bis dann.»

Sie legte auf.

«Wer war das?»

«Mein Vater.»

Log, ohne ihn dabei anzuschauen. Das war er gewesen. Der andere.

Irgendwie musste er aus seiner unterlegenen Position herauskommen. Er war derjenige, der in der letzten Zeit mürrisch gewesen war, sie würde sich weiterhin in aller Ruhe hinter ihrem Recht verstecken, die Verletzte und Unzugängliche zu mimen, vor der er zu Kreuze kriechen musste. Wie brachte er nur ein Geständnis aus ihr heraus? Er durfte ihr keine Vorwürfe machen, sonst wäre sie alarmiert und hätte einen guten Grund zurückzuschlagen, nein, er musste sie dazu bringen, sich selbst zu offenbaren.

Sie hatte sich wieder den Rosen zugewandt, obwohl sie bereits alle wohl geordnet in der Vase standen.

Er entschloss sich zu einem gewagten Vorstoß. Irgendeine Reaktion würde er schon bewirken.

«Ich soll dich übrigens von Janne grüßen.»

«Aha. Wie geht es ihnen denn?»

«Gut. Er hat gesagt, er hätte dich vor einer Weile in einem Bistro gesehen.»

«Aha.»

«Du hast ihn wohl nicht bemerkt. Er machte einen Scherz über das Frischfleisch, mit dem du dich verabredet hattest.»

«Frischfleisch?»

«Ja, du warst anscheinend mit einem jungen Kerl Mittag essen.»

«Daran kann ich mich nicht erinnern. Wann soll das gewesen sein?»

Sie nahm die Vase mit ins Wohnzimmer. Er folgte ihr.

«Vor einer Woche vielleicht. Ich weiß nicht genau.»

«Das kann ich nicht gewesen sein. Er muss sich getäuscht haben.»

Nicht aus der Ruhe zu bringen. Er kannte sie nicht. Hatte sie immer so gut lügen können? Vielleicht war es nicht das erste Mal, dass sie hinter seinem Rücken eine Affäre hatte, sie hatte in all den Jahren jede Gelegenheit dazu gehabt. Die vielen Geschäftsreisen und Überstunden. Auch wenn sie nicht mit ihm zu Mittag gegessen hatte, das Wort «Frischfleisch» hätte sie irritieren müssen. Dass ihr Geliebter zehn Jahre jünger war als sie.

Er merkte, dass seine Wut die Oberhand gewann, dass er sich bald nicht mehr zurückhalten könnte, sie an ihr auszulassen. Sie hatte die Vase auf den Wohnzimmertisch gestellt und richtete sie nun her, als hätten die Blumen an einer Symmetrieausstellung teilnehmen sollen.

Er drehte sich um und ging in Richtung Badezimmer, empfand ein starkes Bedürfnis, alles abzuduschen, was sich im Laufe des vergangenen Tages an ihn geklebt hatte.

Er kontrollierte das Badezimmerschränkchen. Keine vergessene Zahnbürste. Der Papierkorb war kürzlich geleert und mit einer neuen Plastiktüte versehen worden. In der Maschine lag Wäsche, und er öffnete die Luke, um sie aufzuhängen. Axels dunkelblauer Trainingsanzug, Evas schwarzer Pulli. Und ein schwarzer Stringtanga mit Spitze, den er noch nie gesehen hatte. Er hielt ihn mit spitzen Fingern in die Höhe, angeekelt beim Gedanken an … Verflucht nochmal. So war sie also ausstaffiert, wenn sie ihren Hausfreund traf. Für ihn hatte sie sich natürlich nie so zurechtgemacht.

Er nahm zwei Wäscheklammern und hängte das Höschen auf den Trockenständer, damit sie es als Erstes erblickte, wenn sie das Badezimmer betrat. Merkte, dass er es entdeckt hatte. Und sich besorgt fragte, warum er es nicht kommentiert hatte.

Dann ging er wieder die Treppe hinauf und ins Schlafzimmer. Das Bett war gemacht und die Tagesdecke an ihrem Platz. Wie sollte er jemals wieder in diesem Bett schlafen?

Er zog die oberste Schublade der Kommode heraus, in der sie ihre Unterwäsche aufbewahrte, und wühlte zwischen ihren gewöhnlichen praktischen Unterhosen, mit dem sie ihn zu beehren pflegte. Dann fand er links zwischen ihren BHs noch ein unbekanntes Accessoire. Einen schwarzen, gepolsterten Spitzenbüstenhalter, den er auch noch nie gesehen hatte. Er hörte sie in der Küche klappern, hielt den BH hoch und wurde von dem Bild übermannt, das sie und der andere im Doppelbett hinter ihm abgaben, wie seine erregten Hände endlich den kleinen Haken aufbekamen, den er vor sich sah, und ihre Brüste entblößten. Er widerstand dem Impuls, geradewegs in die Küche zu rasen und ihn direkt in ihr selbstgefälliges Antlitz zu schleudern, zwang sich stattdessen zu einigen tiefen Atemzügen. Er wollte die Schublade gerade wieder hineinschieben, als er noch etwas entdeckte. Die Ecke von etwas Rotem. Ein abschließbares Tagebuch, doch der Schlüssel hing an einem silberfarbenen Draht von dem herzchenförmigen Schloss. Ein Tagebuch? Seit wann beschäftigte sie sich mit so etwas? Die Geräusche aus der Küche versicherten ihm, dass sie noch immer dort war. Hastig öffnete er das Schloss mit dem kleinen Schlüssel und begann zu blättern. Rein und unbeschrieben. Kein Wort auf den weißen Seiten. Er wollte gerade wieder abschließen, als ihm etwas in die Hand fiel, und im selben Augenblick entdeckte er die handgeschriebenen Worte auf der Innenseite des Buchdeckels.

«Für meine Geliebte! Ich bin bei dir. Alles wird gut. Ein Buch, das du mit den Erinnerungen an all das Wunderbare füllen kannst, das auf uns wartet.»

Dann schaute er in seine Handfläche und wollte nicht glauben, was er da sah.

Mit einem hellblauen Faden zusammengehalten, lag da eine weizenblonde Locke von diesem Schwein.

FAST DREIZEHNTAUSEND im Monat. Nur für das Haus. Die Papiere lagen in verschiedenen Stößen vor ihr auf dem Küchentisch: Kredite, Stromrechnungen, Versicherungen. Die Betriebskosten und den Kredit konnte sie allein bewältigen, aber es würde eine radikale Änderung ihrer Gewohnheiten erfordern. Ein günstigerer Firmenwagen. Großeinkäufe im Billigsupermarkt. Sorgfältig Einkaufslisten schreiben und Großpackungen wählen. Sie betrachtete den Ordner, den sie von dem Makler bekommen hatten, als sie das Haus kauften. Ein farbenfrohes Bild von einem lächelnden Haus auf der Vorderseite. Ein dunkler Fleck genau über dem Schornstein, da hatte Henrik Wein verschüttet, als sie auf dem Rückweg im *Café Opera* auf das Geschäft angestoßen hatten.

Vor acht Jahren.

Ihr Vater hatte sie gebeten, den Wert des Hauses schätzen zu lassen und auszurechnen, wie viel Geld sie sich leihen müsste. Sie würde schon dafür sorgen, dass alle nötigen Unterlagen vorhanden waren, wenn ihr Mann sich endlich zuzugeben traute, dass er sie betrogen hatte. Innerhalb einer Stunde hätte sie genug Geld zusammen, um ihn zur Hölle zu schicken.

Plötzlich meinte sie, einen Schlüssel in der Haustür zu hören. Sie musste sich getäuscht haben, denn er würde nicht vor morgen zurückkommen. Ihr fiel auf, dass sie in den letzten Tagen häufiger Geräusche gehört hatte, die sie nicht einordnen konnte. Gestern Abend unter der Dusche hätte sie schwören können, dass sie jemanden im oberen Stock gehört hatte. Die Terrassentür hatte offen gestanden, und einen Moment lang hatte sie sich gefürchtet. Hatte den Bademantel fest geschlossen und war die Treppe hinaufgegangen, hatte in alle Zimmer und sogar in die Schränke geschaut, um sicherzugehen, dass das Haus leer war. Axel übernachtete bei ihren

Eltern, er konnte das Geräusch also nicht verursacht haben. Zum ersten Mal hatte sie einen Eindruck davon bekommen, wie es in Zukunft sein würde. Allein im Haus. Die Angst vor der Dunkelheit würde ihr den Boden unter den Füßen wegziehen. Und heute Abend, da war sie ganz sicher gewesen, dass jemand auf der Terrasse gestanden und sie durch die dunkle Scheibe angeschaut hatte. Sie musste die Angst überwinden, die sie zu verschlingen drohte, sie musste stark sein.

Dann hörte sie, wie die Tür geöffnet wurde. Jemand betrat den Hausflur.

«Hallo?»

«Ich bin es nur.»

Henrik. Warum, zum Teufel, kam er jetzt schon nach Hause?

Es konnte nur eine Erklärung geben. Er hatte beschlossen, ihr alles zu erzählen, und konnte nicht eine Minute länger warten, bis er endlich sein schlechtes Gewissen erleichtern durfte. Nun kam er einen Tag zu früh nach Hause, und sie war noch nicht mit allem fertig. Den Zeitungsartikel über Linda hatte sie am Vortag in den Briefkasten von Simons Mutter gelegt, die musste ihn inzwischen gelesen haben, aber sie hatte noch keine Reaktion aus dem Kindergarten erhalten. Keine dringliche Telefonkette, um ein neues Krisentreffen zu veranlassen. Und das Geld, das sie ihm ins Gesicht werfen wollte, würde sie nicht vor übermorgen haben.

Er durfte noch nichts erzählen!

Sie stand auf und ging zur Treppe. Musste sich sammeln und auftreten wie immer, als die verständnisvolle Ehefrau, die sie war. Ihn fragen, wie es gewesen war, ob es ihm gut ging, sich freuen, dass er früher nach Hause gekommen war. Sie durfte es ihm nicht leicht machen, das auszusprechen, was er ihr gestehen wollte.

Sie sah ihn bereits auf halber Treppe, obwohl er ihn hinter seinem Rücken versteckte, und all ihre guten Vorsätze verschwanden fluchtartig. Wie konnte er so geschmacklos sein? Er hatte ihr noch nie Blumen gekauft, und ausgerechnet jetzt kam er mit roten Rosen an, da er berichten wollte, dass er ihr untreu gewesen war, sich scheiden lassen wollte. Was, in Gottes Namen, ging bloß in dem Kerl vor? Erwartete er etwa, dass sie sich freute? Dass ein paar beschissene Rosen den Seitensprung entschuldigen und sie ihm verzeihen würde? Ach so, du hast ein Verhältnis mit der Kindergärtnerin unseres Sohnes und möchtest dich scheiden lassen, wenn es weiter nichts ist, wie süß von dir, mir endlich mal Blumen zu kaufen.

Sie atmete tief durch.

«Ich dachte, du wolltest nicht vor morgen Abend kommen.»

«Ich weiß. Ich habe mich anders entschieden.»

Sie sah, wie nervös er war. Ein albernes Grinsen kämpfte in seinem Gesicht.

Zieh doch wenigstens die Jacke aus, du Blödmann.

«Warum bist du nicht in der Firma?»

Weil ich krankgeschrieben bin und meine Tage damit verbringe, deine Zukunft zu sabotieren. So wie du meine sabotiert hast.

«Ich habe ein wenig Halsweh.»

Sie ging wieder die Treppe hinauf und zum Küchentisch, wo sie die Papiere zusammenräumte. Es gelang ihr nicht, alles beiseite zu schaffen, bevor er hinter ihr herkam.

«Was tust du?»

Da war Angst in seiner Stimme. Der Zorn, der ihr für gewöhnlich entgegenschlug, war wie weggeblasen. Verwirrt merkte sie, dass wieder der Henrik da war, den sie kannte, mit dem sie seit fünfzehn Jahren zusammenlebte und der in der letzten Zeit so unnahbar gewesen war. Er stand hier in der Küche und versuchte, an sie heranzukommen.

Sie betrachtete ihn. Ein kleiner ängstlicher Junge, der einen viel zu großen Blumenstrauß ausstreckte. So kläglich, so vollkommen hilflos.

Und eines wusste sie ganz sicher, wenn auch vieles andere im Moment durcheinander geraten war, sie wollte auf keinen Fall seine Blumen.

«Hast du Blumen bekommen?»

«Nein, die sind für dich.»

Er reichte ihr den Strauß. Ihn anzunehmen wäre einer Niederlage gleichgekommen, hätte bedeutet, dass sie sich seiner Annäherung gegenüber öffnete, wenn auch nur ein winziges Stück, und das gedachte sie ganz gewiss nicht zu tun. Sie sah, dass ihr Zögern ihn irritierte. Dass er aus irgendeinem Grund alles tat, um freundlich zu wirken. Sie fragte sich, was er plante. Dass sie sich versöhnten und gute Freunde würden, bevor er die Bombe platzen ließ?

So leicht wollte sie es ihm nicht machen.

«Soll ich sie ins Wasser stellen?»

Sie begriff, dass sie keine Wahl hatte. Dass es zu abweisend gewesen wäre, die Blumen nicht anzunehmen, und sie ihm damit nur Vorschub leistete. Verflucht nochmal, mit einer Frau, die noch nicht einmal einen Strauß Rosen annimmt, kann man doch wirklich nicht zusammenleben!

Sie holte eine Vase herunter, ging zu ihm – ein Danke kam nicht über ihre Lippen –, nahm die Blumen und drehte sich zur Spüle. Sorgfältig schnitt sie einer Rose nach der anderen das Stielende ab und stellte sie in eine Vase. Er blieb hinter ihr stehen, vielleicht sammelte er Kraft, um sein Bekenntnis zu offenbaren. Sie musste ihn dazu bringen, noch zu warten, nur noch einen Tag, bis Lindas Vergangenheit sich im Kindergarten herumgesprochen und sie das Geld besorgt hatte. Ihr unnahbares Verhalten würde ihn natürlich in seinem Entschluss bestärken, sie zu verlassen, aber das spielte jetzt keine Rolle mehr. Sie hatte ihn im vergangenen Jahr so viele Male durch das Haus verfolgt, um ein Gespräch mit ihm anzufangen. Nun war er an der Reihe. Und dann würde keiner von beiden den anderen mehr verfolgen. Nie wieder. Nicht in diesem Haus und nirgendwo sonst. Im Gegenteil.

«Ich hatte Sehnsucht nach dir.»

Ihr Hand verharrte auf halbem Weg zwischen Spülbecken und Vase. Von selbst. Als ob sie, genau wie der Rest von ihr, nicht verstanden hätte, was die Worte bedeuteten.

Und auf einmal begriff sie, wie die Dinge in Wirklichkeit lagen.

Die Angst in seiner Stimme. Die roten Rosen. Seine einfältigen, aber tapferen Ansätze zu einer Versöhnung.

Während der Reise war etwas passiert.

Linda hatte ihn verlassen, und nun stand er starr vor Schreck hier und wollte sie zurückhaben. Nicht weil er sie liebte, sondern weil er keine Alternative hatte. Deshalb war er früher nach Hause gekommen. Sie hatten Schluss gemacht. Deswegen erkannte sie ihn plötzlich wieder, als die Kraft aus ihm gewichen war, die Lindas Verliebtheit ihm verliehen hatte.

«Während ich weg war, habe ich nachgedacht, wie du mir geraten hast, und ich würde dich gern um Entschuldigung bitten, weil ich in der letzten Zeit so mürrisch war. Und ich habe über die Islandreise nachgedacht, die du gebucht hast. Ich möchte wirklich gerne, dass wir beide dorthin fahren.»

Die neuen Umstände brachten den Boden unter ihren Füßen ins Wanken. Sie brauchte Zeit, um zu begreifen, was das bedeutete, wie sie mit der Situation umgehen sollte.

«Die habe ich storniert.»

«Dann buchen wir eine neue. *Ich* kann das machen.»

Jetzt klang er verzweifelt, flehentlich. Hauptsache, sie ließ ihn nicht an sich heran. Und auf einmal musste sie einsehen, was sie mit Hilfe ihrer Wut über die ihr angetane Kränkung verdrängen konnte. Sein Versuch, sich von ihr zu befreien, hatte etwas Attraktives an sich. Nicht der Betrug und die Lügen, für die verachtete sie ihn mehr, als man in Worte fassen konnte, aber dass er zum ersten Mal etwas auf eigene Faust vorangetrieben hatte, etwas, das für sie und die Kontrolle, die sie für gewöhnlich über ihn hatte, eine echte Herausforderung darstellte. Er war ein Mann gewesen, wenn auch ein Feigling, und kein zweites Kind, um das sie sich kümmern musste. Und während sie die nächste Rose in die Vase stellte, begriff sie, dass der Hass und die Rachsucht, die seine Untreue in ihr geweckt hatten, eine Reaktion darauf gewesen waren, dass sie endlich etwas in ihm gesehen hatte, zu dem sie respektvoll aufschauen konnte.

Einen eigenen Willen.

Und jetzt konnte sie ihn zurückhaben.

Aber es stand der alte Henrik vor ihr, der Henrik, den sie kannte. In all diesen Jahren hatte sie sich nie erlaubt, ihre Beziehung infrage zu stellen, eine Verpflichtung war eine Verpflichtung, sie hatte geglaubt, zum Bleiben gezwungen zu sein. Hatte sich nicht gestattet, sich die Verachtung einzugestehen, die sie für seine Schwäche empfand, weil er ihr erlaubte, die Überlegene zu sein. Mit dem Betrug hatte er ihr die Augen geöffnet, und es gab keinen Weg zurück. Er hatte sie erniedrigt und betrogen, und jetzt hatte er sich plötzlich anders entschieden und wollte zu ihr zurück.

Sie würde die Entscheidung allein treffen müssen.

Und für immer die Schuld tragen.

Das Telefon klingelte. Sie machte den nötigen Schritt und nahm ab, dankbar für die Gnadenfrist.

«Eva.»

«Hallo, ich wollte mich nur erkundigen, ob du den Taxator schon erreicht hast.»

Sie warf einen kurzen Blick auf Henrik, überlegte, ob er hören konnte, was ihr Vater sagte. Er hatte die Arme verschränkt und beobachtete sie genau. Ob er etwas gehört hatte, war nicht zu erkennen.

«Ich bin noch nicht dazu gekommen, kann ich dich später zurückrufen?»

«Natürlich.»

«Gut, das mache ich. Bis dann.»

Sie legte auf.

«Wer war das?»

«Mein Vater.»

Er gab sich damit zufrieden. Stellte nicht die Frage, die er stellen wollte.

Sie wandte sich wieder den Rosen zu, obwohl sie bereits in der Vase arrangiert waren, sie brauchte etwas zu tun, um die Distanz zwischen ihnen aufrechtzuerhalten.

«Ich soll dich übrigens von Janne grüßen.»

Dankbar griff sie den neutralen Gesprächsfaden auf.

«Aha. Wie geht es ihnen denn?»

«Gut. Er hat gesagt, er hätte dich vor einer Weile in einem Bistro gesehen.»

«Aha.»

«Du hast ihn wohl nicht bemerkt. Er machte einen Scherz über das Frischfleisch, mit dem du dich verabredet hattest.»

Sie griff nach der Vase und ging damit hinüber ins Wohnzimmer.

«Frischfleisch?»

«Ja, du warst anscheinend mit einem jungen Kerl essen.»

«Daran kann ich mich nicht erinnern. Wann soll das gewesen sein?»

Soweit sie sich erinnern konnte, hatte sie in der letzten Zeit mit niemandem außer ihren Kollegen Mittag gegessen. Und die waren definitiv kein Frischfleisch.

«Vor einer Woche vielleicht. Ich weiß nicht genau.»

Er war ihr ins Wohnzimmer gefolgt.

«Das kann ich nicht gewesen sein. Er muss sich getäuscht haben.»

Schweigend blieb er eine Weile stehen, und sie tat so, als ordne sie die Rosen noch einmal. Dann ging er endlich, sie hörte seine Schritte auf der Treppe.

Ihr Blick fiel auf eins von Axels Spielzeugautos, und plötzlich fiel ihr ein, dass sie vergessen hatte, von dem Mann beim Kindergarten zu erzählen und dass Axel die Nacht und den Tag bei ihren Eltern verbracht hatte. Gleichzeitig wurde ihr klar, dass sie ihn abholen musste, Henrik durfte ihre Eltern nicht treffen. Nicht, bevor alles fertig war. Und dann würde es keinen Grund mehr geben.

Im Wohnzimmer war es warm und muffig, die Sonne schien herein. Sie zog die Terrassentür einen Spalt auf, bevor sie in die Küche zurückging und die Spülmaschine öffnete. Noch eine Tätigkeit, hinter der sie sich ein Weilchen verstecken konnte. Sie hörte ihn die Treppe hinaufkommen, sah ihn aus den Augenwinkeln an der Tür vorbeigehen und stellte dankbar fest, dass er seinen Weg ins Schlafzimmer fortsetzte.

Die Verwirrung, die sie empfand, war so groß, dass sie Probleme hatte, das Geschirr aus der Spülmaschine an den richtigen Platz zu räumen. Sie hatte geglaubt, das Geschehen vollkommen unter Kontrolle zu haben, aber nun hatten sich alle Voraussetzungen verändert, alle Puzzleteile waren in die

Luft geschleudert worden und durcheinander geraten, sie musste in der Entwicklung der Handlung einige Schritte zurückgehen, um wieder die Oberhand zu gewinnen. Welche Konsequenzen würde der Artikel jetzt haben, den sie in den Briefkasten von Simons Mutter gelegt hatte? Sie wusste es nicht mehr. Was mit Linda passierte, war ihr völlig schnuppe, aber vielleicht würden ihre eigenen Taten jetzt ihren Plan behindern. Sie musste in Ruhe nachdenken.

Wieder sah sie, wie Henrik auf seinem Weg aus dem Schlafzimmer die Küchentür passierte. Diesmal guckte er sie nicht einmal an. Wenn sie sich hinlegte und so tat, als würde sie eine Weile schlafen, hätte sie ihren Frieden und könnte in Ruhe nachdenken. Sie war ja sowieso zu Hause und nicht bei der Arbeit, weil sie Halsweh hatte.

Sie ging ins Schlafzimmer und schloss die Tür hinter sich. Auf der Tagesdecke lag ein rotes Buch mit einem kleinen Hängeschloss an der Seite. Und ihr schwarzer Spitzenbüstenhalter, durch dessen Kauf sie sich in einem anderen Leben erniedrigt hatte. Sie sank auf das Bett. Was wollte er damit? Ging er jetzt nicht zu weit? Schnell legte sie den BH in die oberste Schublade, ertrug seinen Anblick nicht. Dann setzte sie sich wieder aufs Bett, nahm das Buch und wog es in der Hand. Er wusste sehr gut, dass sie nicht Tagebuch schrieb, warum, in Gottes Namen, hatte er es gekauft? Sie entfernte das kleine Schloss und schlug die erste Seite auf. Etwas fiel heraus und landete auf ihrem Schoß. Zuerst sah sie nicht, was es war, und als sie es doch tat, konnte sie nicht glauben, dass es wahr war. Und wieder einmal wurde ihr schlagartig bewusst, dass sie den Mann, mit dem sie seit fünfzehn Jahren zusammenlebte, nicht kannte. Der Henrik, den sie zu kennen geglaubt hatte, hätte nie im Leben, nein, er wäre nicht einmal auf den Gedanken gekommen, sich ein Stück Haar abzuschneiden und es liebevoll in ein Tagebuch zu legen, das sie seiner Meinung nach beginnen sollte. Sie las die Worte auf der ersten Seite, nicht einmal die Handschrift erkannte sie wieder.

«Für meine Geliebte! Ich bin bei dir. Alles wird gut. Ein Buch, das du mit den Erinnerungen an all das Wunderbare füllen kannst, das auf uns wartet.»

Verblüfft las sie die Zeilen noch einmal. Wer war er eigentlich? Was hatte er noch für geheime Seiten, die sie während der vielen gemeinsamen Jahre weder entdeckt noch hervorgelockt hatte? Sie wusste einzig und allein, dass sie einen ehrlichen Versuch von seiner Seite in den Händen hielt, ihr seine Liebe zu zeigen. Dass er zu allem bereit war. Vielleicht war ihm das in diesen Tagen bewusst geworden. Dass er es wirklich noch einmal versuchen wollte.

Sie spürte plötzlich, wie ihr die Tränen kamen und wie die Wut und der Hass, die sie in den vergangenen Tagen getrieben hatten, der unermesslichen Traurigkeit wich, die sie empfand. Die Müdigkeit, die sie überkam, als sie sich ihren Gefühlen hingab, war unbezwingbar. Ermattet kroch sie unter die Tagesdecke. Vielleicht gab es doch noch eine Möglichkeit? Aber wie sollte sie ihm je verzeihen können? Ihm jemals wieder vertrauen? Doch was wäre sie für eine Mutter, wenn sie ihm nicht wenigstens Axel zuliebe eine Chance gäbe? Das Unverzeihliche war nicht, dass er sich in eine andere verliebt hatte, beim Zustand ihrer Ehe war es sogar verständlich. Aber die Wunde, die der Betrug und die Lügen hinterlassen hatten, würde niemals heilen. Die Kränkung, dass er ihr nichts erzählt, nichts erklärt hatte, ihr keine Chance gab, zu reagieren und Stellung zu beziehen. Dass der Mensch, dem sie am nächsten zu stehen glaubte, ihr so wehgetan hatte, dass er nur an seinen eigenen Vorteil dachte. Wie sollte sie nach alldem jemals wieder Respekt vor ihm haben, nachdem er sich als so feige erwiesen hatte?

Sie legte sich aufs Kissen und schloss die Augen. Einfach einschlafen zu dürfen. Einfach allem entschlummern und dann aus dem Albtraum erwachen, und alles wäre wie immer.

Vielleicht war es ja so, dass ein einziges Wort von ihm gereicht hätte. Ein einziges Wort, aufrichtig und vollkommen ehrlich gemeint, vielleicht war das alles, was sie brauchte, um noch einen Versuch zu wagen. Um ihn als Mann respektieren zu können.

Ein aufrichtig und ehrlich gemeintes

«Verzeih mir».

SIE ERWACHTE, als die Schlafzimmertür aufgeschlagen wurde. Laut knallend hieb die Klinke eine tiefe Rille in die weiche Gipswand, und der Lärm ließ sie sich vor Schreck im Bett aufsetzen. Er stand auf der Türschwelle, und sein Gesichtsausdruck machte ihr Angst.

«Verflucht, was bist du für ein Arschloch!»

Sie warf einen Blick auf den Radiowecker. Viertel nach fünf. Sie hatte länger als sechs Stunden geschlafen.

«Was ist los?»

Vorsichtig.

Er schnaufte.

«Was los ist? Was, zum Teufel, glaubst du denn? Ist dir nie der Gedanke gekommen, dass ich vielleicht als Erster hätte erfahren sollen, dass du dich scheiden lassen willst und beabsichtigst, mich aus dem Haus zu schmeißen?»

Sie hörte auf zu atmen.

«Was meinst du, was das für ein Gefühl ist, es von deinen Eltern zu erfahren? Dazustehen wie ein ausgestopfter Karpfen und kein Wort zu begreifen?»

Das Herz klopfte. Ihre Kontrolle verließ sie unaufhaltsam.

«Warum hast du mit ihnen geredet?»

Ihre Frage war idiotisch, das hörte sie selbst. Er tat es auch und schüttelte in aufrichtiger Abscheu den Kopf.

«Weil sie wissen wollten, wann wir Axel abholen.»

Verfluchter Mist. Alles brach zusammen.

«Wie wäre es, wenn du diese Nabelschnur mal durchschneiden würdest? Mit dir zusammenzuleben heißt, verdammt nochmal, auch mit deinen Eltern verheiratet zu sein. Sie sind wie ein … wie ein ekliger Schleim, der überall kleben bleibt. Mein Gott, waren sie verständnisvoll.»

Mit verstellter Stimme fuhr er fort: «Armer kleiner Henrik, wie geeeeeht's dir denn?»

Sein ganzer Körper drückte Abscheu aus.

«Wie, zum Teufel, kannst du zu ihnen rennen und ihnen alles erzählen, bevor du mit mir sprichst? Aber klar, so hast du es ja immer getan, warum sollte eine kleine Scheidung da einen Unterschied machen. Verfluchte Scheiße, es ist ihre Schuld, dass es mit uns so weit gekommen ist.»

Ihre Wut war augenblicklich geweckt.

«Meine Eltern haben uns immer unterstützt. Das kann man von deinen nicht behaupten.»

«Die lassen uns wenigstens in Frieden.»

«Stimmt, das kann man wirklich sagen.»

«Lieber das als das Getue deiner Eltern. Du hast sie immer an die erste Stelle gesetzt. Vor mir. Als wären noch immer sie deine Familie.»

«Das sind sie ja auch.»

«Da siehst du es. Willst du nicht auch Kinder mit ihnen kriegen? Und bei ihnen einziehen? Ficken kannst du ja weiterhin mit deinem Liebhaber.»

Er schlug mit der Faust gegen den Türrahmen und verschwand in der Küche. Sie folgte ihm. Er stand vornübergebeugt an die Küchenbank gelehnt, und sein Oberkörper wurde von seinen heftigen Atemzügen gehoben.

Wie konnte er es wagen!

«Was meinst du damit, verflucht nochmal?»

Er drehte sich um und sah sie an.

«Du kannst jetzt aufhören, mir was vorzuspielen. Er hat mir alles erzählt.»

«Welcher Er?»

Ein herablassendes Lächeln flog über sein Gesicht.

«O wie pathetisch! Man kann ja viel über dich sagen, aber dass du so feige bist, hätte ich nicht geahnt.»

«Und das sagst ausgerechnet du!»

Er verstummte. Sie hatte einen Treffer gelandet und war wieder in der überlegenen Position. Aber wie lange? Was durfte sie wissen und was nicht? Einerseits durfte sie nichts von Linda wissen, andererseits war sie ihre einzige Rechtfertigung für das, was sie getan hatte. Doch nun war ihr ausgetüfteltes System durcheinander geraten. Alles konnte gegen sie verwendet werden.

«Was hat dir welcher Er erzählt?»

«Gib auf, Eva. Ich sage doch, dass ich bereits weiß, was du treibst, du kannst aufhören mit der Maskerade. Soll er jetzt hier einziehen, wenn du mich hinauswirfst?»

«Wovon redest du? Welcher beschissene Er?»

Mit einer kurzen Bewegung fegte er die Obstschale auf den Boden. Äpfel und Apfelsinen rollten auf der Flucht vor den scharfen Keramikscherben über die geölten Dielen.

Er ging ins Schlafzimmer.

Sie folgte ihm.

«Kannst du mir nicht antworten, anstatt alles zu leugnen? Es liegt ja wohl kaum an der Obstschale, dass du mir keine Antwort gibst.»

Er zog die oberste Schublade der Kommode heraus und begann, in ihrer Unterwäsche zu wühlen.

«Was machst du?»

«Wo ist es? Das schöne neue Tagebuch, das du geschenkt bekommen hast.»

«Willst du es etwa zurück?»

Er hielt inne und starrte sie an.

«Jetzt hör aber auf! Ich habe es dir doch aufs Bett gelegt, verflucht nochmal. Ich habe das Ding und diese ekelhafte Haarsträhne bereits gesehen. Wie alt ist er eigentlich? Habt ihr auch Halskettchen getauscht? Es wäre doch niedlich, wenn du von nun an mit einem kleinen goldenen Anhänger um den Hals herumlaufen würdest.»

Er hielt den schwarzen Spitzenbüstenhalter in die Höhe und wedelte ihr damit vor dem Gesicht herum.

«Ich nehme an, dass er einen Riesenständer kriegt, wenn du den anhast, auch wenn das schwer nachzuvollziehen ist.»

Sie stand stumm da. Hatte er vollkommen den Verstand verloren?

Er knallte die Schublade zu und verließ das Zimmer. In der Wohnzimmertür, wo er plötzlich stehen geblieben war, holte sie ihn ein.

«Du hast sie wirklich nicht mehr alle.»

Er schien ernst zu meinen, was er sagte, und sie folgte seinem Blick. Auf dem Wohnzimmertisch stand die Vase mit den grünen Stielen. Die Rosen waren spurlos verschwunden. Abgeschnitten und entfernt.

Nun rümpfte sie verächtlich die Nase.

«Sich solche Umstände zu machen. Das hättest du dir sparen können, ich wollte sie sowieso nicht haben.»

Er drehte sich zu ihr um und machte jetzt ein Gesicht, als wäre sie geisteskrank. Das Telefon klingelte. Keiner von beiden machte Anstalten, den Hörer abzunehmen. Es klingelte immer wieder, die beiden standen wie versteinert da und rührten sich nicht.

«Lass es klingeln.»

Er drehte sich unvermittelt um und eilte zum Telefon in der Küche. Als wären ihre Worte eine unmissverständliche Aufforderung gewesen, an den Apparat zu gehen.

«Ja, hier ist Henrik.»

Danach wurde es still. Es blieb so lange still, dass sie einen Blick durch die Küchentür warf. Wie vom Donner gerührt stand er da und starrte vor sich hin. Den Telefonhörer ans Ohr gepresst.

«Und wie geht es ihr? Wo liegt sie?»

Tief beunruhigt. Seine Mutter hatte vor einigen Monaten eine Bypassoperation hinter sich gebracht. Vielleicht ging es ihr wieder schlechter.

Dann drehte er langsam den Kopf herum und sah sie an. Nagelte sie mit einem Blick fest, der von so viel Abscheu und Feindschaft zeugte, dass sie Angst bekam. Ohne sie loszulassen, sprach er weiter: «Das kannst du ihr selbst sagen.»

Er reichte ihr den Hörer.

«Wer ist es?»

Er gab keine Antwort. Hielt ihr nur den Hörer hin.

Langsam ging sie auf ihn zu. Ein greifbares Gefühl von Gefahr überkam sie. Er starrte sie weiterhin an, als sie den Hörer ans Ohr legte.

«Hallo?»

«Hier ist Kerstin Evertsson aus der Kindertagesstätte Kortbacken.»

Förmlich und unpersönlich. Jemand, den sie nicht kannte. Oder jemand, der sie lieber nicht kennen wollte.

«Hallo.»

«Ich komme gleich zum Punkt. Wie ich deinem Mann bereits gesagt habe, ist mir bekannt, dass er und Linda Persson ein Verhältnis miteinander hatten, das gestern beendet wurde. Ich habe auch erzählt, dass Åsa Sandström einen anonymen Brief mit einem Zeitungsartikel über Linda bekommen hat und dass du diejenige warst, die ihn ihr in den Briefkasten gesteckt hat. Åsa hat dich dabei beobachtet.»

Lieber Gott, lass mich im Erdboden versinken. Lass mich das nicht erleben müssen.

«Natürlich musste ich Linda anrufen und ihr davon erzählen, auch wenn mir der Prozess und alles andere, was sie durchgemacht hat, bereits bekannt war. Aber für Linda war es mehr, als sie verkraften konnte. Sie liegt auf der Intensivstation im Söderkrankenhaus, nachdem sie sich die Pulsadern aufgeschnitten hat.»

Kurz begegnete sie Henriks Blick, bevor sie ihm wieder auswich.

«Meiner Meinung nach solltest du auch wissen, dass die Elterngruppe Geld für Blumen gesammelt hat und dass man Linda, falls sie durchkommt, inständig bitten wird, ihre Stelle nicht aufzugeben.»

Sie würde sich nie wieder in der Öffentlichkeit zeigen können.

«Tja, leider muss ich gestehen, dass ich nicht genau weiß, wie ich die restlichen Probleme handhaben soll. Axel zuliebe ist es natürlich selbstverständlich, dass er seinen Platz hier nicht verliert, aber ich persönlich finde es sehr schwierig, euch als Kunden zu behalten. Doch das ist eine Entscheidung, die ihr selbst treffen müsst.»

Hilf mir. Lieber Gott, hilf mir.

«Bist du noch dran?»

«Ja.»

«Außerdem wäre es gut, du würdest dich bei Åsa Sandström melden, denn die möchte sich gern mit dir unterhalten und von dir wissen, warum du ausgerechnet sie in das Ganze mit hineingezogen hast. Denn jetzt ist ja allen klar, wer diese E-Mails verschickt hat, die angeblich von Linda sein sollten. Du begreifst sicherlich selbst, dass Åsa sich mit Recht ausgenutzt fühlt und deswegen, gelinde gesagt, empört ist.»

Sie bekam keine Luft.

Nicht auszuhalten.

«Wie du siehst, bin ich äußerst wütend über das, was du getan hast, ich würde lügen, wenn ich etwas anderes behauptete. Ich kann verstehen, dass es ein, tja, beschissenes Gefühl gewesen sein muss, als du gemerkt hast, dass Henrik und Linda etwas miteinander haben, aber das entschuldigt nicht, was du getan hast. Wir arbeiten hier den lieben langen Tag, um den Kindern beizubringen, was richtig und was falsch ist und dass man immer die Verantwortung für seine Taten übernehmen muss. Ich habe geglaubt, dich zu kennen, aber das war offensichtlich ein Irrtum.»

Die Scham war eine Schlinge. Immer enger mit jedem Wort. Sie war vernichtet, entehrt. Sie musste fort. Fort aus Nacka. Fort aus Schweden. Fort von jeglicher Gefahr, jemandem zu begegnen, der sie wieder erkannte und wusste, was sie getan hatte.

«Wird sie durchkommen?»

«Das weiß man noch nicht.»

Sie legte den Hörer zur Seite, vergaß, das Gespräch zu beenden. Henrik mit verschränkten Armen. Hasserfüllt, feindlich und für immer mit dem Recht auf seiner Seite.

Die Treppe hinunter.

Schuhe. Sie wusste noch, dass man sich Schuhe anziehen musste, bevor man hinausging.

Nicht der Värmdövägen. Sie musste sich an die kleineren Straßen halten.

Die Häuser, die sie umgaben, die erleuchteten Fenster, kürzlich nach Hause gekommene Familien, die nach einem neuen Arbeitstag wieder vereint waren. Alles nur eine Kulisse, die sie bestrafen sollte. Nicht zu verkaufen. Unerreichbar. Von jetzt an darfst du nur gucken, nie mehr teilnehmen. Du bist aus unserer Gemeinschaft verwiesen. Für alle Zeiten geächtet, aber nicht vergessen.

Wie durch einen schmutzigen Filter sah sie ein Auto näher kommen. Sie streckte ihre Hand nach hinten, um sich die Kappe über den Kopf zu ziehen. Um unsichtbar zu sein. Die Kappe war nicht am gewohnten Platz. Sie sah an sich herunter und merkte, dass auch die Jacke fehlte. Das Auto fuhr vorbei. Musste weiter, musste fort.

Zuerst bemerkte sie den Wagen nicht, der im Schritttempo neben ihr herfuhr. Ahnte nur etwas Weißes am Rande ihres Gesichtsfeldes. Dann überholte er sie und hielt. Jemand stieg aus.

«Hallo.»

Eine überraschte Stimme, die sich zu freuen schien.

Niemanden konnte ihr Anblick erfreuen.

Sie blieb stehen. Etwas Bekanntes war an der Gestalt, deren Gesicht von der Straßenlaterne schwach beleuchtet wurde.

«Dass man dich hier trifft, wohnst du hier in der Gegend?»

Farbenfrohe Bilder. Die Stimme verknüpft mit abstrakten Mustern.

«Wie geht es dir überhaupt? Kann ich dich irgendwo hinfahren?»

Alles leer. Und dann er, der ihretwegen aufrichtig besorgt schien, der sich immer noch dazu herabließ, mit ihr zu sprechen. Dann sah sie Daniels Eltern vom anderen Ende der Straße auf sie zukommen. Beide mit Aktentasche. Auf dem Weg vom Bus nach Hause. Bald würden sie sich begegnen. Blumen für Linda. Sie wussten, was sie getan hatte, und hatten sich heute an den Blumen für Linda beteiligt. Keine Abzweigung, kein Fluchtweg.

Sie ging zum Beifahrersitz und stieg ein.

Bring mich von hier weg.

Lass mich nur nicht Daniels Eltern treffen.

Schlimmer kann es doch nicht kommen?

WENN BLOSS NICHT.

So viele Wenn-bloß-nicht. So viele, dass nicht mehr zu erkennen war, wann das erste passiert war. Vollkommen stumm saßen sie da. Er fragte nicht, wo sie hinfahren wollte, und sie machte sich keine Gedanken, wohin er unterwegs war. Lehnte nur den Kopf an die Nackenstütze und schloss die Augen. Eine stille Freistatt, in der sie von jedem Vorwurf befreit war.

Erst, als der Wagen hielt und der Motor ausgeschaltet wurde, öffnete sie die Augen. Ein Wendeplatz. Einige geparkte Autos. Mietshäuser. Sie erinnerte sich an ihren letzten Besuch.

Mit einer Willensanstrengung drehte sie den Kopf und sah

ihn an. Nahm das warme Lächeln in sich auf und senkte den Blick, ließ ihn auf seinen Händen verweilen, die auf dem Lenkrad ruhten. Sie erinnerte sich, wie linkisch sie gewesen, wie täppisch sie über ihren Körper gewandert waren, und wunderte sich, dass sie es ihnen gestattet hatte.

Noch ein Wenn-bloß-nicht.

«Danke fürs Mitnehmen.»

Sie setzte dazu an, die Beifahrertür zu öffnen. Die Kraftlosigkeit wie ein Schmerz in den Gliedern, ein physisches Flehen, sich nicht mehr rühren zu müssen.

«Willst du nicht ein Weilchen mit hineinkommen?»

Sie ließ die Hand auf dem Türgriff liegen, während sie nach einer Antwort suchte. In seiner Stimme hörte sie Erwartung, und das war mehr, als sie ertragen konnte. Sie öffnete die Tür, und die Kälte, die ihr entgegenschlug, rief ihr in Erinnerung, dass sie keine Jacke dabei hatte. Kein Geld.

Nichts.

«Ich habe Birnencidre zu Hause. Kannst du nicht reinkommen und ein Glas trinken? Um ehrlich zu sein, siehst du aus, als könntest du es gebrauchen. Danach fahre ich dich, wohin du willst.»

Wohin du willst. Wo war das? Gab es einen solchen Ort?

Wenn bloß nicht.

Die ganze Kette zurück war verknüpft von vielen Wenn-bloß-nicht. Aber das erste Glied in der Kette gehörte Henrik. Der Betrug. Seine Feigheit. Die Wut, die er ihr entgegengebracht hatte. Die Rücksichtslosigkeit.

Kerstins Urteil hallte in ihrem Kopf wider. Man muss immer die Verantwortung für seine Taten übernehmen. Was wusste Kerstin von dem, was Henrik ihr angetan hatte? Was er getan hatte, um ihre Untat zu provozieren. Von der Ohnmacht, die sie gefühlt hatte. Doch sie würde nie die Möglichkeit erhalten, sich zu verteidigen. Nicht vor denen, die das Recht zu haben glaubten, über sie zu richten. Das Urteil war gefällt und die Strafe vollstreckt.

Paria.

Aber was war mit Henrik? Fiel denn kein einziger Teil der Schuld auf ihn? Schließlich hatte er die ganze Kette ausgelöst, wenn nicht sogar ermöglicht.

Er stieg aus dem Wagen, und sie sah durch die Windschutzscheibe, dass er auf dem Weg zu ihrer geöffneten Tür war. Als er ankam, reichte er ihr die Hand.

«Komm jetzt. Nur einen Birnencidre. Sonst nichts.»

So durch und durch müde. Bis ins Mark. Einfach mitgehen, nicht entscheiden müssen.

«Okay, nur einen Birnencidre.»

Er nickte lächelnd.

«Nur einen Birnencidre.»

Sie übersah seine ausgestreckte Hand und stieg aus dem Auto, an ihm vorbei. Er ließ den Arm einen Augenblick zu lange in der Luft hängen, bevor er ihn langsam sinken ließ, ihre Autotür zuschlug und eine Plastiktüte aus dem Kofferraum holte.

Er ging auf seinen Hauseingang zu. Vielleicht war er verärgert, weil sie seine Hand nicht genommen hatte, sie hatte nicht unfreundlich wirken wollen, sie wollte ihm nur keine Andeutungen und nicht die geringste Hoffnung machen, dass er sich mehr erwarten könnte als das, was sie verabredet hatten. Einen Birnencidre. Sonst nichts. Er hatte es selbst gesagt, und sie hatte es akzeptiert.

Er schaltete das Licht im Treppenhaus ein und ließ ihr mit der Geste eines Gentlemans den Vortritt. Er ging einige Schritte hinter ihr. Ihn in ihrem Rücken zu wissen bereitete ihr leichtes Unbehagen, denn ihr war bewusst, dass er ihr

Hinterteil gut im Blick hatte. Zur Schau gestellt und seinen Augen vollkommen ausgeliefert, die gucken konnten, wohin sie wollten. Sie stellte sich mit dem Rücken an die Wand, während er die Tür aufschloss. Vier Schlösser.

Voriges Mal. Ihre Nervosität und wie sie sich an ihn gepresst hatte, um sie zu verheimlichen. Wie die Bilder von Henrik und Linda sie ihr Unbehagen überwinden ließen.

Vor fünf Tagen.

Hinter der Tür blieb sie stehen und hörte, wie er einen Schlüssel in eines der Schlösser steckte und umdrehte. Und dann das Klappern des Schlüsselbundes, als er die anderen drei abschloss, und das Rascheln der Tüte aus dem Kofferraum.

Und plötzlich erinnerte sie sich, dass er glaubte, sie hieße Linda. Dass die Tarnung ihr an dem Abend den Mut verliehen hatte, ihre Absichten in die Tat umzusetzen.

Wenn bloß nicht.

Noch eins.

Aber es gab jetzt keinen Anlass, ihren richtigen Namen preiszugeben. Das hätte nur Fragen heraufbeschworen, die sie nicht beantworten wollte.

«Herzlich willkommen. Willkommen zurück, sollte ich vielleicht sagen.»

Sie war nicht zurückgekommen. Diejenige, die vor ihm stand, war zum ersten Mal hier.

Sie sah auf ihre Schuhe hinunter, als wäre es eine unüberwindliche Aufgabe, sich hinunterzubeugen und sie auszuziehen. Er folgte ihrem Blick, hockte sich nieder und zog vorsichtig die Reißverschlüsse an den Innenseiten ihrer Knöchel hinunter. Legte ihre Hand auf seine Schulter, damit sie sich abstützen konnte, während er ihr die Schuhe auszog. Ihren rechten Fuß hielt er einen Moment zu lange, sie konnte plötzlich seinen Atem hören. Sie wagte nicht, sich zu widersetzen, stand einfach da mit der Hand auf seiner Schulter und ließ ihn ihren rechten Fuß umfassen. Sie hätte nicht hier sein sollen. Sie hätte wieder gehen sollen. Aber wohin? Und wie sollte sie die Kraft aufbringen?

Er stand auf und nahm sie fürsorglich am Ellbogen, führte sie in die kleine Küche und setzte sie auf einen der Stühle. Mit dem Blick folgte sie ihm die zwei Schritte bis zum Kühlschrank und sah dessen Inhalt aufblitzen, als er die Tür öffnete. Jedes Fach mit identischen Cidreflaschen gefüllt. Er nahm zwei heraus, zog das Schlüsselbund aus der Tasche und öffnete sie mit einem roten Flaschenöffner, der zwischen den Schlüsseln klemmte. Dann blieb er mit den Flaschen stehen, legte den Kopf schräg und betrachtete sie.

«Wie geht es dir eigentlich?»

Sie war unfähig zu antworten.

«Ich habe ja kein Sofa, aber du darfst dich gern in meinem Zimmer aufs Bett setzen. Ich meine nur, da sitzt es sich ein bisschen schöner, sonst nichts, du siehst nämlich so aus, als könntest du es gebrauchen, ich kann auf dem Boden sitzen.»

«Hier ist es gut.»

Er ging zum dem Stuhl auf der anderen Seite des an der Wand befestigten Klapptisches, beugte sich nach vorn und reichte ihr die eine Cidreflasche.

«Auf dein Wohl. Nochmal, könnten wir sagen.»

Er lächelte, und sie griff nach der Flasche und trank.

«Das ist die Sorte, die du magst, was?»

Sie studierte das Flaschenetikett. Konnte nicht feststellen, ob diese Sorte besser oder schlechter schmeckte als anderer Cidre.

«Ja, sicher.»

«Dass wir beide noch einmal so aufeinander stoßen, und

auf diese Weise. Es ist doch beinahe etwas zu unwahrscheinlich, um ein reiner Zufall zu sein, mir scheint fast, es hat etwas zu bedeuten, als wäre es vorbestimmt gewesen.»

Ihr fiel nichts Passendes dazu ein, aber sie lächelte ein bisschen, um nicht unverschämt zu wirken.

Eine kurze Weile saß er schweigend da. Dann stand er auf und ging zu der kleinen Spüle, nahm den Lappen und wischte etwas von der rostfreien Oberfläche. Rieb heftig und kontrollierte in regelmäßigen Abständen, ob der Fleck verschwunden war.

«Kannst du mir nicht erzählen, was passiert ist?»

Er spülte und wrang den Lappen aus, spülte ihn noch einmal und wiederholte diese Prozedur weitere zwei Male, bevor er ihn doppelt faltete und über den Wasserhahn hängte.

«Warum du beispielsweise ohne Jacke draußen herumläufst und wohin du eigentlich willst.»

Er korrigierte die Position des Lappens, indem er ihn mit dem Zeigefinger einige Zentimeter weiter den Wasserhahn hinaufschob. Sie nahm einen Schluck aus der Flasche.

«Entschuldige, aber ich kann nicht darüber reden.»

Sie war ihm zu nichts verpflichtet. War ihm nichts schuldig. Im Gegenteil. Wenn sie erzählte, wäre die Freistatt vernichtet, die sie gefunden hatte, er würde sich zu den Richtern gesellen und sie verurteilen. Linda auf der Intensivstation. Wenn sie durchkommt, werden wir sie inständig bitten, ihre Stelle nicht aufzugeben.

Falls sie durchkommt.

Sie trank wieder. Suchte nach der Ruhe im ersehnten Rausch.

Er stand vollkommen still mit dem Rücken zu ihr. Dann drehte er sich plötzlich um.

«Du kannst ein Bad nehmen, wenn du möchtest.»

Sie antwortete nicht, spürte sofort ihr Misstrauen erwachen.

Er stellte seine Flasche auf dem Tisch ab.

«Du brauchst keine Angst zu haben. Ich lasse dir das Badewasser ein, bleib so lange hier sitzen und entspann dich. Ich glaube, es täte dir gut zu baden, du hast dir wirklich ein bisschen Ruhe verdient.»

Dann war er weg, und kurz darauf hörte sie das fließende Wasser.

Es widerstrebte ihr, sich in dieser Wohnung auszuziehen, aber im Badezimmer konnte sie sich einschließen und würde keine weiteren Fragen beantworten müssen. Würde überhaupt nicht mehr reden müssen. Und hätte die Möglichkeit nachzudenken. Vielleicht konnte sie bei Sara oder Gerd aus der Firma anrufen und fragen, ob sie bei ihnen übernachten dürfte, eine glaubwürdige Erklärung würde ihr schon einfallen.

Seine Stimme aus dem Badezimmer und dann plötzlich der vertraute Duft.

«Ich habe auch einen neuen Badezusatz gekauft. Mit Eukalyptusaroma.»

Denselben hatte sie zu Hause in ihrem Badezimmer. Axel hatte ihn ihr geschenkt. Sie fasste es als Zeichen auf, hatte keine Kraft mehr, sich zu widersetzen, sondern gönnte sich die Entspannung.

Er meinte es gut mit ihr.

Und das brauchte sie in diesem Moment dringend.

Sie nahm den letzten Schluck aus der Flasche und hörte, wie das Wasser abgedreht wurde. Im nächsten Augenblick stand er in der Tür.

«Bitte sehr.»

Lächelnd zeigte er auf das Badezimmer, bemerkte jedoch, dass ihre Flasche leer war. Flugs war er am Kühlschrank und holte eine neue heraus. Sie stand auf, er setzte dazu an, ihren Unterarm zu fassen, als wollte er sie wieder führen, hielt aber inne und zog sich zurück. Vielleicht aus Rücksicht, vielleicht wollte er ihr zeigen, dass sie bei ihm in Sicherheit war und nicht zu befürchten brauchte, dass er andere Absichten hätte als behauptet.

Sie nahm die neue Flasche und ging auf die geöffnete Badezimmertür zu. Die Wanne war randvoll, und der weiße Schaum knisterte einladend. Ihr war wohler zumute. Sie würde sich ein Weilchen ausruhen dürfen.

«Hier hast du ein Handtuch.»

Er reichte ihr ein hellblaues Badelaken aus Frottee. Sorgfältig zusammengefaltet, Kante auf Kante, zentimetergenau. Sie fasste es am Haken und legte es auf den Toilettendeckel. Unwillig gab das Handtuch seinen geordneten Zustand auf, die Bügelfalten schnitten noch immer tiefe Spuren in den Stoff. Sie drehte sich zu ihm. Er stand regungslos in der Tür. Sie machte keine Anstalten, sich auszuziehen, und er verstand ihre stumme Aufforderung.

«Jetzt genieße es und hab keine Eile. Nimm dir so viel Zeit, wie du willst.»

«Danke.»

Er ging rückwärts hinaus und zog die Tür zu, sie drehte den Riegel, bis der weiße Halbmond rot wurde. Dann zog sie langsam ihre Kleider aus, stellte die Flasche auf den Badewannenrand und versank im Schaum. Allmählich fand sich Ruhe ein. Der Cidre hatte seine Aufgabe erfüllt.

Nacka war das Problem. Von dort musste sie wegkommen. Schon jetzt spürte sie das befreiende Gefühl, die Bezirksgrenze überschritten zu haben. Hier konnte sie wieder atmen und klar genug denken, um zu begreifen, dass die Schuld nicht allein bei ihr lag, obwohl sie Fehler gemacht hatte. Ihr Handeln hatte eine Ursache. Wenn sie das Haus verkauften und sie in die Innenstadt zog. Axel könnte in einem neuen Kindergarten anfangen, wo niemand sie kannte.

Sie nahm noch einen Schluck.

Es würde gehen. Es gab trotz allem eine Zukunft.

«Ist es schön?»

«Ja klar. Danke.»

Seine Stimme ganz dicht an der Tür.

Als sie gerade dachte, er wäre wieder gegangen, fuhr er fort. Er klang jetzt noch näher, als hielte er den Mund direkt an den Türspalt.

«Ich will dir nichts Böses antun, im Gegenteil. Das verstehst du doch?»

Ein stechendes Unbehagen mitten in dem wohltuenden und vertrauten Badeschaum.

«Ja.»

«Gut.»

Sie hatte sich gerade wieder zurechtgelegt und die Augen geschlossen, als sie das Geräusch hörte. Sie drehte den Kopf und sah, wie der rote Halbmond auf weiß gedreht wurde, und im nächsten Augenblick stand er in der offenen Tür. Sie rutschte so tief sie konnte, um sich mit dem Schaum zu bedecken.

«Ich möchte hier drinnen gern meine Ruhe haben, danke.»

Er lächelte sie an.

«Du hast hier deine Ruhe.»

Er nahm das Badelaken, legte es sich auf den Schoß und setzte sich auf den Klodeckel.

«Allein, meine ich.»

Wieder lächelte er, traurig diesmal, als wüsste sie nicht, was am besten für sie war.

«Bist du nicht lange genug allein gewesen?»

Plötzlich bekam sie Angst. Wollte aufstehen und die Wohnung verlassen. Aber nicht, solange er sie sehen konnte.

«Warum siehst du so ängstlich aus? Ich weiß doch bereits, wie schön du bist. Das hast du mir ja schon einmal gezeigt, wie sollte ich es jemals vergessen können?»

«Ich habe gesagt, wir trinken nur einen Birnencidre.»

«Ja. Und jetzt haben wir zwei getrunken. Und du wirst so viele bekommen, wie du möchtest. Ich habe sie für dich gekauft.»

Er hatte nichts Bedrohliches an sich, strahlte einzig und allein Wohlwollen aus. Dennoch sagte ihr etwas, dass sie von hier verschwinden sollte, so bald wie möglich von hier verschwinden sollte.

«Warte kurz, ich gebe dir etwas Schönes, das kannst du anziehen, wenn du mit Baden fertig bist.»

Er stand auf.

«Nicht nötig, ich nehme meine Sachen.»

«Du hast etwas Schöneres verdient.»

Auf dem Weg in den Flur schnappte er sich ihre Sachen und nahm das Badelaken mit. So schnell sie konnte stand sie auf und riss das Gästehandtuch an sich. Sie musste von hier weg. Der Schaum blieb glitschig auf ihrer Haut liegen, als wäre das Handtuch gegen Nässe imprägniert.

Dann stand er wieder in der Tür.

Sie versuchte, sich so gut es ging zu bedecken.

Er hielt mitten in einem Schritt inne und blieb ganz still stehen. Als hätte er vergessen, dass sie sich dort drinnen befand, und sähe sie nun zum ersten Mal. Beschämt senkte er den Blick, als er ihre Nacktheit gewahr wurde.

«Verzeihung.»

«Gib mir das Handtuch.»

Unendlich langsam näherte sich sein Blick. Über den Fußboden und die Badematte, dann an der Badewanne empor, Kachel für Kachel tastete er sich zu ihr hinauf. Als er ihren nackten Körper erreichte, den sie so krampfhaft hinter dem winzigen Stück Stoff zu verbergen versuchte, sah sie unverhohlene Bewunderung in seinem Gesicht. Ein Keuchen, als seine Augen bei ihren Schenkeln ankamen und über das Handtuch eilten, um wieder auf ihre Haut über den Brüsten zu treffen.

«Mein Gott, wie schön du bist.»

Seine Stimme bebte.

«Gib mir das Handtuch.»

Ihr scharfer Befehl riss seinen Blick fort, und er starrte wieder auf den Fußboden. Dann legte er etwas auf den Toilettendeckel, ging hinaus und schloss die Tür hinter sich.

Schnell war sie aus der Wanne und versuchte, sich so gut es ging abzutrocknen.

«Gib mir meine Kleider.»

«Er liegt auf der Toilette.»

Die Nähe seiner Stimme ließ sie zusammenzucken, sein Mund an den Türspalt gepresst. Sie raffte an sich, was da auf dem Klodeckel lag. Nie im Leben. Gefüttert und aus einem glänzenden Stoff, der an den beanspruchtesten Stellen aufgeraut war.

Ein alter, geblümter Morgenmantel.

«Ich will meine Sachen.»

«Warum so böse? Ich habe sie im Spülbecken eingeweicht. Zieh jetzt den Morgenrock an und komm heraus, damit wir alles besprechen können.»

Mit ihm stimmte etwas nicht, daran bestand kein Zweifel. Aber wie gefährlich war er, wie viel Angst musste sie vor ihm haben? Sie wusste nur eins mit Sicherheit. Sie wollte von hier weg, und jetzt hatte sie nichts anzuziehen. Und niemand auf der ganzen Welt würde nach ihr suchen. Und selbst wenn es wider Erwarten jemand täte, hätte er nicht gewusst, wo sie war. Sie musste den Mut aufbringen, das Badezimmer zu verlassen. Hinausgehen und mit ihm reden. «Alles besprechen» wollte sie jedoch auf keinen Fall. Sie hatten absolut nichts miteinander zu tun, und genau das musste sie ihm begreiflich machen. Angewidert betrachtete sie den Morgenmantel. Ein brauner Schmutzrand an der Innenseite des Halsausschnitts. Dann schaffte sie es, ihren Ekel zu überwinden, und zog ihn über, gegen den Geruch von eingewachsenem Schmutz und altem Kleiderschrank ankämpfend.

Sie legte die Hand auf die Klinke und atmete tief durch.

«Ich komme jetzt raus.»

Von draußen war kein Laut zu hören.

Vorsichtig öffnete sie die Tür einen Spalt. Vor ihr war es dunkel, das Licht im Flur war ausgeschaltet. Instinktiv löschte sie das Badezimmerlicht, um in der Dunkelheit unsichtbar zu sein. Sie öffnete die Tür ein bisschen weiter, und als sie hinausschaute, sah sie Kerzenschein aus dem Zimmer. Sie warf einen Blick auf die Eingangstür, wohl wissend, dass sie selbst gehört hatte, wie die Schlüssel in allen vier Schlössern umgedreht worden waren. Schlüssel, die sich nun in seiner Hosentasche befanden.

Sie machte einen Schritt auf den Kerzenschein zu. Alles war still. Dann blieb sie stehen. Noch ein Schritt, und sie würde für ihn im Türrahmen sichtbar sein. Der plötzliche Klang seiner Stimme ließ sie erschauern.

«Komm.»

Sie rührte sich nicht vom Fleck.

«Komm, bitte. Es war nicht meine Absicht, dich zu erschrecken.»

«Was willst du denn? Warum kann ich nicht einfach meine Kleider haben?»

«Natürlich kannst du deine Kleider haben, aber jetzt sind sie ja eingeweicht. Komm rein, dann können wir uns ein bisschen unterhalten, solange sie trocknen.»

Was hatte sie für eine Wahl? Sie machte den letzten Schritt und sah ins Zimmer hinein. Er saß auf der Bettkante. Von ihren Füßen auf der Türschwelle bis zu seinem Bett eine Allee von Teelichtern. Eine geplante Route, die allzu offensichtlich seine Erwartungen verbildlichte. Sie wollte gerade erklären, dass sich das, was bei ihrem letzten Besuch passiert war, nicht wiederholen würde. Doch dann sah sie sein Gesicht und stockte. Er betrachtete nicht sie, suchte nicht ihren Blick. Den geblümten Morgenmantel schaute er an. Und ganz plötzlich, ohne Vorwarnung, verzog sich sein Gesicht zu einer Grimasse, und sein ganzer Körper rollte sich ein und sank zusammen. Er wandte sich ab, und sie begriff, dass er versuchte, seine Tränen zu verbergen. Ihre Verwirrung war vollkommen. Was wollte er überhaupt?

Sie sagte kein Wort. Blieb einfach im Türrahmen stehen, betrachtete ihn. Seine gesamte Körperhaltung bezeugte den misslungenen Versuch, sich vor ihren Blicken zu schützen. Er schluchzte einige Male und blieb mit zu Boden gerichtetem Blick sitzen, strich sich dann mit der Hand über das Gesicht und sah sie zögernd an, schüchtern und verlegen.

«Verzeihung.»

Sie antwortete nicht. Merkte plötzlich, dass das Zimmer verändert war. Die Wände kahl, aber voller schwarzer Löcher von den Nägeln, an denen die merkwürdigen Bilder gehangen hatten.

Sie schaute wieder zum Fußboden auf die Teelichter.

«Jahrelang traute ich mich nicht, Kerzen anzuzünden,

aber dann habe ich welche gekauft, falls ich mich trauen würde, wenn du bei mir bist.»

Er sprach die Worte aus wie ein peinliches Geständnis, war ebenso nackt vor ihr, wie sie eben vor ihm im Badezimmer gestanden hatte. Als wollte er sich als Entschuldigung für sein Eindringen auch entblößen. Ihre Angst verflüchtigte sich. Er hatte einfach die Zeichen falsch gedeutet, als sie mit ihm nach Hause kam. Und konnte sie ihm das eigentlich vorwerfen? Er hatte natürlich geglaubt, sie würde sich melden. Dass ihre gemeinsame Nacht ein Beginn war. Hatte in ihr eine Möglichkeit gesehen.

Wenn sie einfach eine Weile blieb und ihn davon überzeugte, dass das zwischen ihnen Vorgefallene ein Fehler war und sie nicht die Absicht gehabt hatte, ihn zu verletzen. Er war nicht gefährlich, er hatte sich nur verliebt und vergessen, sich zu vergewissern, ob sie dasselbe für ihn empfand.

«Warum hast du dich jahrelang nicht getraut, Kerzen anzuzünden?»

Der Versuch zu einem Gespräch. Sich vorsichtig herantasten, um ihn allmählich zu verstehen.

Er sah sie an und lächelte ein bisschen.

«Es gibt so vieles, was du nicht über mich weißt, was ich noch nicht erzählen konnte.»

Falsche Spur. Sie musste sich bemühen, von Anfang an klare Verhältnisse zu schaffen.

«Ich möchte dich um etwas bitten.»

Er war ihr zuvorgekommen, bevor sie fortfahren konnte.

«Um was denn?»

Er schluckte.

«Ich möchte, dass du hierher kommst und dich ein Weilchen zu mir setzt, solange du ihn anhast.»

«Warum?»

Er zögerte lange, bevor er weitersprach, sie konnte sehen, dass er die Worte von tief drinnen hervorholen musste, dass es eine Überwindung für ihn war, seinen Wunsch auszusprechen.

«Ich möchte nur ein bisschen den Kopf in deinen Schoß legen.»

Fast unhörbar. Verlegen auf seine Hände blickend.

Es war unmöglich, vor einer so jämmerlichen Figur Angst zu haben. Sie konnte ebenso gut sofort sagen, wie die Dinge lagen, damit sie endlich von hier wegkam.

«Ich glaube, ich sage lieber gleich, wie es ist. Ich kann verstehen, dass du vielleicht geglaubt hast, ich oder wir ... Ich meine, es war nicht schlecht oder so, es war eben ein Fehler, ich war betrunken und habe nicht nachgedacht. Du hast vielleicht gehofft, wir würden uns wieder sehen und so, aber, um ehrlich zu sein, ich bin verheiratet.»

Er saß ausdruckslos da. Seine ausbleibende Reaktion ermunterte sie fortzufahren. Warum hatte sie nicht von Anfang an die Wahrheit gesagt? Wer wusste besser als sie, dass Ehrlichkeit am längsten währt.

«Vielleicht könnte ich mir etwas zum Anziehen von dir leihen und es dir dann zurückschicken. Mein Mann macht sich bestimmt furchtbare Sorgen, wenn ich nicht bald nach Hause komme.»

«Wieso sollte er?»

Die Stimme war plötzlich hart und kalt. Jegliches Wohlwollen daraus verschwunden.

«Natürlich macht er sich Sorgen, wenn ich nicht nach Hause komme.»

Den neuen Ton in ihrer Stimme nahm sie selbst wahr. Vorsichtiger.

Er zuckte fragend die Achseln.

«Das kommt wohl darauf an, welche Art von Ehe man

führt. Ob man sich liebt oder nicht. Oder ob man des Öfteren untreu ist.»

Verletzt. Stolz und verletzt. Eine gefährliche Kombination. Sie musste behutsamer vorgehen, seine vorübergehende Hilflosigkeit hatte sie in die Irre geführt.

«Ich bin sonst nicht untreu. Mit dir war das erste Mal.»

Er rümpfte die Nase.

«Welch eine Ehre.»

Zum Teufel. Schon wieder falsch. Sie musste ihre Worte klüger wählen. Er war wie ein Minenfeld.

«Es war nicht meine Absicht, dich zu verletzen. Ich meine, wir beide sind doch erwachsene Menschen. Wir haben uns eine Weile umeinander gekümmert.»

«Du meinst, ich habe mich eine Weile um dich gekümmert? Du hast mich als Trost benutzt, weil er daheim nicht mehr zur Verfügung stand? Oder wolltest du ihn vielleicht eifersüchtig machen oder dich für irgendetwas rächen?»

Sie blieb stumm.

«Und hast du dir eigentlich Gedanken darüber gemacht, wie es mir geht, nachdem du mich ausgenutzt hast?»

Sie antwortete nicht. Fand keine andere Entschuldigung, als dass ein jeder die Verantwortung für sein eigenes Leben trägt, aber das auszusprechen war nicht der richtige Moment. Verdammter Mist. Sie musste von hier weg.

«Ich habe doch gesagt, dass ich einen Fehler gemacht habe. Ich kann doch nicht mehr tun, als mich zu entschuldigen.»

«Und dein Mann? Liebst du ihn?»

Nein.

«Ja.»

«Und wenn er dich betrügen würde? Was würdest du dann machen?»

Sie schluckte.

«Das weiß ich nicht genau. Ich würde wohl versuchen, ihm zu verzeihen. Wir machen alle Fehler. Wie gesagt.»

Seine Augen wurden schmal.

«Niemand, der einen anderen hintergeht, hat Vergebung verdient. Ein Betrug kann nie verziehen, nie vergessen werden, er bleibt in einem wie eine offene Wunde. Etwas wird zerrissen und kann nie wieder ganz werden.»

Sie war nicht die Einzige im Raum, die das Gefühl kannte, so viel stand fest. Aber sie hatte keine Lust, ihn an ihren Erfahrungen teilhaben zu lassen.

Er fuhr fort.

«Wenn es einen Mann gäbe, der dich über alles liebt, der bereit wäre, alles für dich zu tun, der dir hoch und heilig versprechen kann, dich niemals zu betrügen, immer für dich da zu sein, hinter dir zu stehen. Würdest du ihn dann auch lieben?»

«So funktioniert Liebe nicht.»

«Wie funktioniert sie dann?»

«Sie geht, wohin sie will. Darüber kann man nicht selbst bestimmen. Wenn man sich verliebt, dann ist das so.»

«So einfach ist das? Kann man wirklich nichts dafür tun, dass die Liebe wächst oder bleibt?»

Sie gab keine Antwort. Hatte nicht die Kraft.

«Kann man das nicht?»

«Weiß ich nicht. Ich bin kein Experte.»

«Aber was ist dann ein Betrug? Und warum tut er so weh, wenn man doch weiß, dass derjenige, der einen betrügt, nichts dafür kann? Dass nur die Liebe ein bisschen dorthin gewandert ist, wohin sie wollte.»

Ihr müdes Gehirn machte einen tapferen Versuch, seiner Logik zu folgen.

«Der Betrug besteht darin, dass man lügt. Dass der, den man liebt, einem direkt ins Gesicht lügt.»

«Wenn man mit jemandem schläft und es dann erzählt, ist es also okay?»

«Natürlich nicht.»

«Es müsste doch so sein. Er kann doch nicht selbst entscheiden, ob er sich verliebt oder nicht, das hast du doch gerade gesagt. Wenn er es dann zugibt, müsste doch alles wieder gut sein.»

Sie seufzte.

«Es ist wohl eine Sache, ob man sich verliebt, und eine andere, was man tut.»

«Eine andere zu lieben ist also kein Betrug?»

Langsam begann sie sich richtig über seine Fragen zu ärgern. Fang dein eigenes Leben an, dann wirst du sehen, wie leicht es ist.

«Ich weiß nicht. Darf ich mir jetzt etwas zum Anziehen ausleihen?»

«Du meinst also, wenn man aufhört, den zu lieben, den man lieben sollte, sagt man es am besten, macht weiter wie bisher und tut so, als wäre alles in schönster Ordnung?»

Sie stand schweigend da.

«Ist das nicht auch eine Art von Betrug? Dass derjenige, von dem man sich geliebt glaubt, nur aus Pflichtgefühl und Rücksichtnahme bei einem bleibt?»

Sie sah wieder zu Boden.

«Was ist mit all denen, die ein ganzes Leben lang zusammenbleiben und glücklich sind? Wenn es so ist, wie du sagst, haben sie also einfach Glück gehabt? Es hat nichts damit zu tun, wie sie sich verhalten haben?»

Als sie keine Antwort gab, stand er auf und ging ans Fenster. Blieb mit dem Rücken zu ihr stehen. Dann seufzte er tief, ging zurück und setzte sich wieder.

«Du glaubst also nicht, dass man lernen kann, einen anderen Menschen zu lieben, indem man sich entscheidet, ihn zu lieben, und dann sein Bestes gibt?»

«Nein, das glaube ich nicht.»

Nun hatte er seine Antwort. Nun wollte sie gehen.

Er saß mit hängendem Kopf da, die Hände im Schoß. So naiv. Er glaubte, sie zu lieben, er kannte sie gar nicht, wusste nicht einmal ihren Namen.

«Kann ich mir jetzt bitte etwas zum Anziehen ausleihen?»

Langsam sah er wieder zu ihr hoch. Die Enttäuschung in seinem Gesicht war deutlich.

«Hast du es so eilig, von hier wegzukommen?»

Sie gab auf, drehte sich um und ging in die Küche, er hatte nicht gelogen, sondern ihre Kleider wirklich im Spülbecken eingeweicht.

Verdammter Idiot.

Auf dem Rückweg traf sie ihn im Flur. In seiner ausgestreckten Hand hielt er eine zusammengefaltete Jeans und einen roten Pulli. Sie nahm die Sachen dankbar entgegen.

«Super. Ich schicke sie dir dann zurück.»

Er sagte nichts dazu. Nickte nur in Richtung Badezimmer.

«Du kannst dich da drin umziehen.»

«Danke.»

«Nur eins noch.» Er sah sie direkt an.

«Ich fahre dich gern irgendwohin, wenn du willst, aber vorher möchte ich dir noch eine Sache zeigen. Vielleicht kannst du das für mich tun, zum Abschied sozusagen. Es dauert nur ein paar Minuten.»

Alles, wenn er nur endlich die Tür aufsperrte.

«Klar. Was ist es denn?»

«Es ist draußen.»

Umso besser.

Sie ging ins Badezimmer und zog sich um. Vor der Tür

hörte sie ihn mit den Wohnungsschlüsseln klappern und beeilte sich. Er hatte Jacke und Schuhe angezogen, als sie herauskam. Hastig beugte sie sich hinunter und streifte ihre eigenen über. Er stand schweigend vor der Eingangstür und hielt die Plastiktüte in der Hand, die er aus dem Kofferraum geholt hatte.

«Bist du fertig?»

Sie nickte.

«Und du versprichst mir, dass ich es dir zeigen darf?»

Sie nickte noch einmal.

«Auf Ehre und Gewissen?»

«Ja.»

Lass mich jetzt raus, verdammt nochmal!

Er ging ins Treppenhaus und schaltete das Licht ein. Drückte den Lichtschalter zweimal, obwohl es schon nach dem ersten Mal hell wurde, und verriegelte dann das erste Schloss. Zurück zum Lichtschalter und nochmal zweimal drücken, bevor er die anderen drei abschloss. Verwundert beobachtete sie die merkwürdige Prozedur und nutzte gleichzeitig die Gelegenheit zu überlegen, wohin sie sich fahren lassen wollte. Alles wäre sehr viel einfacher gewesen, wenn sie wenigstens ihre Brieftasche dabeigehabt hätte.

Schweigend gingen sie die Treppen hinunter. Sie voran und er hinterher. Im Erdgeschoss überholte er sie, und sie sah, wie er seinen Ärmel schützend hinunterzog, bevor er die Klinke der Haustür berührte.

Dann waren sie draußen.

«Es ist hier unten, gleich hinter dem Park.»

Sie zögerte. Ein Spaziergang durch ein Waldstück.

«Du hast es versprochen.»

Etwas an seinem Ton machte ihr deutlich, dass sie ihr Versprechen besser hielt.

«Was ist es denn?»

«Du wirst schon sehen. Aber es ist etwas sehr Schönes.»

Sie gingen los. Der Weg war abschüssig, und bald sah sie Wasser durch die Bäume. Er schwieg. Gleich hinter dem Park, hatte er gesagt, aber der Spaziergang war viel länger. Sie wollte sich gerade widersetzen, die Kälte als Grund angeben, kam aber nicht dazu.

«Hier. Es ist hier drüben.»

Ein Haus und ein Schild, aber es war zu dunkel, als dass man hätte lesen können, was darauf stand. Ein Eisentor und ein Zaun ringsherum. Er bog von dem Spazierweg ab, ging zu dem Zaun und hob ihn einen halben Meter hoch. Mit einem Nicken forderte er sie auf, darunter hindurchzukriechen.

«Darf man wirklich hier hineingehen?»

«Kein Problem, ich bin schon oft hier gewesen. Mach dir nichts draus, wenn es Flecken auf der Hose gibt.»

Sie wollte nicht, aber sie hatte es versprochen. Wenn sie sich jetzt weigerte, müsste sie zu Fuß in die Stadt zurück. Sie seufzte, ging auf die Knie und kroch unter dem Zaun hindurch, stand wieder auf und klopfte ihre Hose ab.

Er kam hinterher.

Sie sah sich um. Mit Persenningen abgedeckte Boote. «Zutritt verboten.» Das Schild war jetzt lesbar: *Årstadals Yachtclub.*

«Wohin wollen wir?»

«Nur auf den Steg dort. Den rechten.»

Es war kalt, so ohne Jacke, und sie bibberte, als sie sich zwischen den Booten hindurchbewegten. Dann betraten sie den Steg, und sie tat, was er ihr gesagt hatte, bog auf den rechten ab, er war direkt hinter ihr. Als sie das Ende des Bootsstegs erreichte, blieb sie stehen und sah sich um. An ihrer rechten Seite Wald, an ihrer linken Södermalm und vor ihr Wasser. Sie drehte sich um.

«Was wolltest du mir zeigen?»

Er sah hinaus auf das schwarze Wasser, als wollte er die Antwort so lange wie möglich hinauszögern.

«Etwas, das du noch nie gesehen oder erlebt hast.»

«Was ist es denn?»

Sie wurde ungeduldig. Die Kälte setzte ihr zu.

Er stand ganz still. Dann legte er seine Hand aufs Herz.

«Hier.»

«Nun hör aber auf. Ich will hier weg. Wenn du mich nicht fahren willst, gehe ich zu Fuß.»

Eine Furche bildete sich zwischen seinen Augenbrauen.

«Warum hast du es immer so eilig?»

«Ich friere.»

Sie bereute sofort, was sie gesagt hatte, es konnte als Aufforderung missverstanden werden, sie zu wärmen.

Er schaute wieder aufs Wasser hinaus.

«Ich werde dir zeigen, was wahre Liebe ist.»

Und dann lag sein Blick wieder auf ihr.

«Falls du Zeit dafür hast.»

Sie spürte immer noch Angst, aber ihr Ärger war größer.

«Ich habe dir doch alles erklärt. Ich bin verheiratet. Ich dachte, das Thema wäre durch.»

«Verstehst du, wahre Liebe ist, wenn man so sehr liebt, dass man bereit ist, alles für den geliebten Menschen zu tun.»

«Sei doch bitte so nett …»

Er fiel ihr ins Wort.

«So sehr liebe ich dich.»

«Du kennst mich überhaupt nicht. Du hast keine Ahnung, wer ich bin. Und egal, was du sagst, du kannst mich nicht zwingen, dich zu lieben, so funktioniert das nicht. Ich liebe meinen Mann.»

Plötzlich sah er traurig aus.

«Ich will doch nur, dass du glücklich bist. Warum erlaubst du mir nicht, dich glücklich zu machen?»

«Ich möchte jetzt wirklich gehen.»

Er machte einen Schritt zur Seite und versperrte ihr den Weg. Sie versuchte, auf der anderen Seite an ihm vorbeizukommen, aber er war schneller.

Ihr Unbehagen wurde größer, und sie begriff, dass es besser war, es zuzugeben.

«Du machst mir Angst.» Er lächelte bedrückt und schüttelte den Kopf.

«Wie kannst du Angst vor mir haben? Ich habe doch gesagt, dass ich dich liebe. Den anderen dagegen, zu dem du so eilig nach Hause möchtest, warum lässt du ihn nicht einfach gehen? Oder noch besser, schick ihn zur Hölle.»

Sie rieb sich die Arme, um sie ein bisschen aufzuwärmen.

«Weil ich ihn liebe, zum Beispiel.»

Er seufzte.

«Wie kann eine wie du einen solchen Mann lieben? Du hast etwas viel Besseres verdient. Eva, wenn du ganz ehrlich zu dir selbst bist, weißt du, dass er dich nicht mehr liebt.»

Ein plötzlicher Stoß durch ihren Körper.

Eva. Was, zum Teufel. Eva?

«Wie ...»

Sie fand keine Worte, die die Frage formulieren könnten. Plötzlich hatte sich die Situation völlig geändert.

«Es ist so traurig mitanzusehen, dass eine Frau wie du glaubt, sie müsse wie Linda werden, damit man sie lieben kann. Dass du sogar ihren Namen benutzt. Linda ist eine Hure, sie ist nichts im Vergleich zu dir.»

Stumm stand sie da. Stumm und plötzlich ohne jede Orientierung. Wer war der Mann, der vor ihr stand? Wie konnte er das alles wissen? Sie hatte jetzt Angst, richtige Angst, jeglicher Kontrolle beraubt. Jede Zelle signalisierte ihr, dass sie sich verteidigen musste. Dass er eine größere Gefahr darstellte, als sie jemals geahnt hatte.

«Wie konntest du so dumm sein zu glauben, ein paar Rosen hätten ihn verändert. Ich weiß, was für ein jämmerlicher Wurm er ist.»

Er hob die Plastiktüte hoch, die er mitgebracht hatte, und leerte sie über ihrem Kopf aus. Instinktiv legte sie schützend die Hände vors Gesicht. Sie spürte, wie der Inhalt auf sie und um sie herum regnete. Und dann der Duft. Sie schaute auf ihre Füße hinab. Zwanzig rote Rosen. Abgeschnitten und von ihrem Wohnzimmertisch entwendet.

Entsetzt starrte sie ihn an.

«Jetzt aber bekommst du sie aus wahrer Liebe. Und doch darf ich, der ich dich wirklich liebe, dich so liebe, wie du bist, noch nicht einmal meinen Kopf in deinen Schoß legen.»

Sie sah sich um. Wasser auf allen Seiten. Kein Mensch. Ein Zug fuhr auf der Brücke weit hinter ihm vorbei. Die Geräusche aus der Stadt. Ganz in der Nähe und doch unerreichbar.

«Ich hätte dir gern Zeit gelassen zu verstehen, dass du mir vertrauen kannst. Dass ich immer für dich da sein werde. Mit Axel habe ich bereits Bekanntschaft geschlossen, wir hätten es also ganz langsam angehen können. Aber du wolltest ja nicht. Du zwingst mich, dir zu beweisen, wie sehr ich dich liebe.»

Sie machte einen Schritt rückwärts, tastete suchend mit dem Fuß und stellte fest, dass sie gefährlich nah an der Kante stand. Dann machte er einen Schritt auf sie zu, legte seine Hände auf ihre Schultern und sah ihr direkt in die Augen.

«Ich liebe dich.»

Den Sturz bekam sie nicht mit. Nur die Eiseskälte, die sie plötzlich umgab und ihr alle Luft aus den Lungen presste. Ihr Körper stieg an die Oberfläche auf und nahm einen keuchenden Atemzug, ein rasender Überlebenswille. Ihre Hand tastete nach dem Bootssteg, konnte ihn aber nicht finden. Im nächsten Moment schloss sich etwas um ihren Körper und zog sie unter Wasser. Mit aller Kraft versuchte sie, ihren Kopf über der Oberfläche zu halten, mit den Armen rudernd versuchte sie, sich gegen das Gewicht zu wehren. Dann fühlte sie plötzlich seine Lippen auf ihren, seine Zunge, die in ihren Mund drängte. Seine Beine fixierten sie in einem Eisengriff und zogen sie in die Tiefe, hinab in die Dunkelheit, die eisige Kälte. Die Zeit existierte nicht. Nur das Entsetzen darüber, wie unvollendet all ihr Tun und dass es jetzt für immer zu spät war. Dann spürte sie, wie ihr Widerstand nachließ und sie sich langsam, aber sicher seinem Willen fügte und aufgab.

Stille. Und in der Stille hörte sie mehr, als sie je zuvor gehört hatte.

Eine grenzenlose Stille. Hinter ihr, vor ihr, ringsherum.

Willig lieferte sie sich dem Frieden aus, der sie umschloss.

Endlich.

Sie brauchte nicht mehr zu kämpfen.

Alles war gut.

«DU FINDEST ES vielleicht albern, dass ich hier so sitze und mit dir rede, aber ich bin mir sicher, dass du mich auf irgendeine Art hören kannst. Ich weiß nicht, ob du das verstehst, aber ich spüre ganz deutlich, dass du für immer ein

Teil von mir sein wirst, vielleicht ist es für alle Mütter so, dass das Band nie richtig durchtrennt wird, es wird umso deutlicher, wenn … o Eva … meine geliebte kleine Eva, wie konnte es nur so weit kommen?

Verzeih mir. Es ist ja keinem von uns geholfen, wenn ich hier sitze und heule, aber … es ist einfach so leer und einsam ohne dich. Erik, tja, wir stützen einander so gut wir können, aber er schafft es noch nicht einmal hierher zu kommen, obwohl ich ihm immer wieder sage, dass es ihm sicher gut täte.

Ach, wenn du mir doch ein Zeichen geben könntest, wie auch immer, mir einfach irgendwie zeigen würdest, dass du mich hörst.

Axel fragt so oft nach dir, was sollen wir ihm bloß sagen? Er hat ja auch den Kindergarten gewechselt. Ich verstehe zwar nicht, warum das ausgerechnet jetzt notwendig war, aber Henrik weigerte sich, mir zuzuhören. Ich hätte es besser gefunden, wenn sich für ihn nicht alles auf einmal geändert hätte. Ihr wart doch auch mit den anderen Eltern befreundet. Und in eurer Gegend. Es war ja alles so nett. Wir haben diesen Jungen getroffen, mit dem Axel immer gespielt hat, heißt er David oder Daniel? Ich weiß nicht mehr. Jedenfalls ging er mit seinen Eltern auf der Straße vorbei, als wir im Garten standen. Erik war auch dabei, weil wir Henrik halfen, die Büsche ein bisschen zu beschneiden, aber Axel war im Haus. Ich fand es jedenfalls ein bisschen merkwürdig, dass sie einfach vorbeigingen, als ob sie uns nicht sähen, oder vielmehr, als ob sie uns nicht sehen wollten. Und Henrik stand einfach da und versuchte auch nicht, Kontakt aufzunehmen. Ich weiß nicht, es erschien mir einfach seltsam, ihr hattet doch recht viel mit ihnen zu tun, dachte ich. Aber vielleicht fällt es ihnen schwer, mit uns zu reden nach alldem, was passiert ist … Die Leute verhalten sich so merkwürdig. Ich möchte ja nichts lieber, als dass die Leute über dich reden.

Klein Axelchen. Er ist so still geworden. Ich wollte mit ihm darüber reden, wie es ihm geht, aber … er sagt nicht viel, wartet nur darauf, dass du nach Hause kommst. Im neuen Kindergarten läuft es immer besser, aber er will immer noch, dass ich ihn begleite. Ja, inzwischen gehe ich mit ihm zum Kindergarten, denn Henrik … tja, ich sage lieber, wie es ist, wir machen uns Sorgen um ihn, ich glaube sogar, er hat angefangen zu trinken. Mehrfach habe ich ihn mitten am Tag angerufen, und er klang richtig angetrunken. Er scheint sich mehr und mehr zurückzuziehen, ich habe den Eindruck, er arbeitet auch nicht mehr.

Was soll man bloß tun, wir machen uns solche Sorgen um Axel. Wie wird er auf die Dauer auf diese ganze Sache reagieren? Wir haben Henrik gesagt, dass er Axel jederzeit zu uns bringen kann und wir gerne kommen, falls seine gewohnte Umgebung besser für ihn ist, aber … ich glaube, er will das Haus verkaufen und wegziehen, wir versuchen, ihn noch zum Warten zu überreden, bis … ja, bis wir ganz sicher sind, ob … Ich weiß doch, wie gerne du dort gewohnt hast.

Oh, ich werde so wütend, wenn ich an all das denke, was vor dir lag, nachdem du endlich beschlossen hattest, ein neues Leben anzufangen.

Ich würde dich so gerne fragen, ob es Eriks und meine Schuld ist, ob wir etwas falsch gemacht haben und du deswegen solche Schuldgefühle hattest. Ob es etwas mit unserer Erziehung zu tun hat. Wir standen doch hinter dir, das hätten wir immer getan, hast du das nicht begriffen? Wie konntest du glauben, dass dich jemand verurteilen würde, weil du endlich die große Liebe gefunden hattest? Ich kann so wütend auf dich werden, weil du so dumm warst, einfach vor alldem fliehen zu wollen, ich verstehe nur nicht, wie du Axel das antun konntest. Und warum hast du uns nicht gesagt, wie schlecht es dir ging, warum hast du dir nicht helfen lassen?

Verzeih mir. Aber ich habe so viele Fragen.

Du darfst nicht aufhören zu kämpfen, Eva, versprich mir das, wenigstens Axel zuliebe. Sie haben gesagt, vor der morgigen Untersuchung stehen die Chancen fünfzig zu fünfzig, wir dürfen die Hoffnung noch nicht aufgeben. Ich bin sicher, dieser Arzt hat Recht, der sagte, dass du uns bestimmt hören kannst. Erik hat sich ein bisschen umgehört, im Karolinska gibt es offenbar einen Spezialisten für diese Art von Schäden, ich glaube, er hieß Sahlstedt oder Sahlgren. Wir haben versucht, ihn zu erreichen, aber er ist diese und nächste Woche anscheinend im Urlaub. Sie meinten, wir sollten uns wieder melden, wenn er zurück ist.

Bitte, Eva, du musst weiterkämpfen, du hast so viel, wofür es sich zu leben lohnt. Wenn du wüsstest, wie dankbar ich bin, dass er bei dir war, dass es ihm gelungen ist, dich zu retten. Ich glaube, ich habe noch nie einen Mann gesehen, der so hingebungsvoll liebt. Trotz allem bin ich so dankbar, dass du ihn hast. Egal, was morgen passiert, zum Glück hattet ihr eine gewisse Zeit zusammen.

Es ist schwer für uns, das, was du getan hast, zu akzeptieren. Aber dass du dies wenigstens noch erleben durftest, macht es uns ein wenig leichter. Und er ist hier bei dir. Die ganze Zeit.»

«BRAUCHEN SIE NOCH etwas für die Nacht?»

Die Nachtschwester stand in der Tür. In der einen Hand ein Tablett mit Medikamentenbechern, die andere in festem Griff um die Klinke. Sie sah gestresst aus.

«Nein danke, wir kommen zurecht. Oder nicht, Eva?»

Das letzte Schlückchen Brei tröpfelte durch die Sonde in ihren Magen, und er strich ihr sanft über die Stirn. Die Nachtschwester hielt kurz inne und warf ihm ein zerstreutes Lächeln zu.

«Dann gute Nacht. Und falls wir uns nicht mehr sehen, bevor meine Schicht endet, viel Glück morgen.»

«Danke.»

Sie lächelte und zog die Tür hinter sich zu. Das Personal hier im Huddinge-Krankenhaus gefiel ihm besser. Sie wussten sein Engagement zu schätzen und schenkten ihm offen ihre Bewunderung für seine Hingabe.

Dreiundvierzig Tage.

Und morgen sollte die endgültige Untersuchung stattfinden. Kleine Elektroden würden eingeführt werden, um ein letztes Mal zu messen, ob sich die Aktivität in ihrem Gehirn gesteigert hatte.

In ein paar Tagen würden sie Bescheid wissen.

Er nahm ihre Hand, um die Besorgnis zu vertreiben, die ihn zu befallen versuchte.

«Es wird alles gut, Liebling. Wir haben es gut hier.»

Dann schob er die Decke zur Seite und zog das hellblaue

Klinikhemd hoch, nahm die Hautcreme aus der Nachttischschublade und zeichnete einen weißen Streifen auf ihr linkes Bein. Mit gleichmäßigen Bewegungen massierte er die Wade, arbeitete sich über das Knie nach oben und weiter bis zur Leiste.

«Deine Mutter ist wirklich eine phantastische Frau. Ich bin sehr froh, dass wir beide uns so gut verstehen.»

Behutsam nahm er ihr Bein hoch, legte die eine Hand in die Kniekehle und beugte es vorsichtig einige Male.

«Gut, Eva.»

Er umrundete das Bett und zeichnete einen neuen Streifen auf das andere Bein.

«Hast du gehört, dass wir darüber gesprochen haben, ob Axel einmal mitkommen soll? Aber sie hat wohl Recht damit, dass wir zunächst das EEG abwarten sollten, damit wir wissen, was wir ihm sagen sollen. Vielleicht wäre es am besten, ich würde ihn irgendwo anders treffen, bevor wir uns hier sehen. Ich könnte ihn zum Gröna Lund mitnehmen, gefällt es ihm dort? Oder ist Skansen vielleicht besser?»

Er streckte ihr Bein, legte es auf der Unterlage zurecht und strich ihr mit dem Zeigefinger über die Wange. Griff nach der Bürste und zog sie einige Male durch ihr Haar.

«So, mein Herz, jetzt bist du fein. Soll ich noch etwas für dich tun, bevor wir einschlafen?»

Er zog den Pullover und die Hose aus, faltete sie zusammen und legte sie auf den Besucherstuhl. Dann streckte er die Hand aus, um das Licht auszuschalten, hielt aber inne. Blieb stehen und sah sie an, ließ seinen Blick an den Konturen ihres Körpers unter dem Hemd entlangwandern.

«Mein Gott, wie schön du bist.»

Die ersehnte Ruhe überkam ihn. Wieder eine ganze Nacht schlafen, ohne dass der Zwang ihm etwas anhaben konnte.

So dankbar.

Vorsichtig streckte er sich neben ihr aus, zog die Decke über sie beide und legte die Hand über ihre eine Brust.

«Gute Nacht, mein Liebling.»

Sachte presste er seinen Unterleib an ihren linken Oberschenkel und spürte die wachsende Erregung, erinnerte sich an ihre Hände, die sich einmal so selbstverständlich zu seinen geheimsten Stellen vorgetastet hatten.

Einen einzigen Wunsch hatte er.

Einen einzigen.

Dass sie ihn im Arm hielte und sagte, er bräuchte sich nie wieder zu fürchten.

Nie wieder allein zu sein.

«Hab keine Angst, Liebste, ich bin bei dir, immer.»

Er würde sie nie verlassen.

Niemals.

«Ich liebe dich.»